Patrik Aber

Versteckte Erinnerungen

Bibliografische Information der Deutschen Nationalbibliothek:
Die Deutsche Nationalbibliothek verzeichnet diese Publikation in der Deutschen Nationalbibliografie; detaillierte bibliografische Daten sind im Internet über http://dnb.dnb.de abrufbar.

Herstellung und Verlag: BoD – Books on Demand, Norderstedt

ISBN: 978-3-7519-0863-4

Vorwort des Herausgebers

Dieses schmale Buch gibt es eigentlich gar nicht. Der Autor dieser kurzen Erinnerungsmomente hat jedenfalls keines geschrieben. Wir schulden deshalb dem Leser dieser Veröffentlichung eine Erklärung.

Jakob Frölich ist vor einem halben Jahr von seiner Frau in seiner Gartenlaube tot aufgefunden worden. Sie hatte sich Sorgen gemacht, weil er nicht, wie jeden Abend, mit dem selbst angebauten Gemüse nach Hause gekommen war. Gegen einundzwanzig Uhr war sie mit dem Rad zur Gartenlaube gefahren und machte die schreckliche Entdeckung. Jakob Frölich lag in seinem alten Bürostuhl. Vor ihm ein nicht ausgeschalteter Laptop. Auch der Drucker war noch an. Wie Frau Frölich am nächsten Tag vom Hausarzt erfuhr, war ihr Mann unheilbar an Krebs erkrankt. Er hatte dies aber seiner Frau verschwiegen. Todesursache war letztlich aber Herzversagen.

Die Gartenlaube war zugleich Hobbyraum. Auf der kleinen Werkbank lagen einige seltsame schmale Metallkästchen im Postkartenformat und ein Lötkolben. Auf der Festplatte des Laptops wurde praktisch nichts gefunden, Jakob Frölich hatte kurz vor seinem nahenden Tod alles gelöscht.

Einer seiner Freunde konnte nicht glauben, dass Jakob Frölich wochenlang in seiner Gartenlaube verbrachte haben sollte, ohne etwas aufgeschrieben zu haben. Er fand in der Tat auf der Festplatte Texte versteckt, denen zu entnehmen war, was Jakob Frölich in den letzten drei Monaten seines Lebens gemacht hat.

Er hatte ein gutes Dutzend Reiseberichte und Erinnerungen aus seinem Leben aufgeschrieben und dann jeweils einige davon in ein Metallkästchen verschweißt. Was mit diesen Kästchen geschehen ist, wissen wir nicht. In nur einem Fall beschreibt er, wie er es in einem Betonfundament versenkt hat in der Überzeugung, dass man es erst in Hunderten von Jahren, wenn überhaupt, entdecken würde.

Als ich von der ungewöhnlichen Geschichte erfuhr, bemühte ich mich um die Zustimmung von Elke Frölich zur Veröffentlichung der Texte, die sich auf der Festplatte entschlüsseln ließen. Sie wehrte sich lange. Jakob war doch kein Schriftsteller, er konnte doch gar nicht schreiben, das ist doch alles privates Zeug, und wen soll das denn interessieren, meinte sie.

Es sei in Wahrheit wohl für eine Veröffentlichung bestimmt, versuchte ich sie zu überzeugen, wenn auch in einer viel späteren Zeit. Jakob Frölich wollte, dass man seine Erinnerungen in vielleicht tausend Jahren ausgräbt und sieht, wie die Menschen Ende des zwanzigsten Jahrhunderts gelebt, gefühlt und geliebt haben, wie die Welt aussah und was aus ihr geworden ist. In ferner Zukunft, wenn die menschliche Zivilisation in der jetzigen Form vielleicht gar nicht mehr existiert, wenn die Erde durch Kriege und Umweltbelastungen stark verändert sein würde.

Und es sind nicht nur die großen Reisen, es sind auch die Erinnerungen an kleine Erlebnisse Jakob Frölichs, die in tausend Jahren viel aussagen können über uns. Allerdings darf ich nicht verschweigen, dass ich ein ungutes Gefühl bei dieser Veröffentlichung habe, denn mit ihr wird ja nun leider Jakob Frölichs Geheimnis verraten. Möge er uns verzeihen.

Noch eine letzte Anmerkung zum Verständnis des Buches. Ich fand es richtig, die einzelnen Erinnerungsstücke und Reiseberichte in der Reihenfolge zu belassen, in der wir sie auf dem Computer gefunden haben. Er wechselt manchmal zwischen Gegenwart und Vergangenheit in seinen Beschreibungen, auch das habe ich natürlich nicht verändert. Ich finde es sogar reizvoll, so zu erzählen. Ich fühlte mich auch nicht befugt, die einzelnen Angaben zu den bereisten Ländern auf ihre Richtigkeit zu überprüfen. Jakob Frölich hinterließ zudem auf der Festplatte kurze Gedanken zwischen den einzelnen Erinnerungstexten, so als spräche er mit sich selbst. Er hatte niemanden, dem er sich anvertrauen wollte oder konnte. Diese Passagen sind wohl nicht in den versteckten bzw. verschwundenen Metallkästchen enthalten. Sie sind in diesem schmalen Buch kursiv gesetzt.

Jakob Frölich heiße ich. Mein Arzt gibt mir jetzt noch einen Monat. Krebs. Ich lebe in Köln, einer wunderbaren Stadt am Rhein, mit meiner Frau Elke zusammen. Wir haben das Jahr 2010. Ich bin gerade mal sechsundsechzig geworden und hätte gerne noch einige Rentnerjahre genossen. Ich verbringe viel Zeit in meinem Schrebergarten. Abends bringe ich meiner Frau Elke immer die Tagesernte mit heim, Tomaten, Karotten, Salat, Gewürze. Leute, die keinen Schrebergarten haben, müssen heutzutage in riesigen Supermärkten piekfeines und gespritztes, das heißt chemisch behandeltes Gemüse einkaufen.

Dass ich demnächst sterben muss, das kann ich wohl nicht verhindern. Schwer fällt mir die Vorstellung, dass mit meinem Tod all das, was in meinem Kopf schwirrt, die Gedanken und die Erinnerungen weggewischt werden sollen. Meine Erlebnisse und Reiseerinnerungen sind aber doch nicht weniger wert als politische Ereignisse oder die Heldentaten großer Persönlichkeiten, denn die haben doch meistens Gewalt und Krieg zum Inhalt. Ich habe mein Leben lang niemandem etwas zuleide getan.

Deshalb habe ich beschlossen, einige Erinnerungen aufzuschreiben und an besonderen Orten zu verstecken, da wo man sie erst nach vielen, vielleicht tausend Jahren finden wird. Denn ein Tagebuch zu führen, das von meinen Nachfahren nur aus Pietät eine Zeitlang aufbewahrt wird, bis sie irgendwie aus Versehen im Müll landen, das bringt nichts. Ich habe nun also einige Geschichten aus meinem Leben aufgeschrieben und in Metallkästchen verschlossen, die dauerhaft jeder Witterung standhalten. Ich werde sie an ausgefallenen Orten verstecken, nicht nur in Köln, auch im Umkreis von ein paar hundert Kilometern, wo aber, das ist mein Geheimnis. Sie können dort solange liegen, bis sie bei Ausgrabungen oder nach einer Umweltkatastrophe aus der Tiefe hochgeschleudert werden. Jahrtausende später vielleicht. Und wer die Kästchen öffnet, der soll nachvollziehen können, wie die Erde, wie das Leben ausgesehen hat zu meiner Zeit im Jahr 2010 und früher. Ich bin ein einfacher Mensch, somit sind es auch einfache Geschichten und Reiseberichte. Ich bin ja kein Schriftsteller. Es sind kurze und ganz unvollständige Einblicke, doch ich hoffe, sie vermitteln, wie wunderschön die Erde ist. Das klingt hochtrabend. Aber es ist die Wahrheit trotz Armut und Dauerkriegen vielerorts. Ich habe von meinem Vorhaben niemandem etwas erzählt, nicht einmal meiner Frau.

Diese kurze Erklärung habe ich in alle Kästchen mit eingeschweißt.

Ja dann tschüss bis in tausend Jahren.

Kindheit nach dem Zweiten Weltkrieg

Im Haus in der Kölner Eintrachtstraße, in dem wir wohnten, bis mein Vater nach dem Zweiten Weltkrieg aus der Kriegsgefangenschaft zurückkam, lebten auch zwei Jungs in meinem Alter, Jürgen und Max. Wir waren zwei oder drei Jahre lang unzertrennlich. Jürgen sehe ich nur in kurzen Hosen vor mir, ob es kalt war oder nicht, manchmal mit dickem Strickpullover, aber immer mit Shorts. Er war kräftig gebaut, viel stärker als Max und ich und auch einen halben Kopf größer. Max mit seinen dünnen Beinchen fror leicht und trug Strickstrümpfe, die irgendwie mit Strapsen gehalten wurden. Wir pirschten durch die zerstörte Stadt, durchwühlten Ruinen und fanden irgendwelchen verkohlten Ramsch, manchmal sogar Spielzeug, einen Kreisel etwa, dessen ursprüngliche Farbe kaum noch auszumachen war, der sich aber noch bestens drehte. Wir räumten auf der Straße Geröll beiseite und ließen das Teil stundenlang seine Runden drehen, keiner von uns hatte so ein Spielzeug zuhause. Wir waren zu klein, um uns darüber Gedanken zu machen, dass sich hinter dem verwunschenen Spielzeug ein Schicksal verbarg, wahrscheinlich ein tragisches, wir fanden die zerstörte Stadt aufregend und geheimnisvoll, überall die in die Höhe ragenden Kirchenruinen, die heruntergestürzten Skulpturen, denen die Hände, manchmal sogar die Häupter fehlten. Auch unsere Straße war von Bomben getroffen worden, Häuser in der Nachbarschaft zerstört, Schutt versperrte die Straße, lange Zeit war nur ein schmaler Streifen in der Mitte für die Fußgänger geräumt worden. Wir hatten ein Riesenglück, unser Haus war unbeschädigt geblieben. An vielen Orten wurden die Straßen schon freigeschaufelt, wichtige Verbindungswege für den Autoverkehr, der ganz langsam wieder anlief. Man sagte uns, wir dürften da nicht in den Ruinen herumspielen, die Mauern könnten einstürzen. Aber wir lachten nur und sagten, ja ja, wir würden schon aufpassen. Einmal fanden wir ein Kinderfahrrad, völlig verrostet und etwas verbogen, aber die Reifen waren noch prall, und wir fuhren einer nach dem anderen kleinen Runden durch das Geröll auf den Straßen. Wir teilten alles, also gehörte auch das Rad uns dreien zugleich. Wir spielten Verstecken und verloren uns manchmal gegenseitig dabei im Gerümpel der zerstörten Häuser, wir hatten dann einen wilden tierähnlichen Schrei, den nur wir kannten, um uns wiederzufinden, und von dem wir glaubten, er komme von den Indianern. Wir standen auf der Mauer einer Ruine und pinkelten um die Wette. Wer am weitesten kam, durfte bestimmen, was wir als nächsten tun würden. Nur ungern gingen wir abends wieder nachhause, wir kamen immer zu spät und wurden ausgeschimpft. Die schlimmste Strafe, die die Mütter uns auferlegen konnten, war ein Hausarrest am nächsten Nachmittag, dann flehten wir solange, bis ihnen der Geduldsfaden riss und sie uns fast aus dem Haus warfen und wir damit prahlen konnten, wie wir es geschafft hatten, wieder mal vom Hausarrest befreit worden zu sein. Nur wer in einer zum Teil in Trümmern liegenden Stadt aufgewachsen ist, kann vage nachvollziehen, was heute die Kinder in den vom Krieg betroffenen Gebieten durchleben müssen im Nahen Orient oder in manchen Ländern Afrikas. Wir konnten überall spielen, wenn uns die Erwachsenen nicht in den Gefahrenzonen daran hinderten. Unsere Mütter machten beim Aufräumen der Trümmer mit, sie durften uns nicht erwischen, wir hatten striktes Verbot, uns da herumzutreiben, aber das machte das Spielen für uns ja gerade so abenteuerlich. Im Grunde waren wir keine unerzogenen Kinder, ich kann mich nicht daran erinnern, zuhause Haue bezogen zu haben, und die beiden Freunde sprachen auch nicht darüber. Unsere

Mütter warteten darauf, dass ihre Männer aus der Kriegsgefangenschaft heimkamen und waren besorgt um uns. Sie wollten, dass wir gesund sind, wenn Papa zurück ist. Es war trotz der beschissenen Umstände eine schöne und aufregende Kindheit, auch weil wir drei uns hatten und alles mit einander teilten. So auch die wenigen Bücher, die wir besaßen, wir verschlangen Karl May, saßen manchmal zu dritt bei einem von uns im Kinderzimmer und waren so vertieft in die Lektüre, dass wir mit den Armen herumfuchtelten, wenn es um eine Kampfszene ging. Dann gab es Lacher, und Jürgen meinte, das sei doch alles nur erfunden, er hatte irgendwo mitbekommen, das Karl May nie in Amerika gewesen war und sich all die spannenden Geschichten nur ausgedacht hatte. Aber da hatte er fast Prügel von Max und mir bezogen, wir wollten uns den Glauben daran nicht nehmen lassen, dass es sich um wahre Geschichten handelte. Sonst machte das Lesen für uns ja keinen Sinn. Ich liebte besonders Rittergeschichten, Prinz Eisenherz oder Siegfried. Vor dem Einschlafen sah ich mich in schwerer Rüstung und gezogenem Schwert auf dem Pferd, um gegen das Böse anzukämpfen. Gerne stöberten wir durch das Haus, den Keller und den Dachboden, die beide nicht verschlossen waren. Unterm Dach stapelten sich Kartons und verstaubte Koffer, man konnte alles öffnen, niemand wusste, wem was gehörte, also hatten wir kein schlechtes Gewissen dabei. Wir fanden Kartons mit Büchern, jetzt denke ich, dass es sich um Literatur handelte, die bei den Nazis verboten war, in einem völlig verstaubten Koffer war eine ganze Fotoausrüstung versteckt, ängstlich schlossen wir das Teil gleich wieder, ohne etwas anzufassen. Wir nahmen an, es sei sehr wertvoll, denn niemand von uns besaß einen Fotoapparat, auch in der Familie nicht. Wir entdeckten sogar in einem langen Holzkasten ein Gewehr, Jürgen nahm es heraus und zielte zum Spaß auf uns, wir mussten aber so erschreckt gewirkt haben, dass er es betroffen gleich wieder zurücklegte. Ein Gewehr, wem konnte das im Haus gehören? Wir waren uns schnell einig, dass es der Mann im Parterre sein müsste, den wir nicht leiden konnten, er lebte allein, grüßte nie, blickte grimmig in die Landschaft und schien den ganzen Tag zuhause herum zu sitzen. Auf dem Dachboden machten wir am liebsten auch unsere Hausaufgaben, das vermittelte ihnen etwas Geheimnisvolles und Abenteuerliches, so dass es uns nicht schwerfiel, sie zu erledigen. Hinzu kam, dass wir unterschiedliche Vorlieben und Begabungen zu haben schienen, Max war gut im Rechnen, Jürgen besser in Deutsch und ich kannte mich in Erdkunde aus.

Die Geschichte der Dreierbande endete, als wir elf oder zwölf waren und die Eltern von Jürgen weit wegzogen, nach Essen. Inzwischen waren glücklicherweise alle drei Väter gesund aus verschiedenen Kriegsgefangenenlagern freigekommen und sie waren auf Jobsuche. Max und ich saßen stundenlang auf dem Bürgersteig vor dem Haus und hatten Lust auf nichts. Immer wieder mal fing einer an zu sagen, Mensch, lass uns in den Stadtwald gehen, aber gleich winkte der andere ab, das mache doch keinen Spaß. Oder Fußball spielen, ach was, zu zweit doch total langweilig, dabei liebten wir es, auf der Straße vor unserem Haus herumzuballern, es gab ja kaum Autoverkehr damals, und unsere Straße war längst freigeräumt. Oder wir schlenderten zu einem der begrünten Plätze, um zu spielen, wo es dann zu Streitigkeiten mit anderen Kindern kam, die dort schon Fußball spielten. Aber wir hatten ja nicht mehr Jürgen, den Kraftbolzen, an den sich so schnell niemand herangetraut hätte. Jetzt sah das anders aus, wir zwei schmächtige Jungs konnten uns schlecht mit anderen anlegen. Also saßen wir auf dem Bürgersteig, bis einer von uns sagte, du ich geh jetzt ins Haus, kommst du mit, und der andere zögerte etwas, das hatte es vorher nie gegeben. Wir spielten dann Karten bei Max oder bei mir, bis wir es langweilig fanden. Es war alles einfach nicht mehr wie vorher. Und vielleicht ein halbes Jahr später kam Max ganz stolz zu mir um zu verkünden, dass sein Vater nach Düsseldorf versetzt worden war, ich glaube, er arbeitete in der Stadtverwaltung, die Familie würde in den nächsten Wochen umziehen. Ich saß jetzt allein am Rand des Bürgersteigs und ließ den Kreisel rollen, obwohl ich vom Alter längst über solche Kinderspiele hinausgewachsen war. Ich konnte die Eintrachtstraße nicht mehr leiden. Nichts gefiel mir mehr hier, weder die vergammelten Wohnhäuser noch die Eisenbahnbrücke, auf der ich sonst so gerne die Züge im Schritttempo fahren sah. Selbst die Eltern merkten, dass ich nicht mehr so fröhlich war wie früher. Vermisst du die Jungs, lachte die Mutter und meinte, ach du, das wird schon vergehen.

Der Tod des Vaters 1971

Er war als einfacher Soldat den ganzen Krieg über von 1939 an im Einsatz und dann in einem amerikanischen Gefangenenlager in Bayern. Das ist alles, was wir drei Kinder wissen, wahrscheinlich hat es Mama mal so beiläufig erzählt. Vom Vater kein Wort. Wir wohnten in Köln in der Eintrachtstraße direkt unter der Eisenbahnbrücke im zweiten Stock. Was jetzt kommt, hat mir Sabine erzählt, meine Schwester, sieben Jahre älter und mit einem super Erinnerungsvermögen. Eines frühen Abends lehnten sie und Mama aus dem Fenster, um den wenigen Passanten zuzuschauen. Und da kam plötzlich unter der Unterführung ein spindeldürrer großer Mann mit kurzen Hosen hervor. Er fiel den beiden sofort auf, weil er so ausgemergelt war, und Männer mit kurzen Hosen selten durch die Stadt gingen. Der Mann schaute hoch und suchte etwas. Er hatte nach all den schrecklichen Kriegsjahren die Orientierung verloren. Er wusste nicht mehr, wo er gewohnt hatte, wo er hingehörte. Dann ein schriller Aufschrei von Mama, Sabine erzählte später, sie habe einen Todesschreck bekommen. Hannes, Hannes, Hannes, sie wiederholte immer wieder Papas Namen, sie hatte kein anderes Wort mehr. Ich war keine vier, der Vater für mich ein fremder Mann.

Danach Schweigen. Nie wurde am Tisch über den Krieg gesprochen, nie, kein Wort. Häufig hörten wir Kinder die Eltern leise in ihrem Schlafzimmer reden, lange, sehr lange. Wir trauten uns nicht, an der Tür zu horchen, aber wir spürten, dass es sehr ernste Gespräche waren. Ein- vielleicht zweimal beim Spaziergang Sonntagnachmittags, Papa hielt mich an der Hand, bat ich ihn, mir Geschichten erzählen von früher, Abenteuer, Reisen, was immer, aber er zögerte lange. Dann sagte er und beugte sich dabei zu mir herunter, „das darfst du aber nicht weitererzählen, niemandem, versprochen?"

Ja, hoch und heilig, rief ich aufgeregt.

„Weißt du, draußen im Krieg, da gibt es kein schönes Klo mit Wasserspülung und so. Da machst du in die Natur oder, wenn man einige Tage am selben Ort blieb, wird eine Latrine aufgebaut, ein langes Holzbrett, mit mehreren Löchern, so dass mehrere Männer auf einmal ihr Geschäft nebeneinander erledigen konnten, verstehst du. Dort habe ich einmal gesessen und mich gerade ganz nach unten gedrückt, vor Anstrengung, du weißt schon, und da hat es plötzlich unheimlich geknallt und gekracht, und alles um mich herum war weggesprengt. Mir war nichts passiert, wie durch ein Wunder."

Und Papa lachte grimmig. Mehr war nicht drin. Ich rief, was war denn passiert oder noch eine Geschichte, Papa, bitte, bitte. Aber nein.

Ein anderes Mal, wir gingen am Rheinufer spazieren, da war mein Bruder dabei, da hatte unser Vater nach langem Schweigen während des gesamten Spaziergangs ganz leise vor sich hingesprochen, mein Bruder, vier Jahre älter und natürlich größer, konnte es trotzdem verstehen. Papa sagte, wenn man nicht wollte, musste man an den Exekutionen nicht teilnehmen, man konnte sich weigern, wehrlose Gefangene zu erschießen, wenn man ein russisches Dorf eingenommen hatte. Es hatte keine negativen Folgen, man wurde als Feigling belächelt, mehr nicht, man musste nicht erschießen und morden, man konnte es ablehnen, ich habe da keinmal mitgemacht.

Mein Bruder Ralf war ganz aufgeregt und rief, „was hast du gesagt, Papa, man konnte kaum was verstehen, irgendwas von Erschießen. Erzähl Papa, bitte."

Doch unser Vater schüttelte unwillig den Kopf, er habe nichts gesagt, wir müssten geträumt haben. Er hätte nichts zu erzählen.

„Wie warst du denn in der Schule beim Sport, bestimmt der beste der Klasse, Papa, so groß und stark, wie du bist. Hab ich recht?"

Aber auch der Trick nützte nichts. Unser Vater legte seine Hände auf unsere Schultern und blickte abwesend auf den Fluss. Wir mussten uns mit dem Schweigen zufriedengeben, obwohl wir so gerne abenteuerlichen Geschichten aus dem Krieg gelauscht hätten. Wir liebten unseren Vater und versuchten zu verstehen, warum er nichts erzählen wollte. Es gab keine Antwort.

Viele Jahre später, als ich in der Schule von den Schrecken des Krieges erfuhr, fing ich an, Papa zu verstehen. Er muss an dem Widerspruch gescheitert und zerbrochen sein, dass er den grausamsten aller Kriege mitgemacht hat, dass er untilgbare Schuld auf sich geladen hat, ohne ein Nazi gewesen zu sein, Hitler gehasst zu haben, den ganzen Krieg, das aberwitzige Gemetzel. Tiefe Schuld bei einem im Grunde reinen Gewissen. Tausende müssen das durchgemacht haben wie er. Diesen Widerspruch, diese Verstrickung kann man nachträglich niemandem erklären. Und man muss daran zerbrechen.

Hinzu kam die absurde Situation, dass viele ehemalige Naziparteibonzen nach dem Krieg wieder hohe Ämter bekleideten, dass sie Staatsanwälte und Richter sein durften, völlig unbehelligt. Dass viele in ihre alten Positionen als Lehrer und Hochschulprofessoren zurückkehren konnten, völlig unbehelligt. Dass viele ungeniert zu den Mitbegründern der neuen Parteien gehörten. Dass Unzählige ihre Zugehörigkeit zur Waffen - SS oder den Totenkopfverbänden nach dem Krieg in ihren Personalakten schlicht vergessen hatten. Vielleicht waren ja selbst unter Vaters Kollegen am Gymnasium alte Nazis. Es gab ja nach dem Krieg nicht genug junge unbelastete Lehrkräfte, klar.

Und dann muss Vater unheimlich darunter gelitten haben, dass entweder mein Bruder oder ich jedes Mal nach dem Geschichtsunterricht den Eltern zuhause aufgeregt über die Naziverbrechen berichteten und nicht auf den Gedanken kamen, dass es wie Stiche in Vaters Herz waren. Wir überfielen die Eltern mit Fragen, ganz unbefangen, ohne Hintergedanken oder gar Schuldzuweisungen. Wir wollten nur wissen, wie man damals in den Dreißigern in Nazideutschland gelebt hat, mit Hitlergruß und antisemitischen Schmierereien an Geschäften und Hauseingängen. Eine Frage, die ich mir bis heute stelle. Wie konnte man mit diesem dummen Hochmut und Hass zurechtkommen, wenn man ihn nicht teilte? Aber wir bekamen nie eine Antwort von den Eltern. Mutter wiegelte immer ab mit der Bemerkung, um das zu verstehen, seid ihr doch noch viel zu jung, Kinder, was wir jedes Mal als feige Ausrede interpretierten, oder sie sagte, lasst die Vergangenheit ruhen. Was geschehen ist, ist geschehen. Aber das brachte uns Jungs erst recht auf die Palme. Vater schaute still in sich hinein.

Auch in der Presse wurden der Holocaust und die Konzentrationslager beschrieben und die große untilgbare Schuld der Deutschen. Es musste meinen Vater jedes Mal wie eine persönliche Anklage angegangen sein. Die Vernichtung der Juden, die Millionen und Abermillionen Toten, er war indirekt mitschuldig, da gab es nichts zu beschönigen. So jedenfalls empfand er es. Wie sollte er da einfach so weiterleben?

Unser Vater war immer für uns da, aber er hatte keine Ambitionen, keinen Lebenswillen mehr, Er ging morgens ins Gymnasium, gab seinen Unterricht, deutsch und englisch, zurückhaltend, freundlich, aber immer irgendwie abwesend. Mama wollte ihn pushen, er solle es bei der Uni versuchen, ein Mann mit drei Sprachen, er hatte in all den Kriegsjahren sehr gut russisch gelernt. Aber Papa wehrte ab, er wollte nichts riskieren. Das wenige, was er, was wir hatten, nur nicht aufs Spiel setzen.

Über fünf Jahre im Krieg und dann in der Gefangenschaft, von seinem 28. bis zum 34. Lebensjahr, nur Front und Kämpfe, Tote, Verwundete, schreiende Kinder und Frauen, und alles so grenzenlos sinnentleert. Und dann die täglichen Nazidurchhalteparolen, wie kann dies ein junger Mann durchstehen, jahrelang, tausende Male im Dreck liegen und nicht einschlafen können, jeden Tag den eigenen Tod mit einkalkulierend, aber der Kamerad neben dir verreckt und bittet dich, nach dem Krieg seine Frau und die Kinder aufzusuchen, um ihnen einen letzten Gruß zu übermitteln, und natürlich versprichst du es hoch und heilig und weißt doch, dass du lügst. Denn du wirst es nie tun, weil du jede Hoffnung aufgegeben hast auf ein Menschsein. Und das jahrelang. Das muss man sich vor Augen halten. Mein Vater, wie Hunderttausende, wie Millionen in der Scheiße. Ihre Erlebnisse und Erinnerungen, wenn sie denn überlebt haben, müssten die Geschichtsbücher in den Schulen füllen und nicht die paar Daten von Feldzügen und Schlachten, die Pläne und Befehle von irgendwelchen Heeresführern, die immer schön weit hinter der Front zuschauten, wie ihre Soldaten verheizt wurden.

Aber die Geschichte meines Vaters handelt ja nur vom Zweiten Weltkrieg, fünfundzwanzig Jahre davor hatten die Deutschen den Ersten Weltkrieg angezettelt mit Millionen Toten. Und davor all die Jahrhunderte durch immer wieder Kriege, in denen Menschen geopfert wurden.

Die Geschichte neu schreiben als Erlebnisbericht der Soldaten, der Täter, ob unfreiwillig zum Kriegsdienst gezwungen oder mit mörderischer Lust und hasserfüllt, aber auch aus den Augen der Kriegsopfer, der wenigen, die den Kahlschlag, den Flächenbrand der deutschen Wehrmacht überlebt haben, die zusehen mussten, wie ihre Frauen und Töchter vergewaltigt und verhöhnt wurden, bevor die Männer an die Reihe kamen, an die Wand gestellt und ermordet. Solche Geschichtsbücher könnten vielleicht in der Zukunft Kriege verhindern. Aber es ist naiv, das zu glauben, ich weiß es.

Papa hatte mehrere Verletzungen mitgebracht, abgefrorene Zehen und keine Hornhaut unter den Fersen, er ging immer wie auf glühenden Kohlen, ein junger Mann, der nicht mehr leichtfüßig flanieren konnte, sein Leben lang, der immer im Auto sitzen blieb, wenn Mama uns bei Ferienreisen in Kirchen und auf Burgen schleifte. Nur auf dem Sonntagspaziergang bestand er, und da wir neben ihm gingen, fiel uns sein unsicherer Gang weniger auf. Und dann zeigte er uns manchmal, wenn er aufgeheitert war, den linken Oberarm und die Schulter, wo mehrere tiefliegende lange Narben Granatsplitter verbargen, die im Kriegslazarett nicht herausgeholt werden konnten. Wir durften verängstigt einen Finger in die breiten Narben legen und Papa lachte, die seltenen Momente, in denen er es tat.

Eine Existenz, die der Krieg zerstört hat. Er blieb ängstlich und angepasst. Er wollte für Mama und für uns da sein und sorgen, ich glaube aber, dass er lieber zusammengekauert in einer Ecke gesessen und darauf gewartet hätte, dass der Tod ihn von den nächtlichen Albträumen befreite, Als wir Kinder auf die Dreißig zugingen, war unser Leben mit Liebesaffären aufgefüllt und mit beruflichen Wunschvorstellungen, wir sahen das Leben noch vor uns, wir hatten Pläne, begegneten den Menschen um uns mit Zuneigung, wir liebten die

Welt und sie uns hoffentlich auch. Papa aber war mit 34 ein alter verhärmter Mensch, seine Gedanken und Träume voll gedrängt mit Bildern der Zerstörung und des Elends.

Mein Vater war nach der Rückkehr aus dem Krieg eigentlich ein toter Mann. Er hat eben nur weitergelebt, weil sein Herz halt schlug.

Mit 62 wurde er plötzlich krank, er konnte nichts mehr essen, meine Eltern waren in Urlaub, ich meine, in Italien. Sie kamen schnell zurück, die Ärzte schnitten ihn auf und machten sofort wieder zu. Der ganze Magendarmbereich zerfressen. Damals sagten die Ärzte den Patienten nicht, was los war. Als wir Kinder zu ihm ins Krankenhaus eilten, Uniklinik Kerpener Straße, mein Bruder aus Stuttgart, ich aus Hamburg, die Schwester kam aus der Nähe von Göttingen damals, da sahen wir einen Mann, den wir nicht mehr erkannten. Der große imposante Papa war zusammengeschrumpft, nur noch Knochen, und die Augen blickten ängstlich aus tiefen Höhlen. Er sagte nichts, schob nur die Decke beiseite und machte den Blick frei auf eine dreißig Zentimeter lange Wunde, noch rot geschwollen, und dann sagte er leise, „was habe ich nur? Niemand sagt mir was." Mama wusste es und schaute zur Decke, hilflos.

Nach drei Wochen wachte er eines Morgens nicht mehr auf.

Sein Tod traf mich wie eine Bombe. Weil jetzt nichts mehr aufzuholen war. Ich hatte all die Jahre immer geglaubt, irgendwann setzten wir uns, wir Kinder, mit ihm zusammen, und wir werden über alles reden können. Über uns, die Familie, über sein Leben und die Schuld. Aber wir hatten die Zeit schleifen lassen, alle drei Kinder, wir hatten in unseren neuen Leben vergessen oder verdrängt, was wir unserem Vater verdankten. Es war ja nie anheimelnd zuhause, und wir sind gerne weggegangen in unser neues Leben. Aber wir haben die Eltern allein gelassen mit dem nicht lösbaren Konflikt. Ich habe nur unwillig zuhause angerufen, um ein bisschen zu plaudern, ungern wirklich, auch weil meine Mutter immer klagte, sie fühle sich so allein-gelassen, Vater würde sich immer direkt nach dem Abendessen in sein Zimmer zurückziehen, sie säße dann allein vor dem Fernseher und schaue sich irgendetwas an, was sie überhaupt nicht interessiere. Vater ging übrigens nie ans Telefon. Nach einem solchen Gespräch mit Mutter war ich jedes Mal deprimiert und zu nichts mehr fähig.

Wir haben gemeinsam eine Leere hinterlassen. Eltern, die den Kindern nicht auf ihre brennenden Fragen antworten, und die nicht einmal bereit sind, dies zu begründen, bürden diesen ihren Kindern eine schwere Last auf. So war meine Kindheit immer von Fremdheit bestimmt. Es wurde selten gelacht, es gab kaum mal eine spontane zärtliche Geste der Berührung. Wenn Eltern vor den Kindern ihr eigenes Leben verschließen, wie soll da eine eigene Existenz aufgebaut werden? Ich denke, Kinder haben ein Recht darauf zu erfahren, wo ihre Eltern herkommen und damit auch sie selbst.

Wir haben uns jedenfalls alle gegenseitig im Stich gelassen. Wie wahrscheinlich Millionen andere Kriegs-familien auch. Und es grenzt wirklich an ein Wunder, dass nicht die gesamte Soldatengeneration, die den Abgrund des Krieges überlebt hat, verrückt oder psychisch krank geworden ist.

Werden sich in tausend Jahren, wenn diese meine Aufzeichnungen zufällig gefunden werden sollten, wieder so ähnliche Geschichten erzählen lassen? Wenn die Menschheit bis dahin überhaupt überlebt hat. Diesmal Kriege zum Teil im Weltall mit lasergesteuerten oder chemischen Waffen, die aber genauso töten werden, immer nur töten.

Das Geschenk der Liebe 1960

Ich hatte es leicht in der Schule, saß als einer der besten Schüler all die Jahre in der letzten Reihe, was mich allerdings zu manchem Unsinn verleitete. Ich las unerlaubt Comics und Karl May Romane. Es gab dann gewöhnlich Haue, das war in den Fünfzigern noch üblich. Oder ich musste mit dem Gesicht zur Wand eine halbe Stunde hinten im Klassenraum stehen. Es hat mir nichts ausgemacht. Etwas sportlich war ich auch, konnte ganz gut Weitsprung und Laufen, über tausend Meter war ich besonders gut so um 1961. Man durfte als guter Schüler auf keinen Fall den Macker raus kehren, das war tödlich. Einfach so tun, als sei einem das alles überhaupt nicht wichtig. Und mir war es in der Tat nicht wichtig. Man hätte meinen können, dass die Lehrer gute Schüler bevorzugt behandelten, aber dem war nicht so, eher das Gegenteil, man konnte die Hand hochreißen als erster, wenn eine Frage gestellt worden war und kam so gut wie nie dran. So hatte ich mir bald angewöhnt, die Schule halt einfach durchzuziehen, ohne groß aufzufallen. Sehr früh träumte ich von den Klassenkameradinnen, die wir in der Pause etwas aus der Ferne bestaunen durften, man war damals noch getrennt, Mädchen und Jungs. Erst in den letzten Jahren kam man zusammen, wahrscheinlich, weil nicht mehr genug Schüler auf dem Weg zum Abi übriggeblieben waren.

Ja und da war Lenchen. Und ich war nicht mehr ich. Mit sechzehn durchfuhr mich wie ein Donnerschlag eine fremde Macht, die mir Schweißperlen auf der Stirn trieb, die meine Konzentrationsfähigkeit ins Wanken brachte, die alle anderen Gedanken und Gefühle verdrängte, die nicht auf Lenchen zuliefen. Ich fand sie bildschön, mit einem entwaffnenden Lachen, mit weißen Zähnen, so blitzblank, dass ich das eigene Maul kaum noch öffnen wollte. Ich fragte mich schnell, auf welchem Planeten ich bisher gelebt hatte, wo wir doch mit Sicherheit seit der Wiege für einander bestimmt waren. Dabei hatte ich Lenchen früher schon in den Pausen gesehen, wir hatten uns zugezwinkert und alberne Gesten ausgetauscht. Aber ich hatte noch nichts bemerkt von der vielleicht damals schon unterbewusst wirkenden Naturgewalt. Es fing damit an, dass wir plötzlich, scheinbar ohne es geplant zu haben, nebeneinander die Schule verließen und ich automatisch mit ihr stadtauswärts ging auf die Marsiliusstraße zu, obwohl mein Heimweg in die entgegengesetzte Richtung wies. Wir sprachen nicht gleich miteinander, taten erst so, als sei es ganz normal, dass wir den gleichen Weg nahmen, und dann fing Lenchen plötzlich an zu lachen, so herzlich und nicht gespielt, dass ich mitlachen musste, und wir uns anschauten und weiter lachten. Lenchen wohnte in der Gemünder Straße. Ich ging einfach mit bis zur Haustür Nr. 17. Wir machten uns über den Mathelehrer lustig, der immer im weißen Kittel unterrichtete, so wie ein Arzt in der Klinik. Wir waren uns darin einig, dass wir Mathe nicht leiden konnten und das Fach halt mitschleifen würden bis zum Abi. Ich sagte tschüss und ging zurück bis zur Zülpicher. Der lange Weg heim bis zur Kyffhäuser Straße war wie eine Achterbahn, ich rannte, hüpfte, schlich um die entgegenkommenden Passanten herum, lief absichtlich kurz vom Bürgersteig auf die Straße, obwohl Autos und Straßenbahn haarscharf vorbei rollten. Ich lachte die Leute an, recht blöd wahrscheinlich, aber es war Glück. Ich wurde von einer inneren Wärme erfüllt, die mich federleicht machte. Ich glaubte, ich könnte mit einem Sprung hochfliegen bis über die Häuserdächer und schweben, einfach nur schweben. Dabei war ja, wie mir dann später zuhause durch den Kopf ging, eigentlich nichts passiert, oder? Wir waren nebeneinander die Straßen entlang gegangen und hatten kein persönliches oder uns betreffendes Wort ausgetauscht, der eitle Herberger, ja was sonst noch? Ich verzog mich in mein Zimmer und ging den Weg mit Lenchen Schritt für Schritt nach, Hatte ich etwas übersehen, überhört? Habe ich vielleicht etwas falsch gemacht? Hätte ich ihr etwas sagen sollen, ein Wort der Bewunderung, ein Kompliment? Du siehst echt dufte aus oder ich finde dich sehr hübsch. Aber da hätte ich mich doch total lächerlich gemacht. Es ist nichts passiert, dachte ich, und das ist das Wunderbare. Was aber ist dann los mit mir? Am liebsten wäre ich in die Gemünder Straße zurückgelaufen, um Lenchen anzuschauen, nur anzuschauen. Vielleicht geht es ihr ganz ähnlich wie mir. Genauso möglich, dass sie mich anstarren und fragen würde, ist alles in Ordnung mir dir? Du siehst so durcheinander aus, hast du was verloren? Habe ich mir bloß eingebildet, dass da etwas geschehen ist auf unsrem Heimweg?

Kann ja durchaus sein, dass ich plötzlich einen Riss in der Schüssel habe. Dinge fühle und sehe, die es nicht gibt. Auf jeden Fall raus aus der Wohnung, das bisschen englisch mach ich später im Bett. Rumlaufen, mich ablenken, Freunde auf der Straße treffen. Wir kickten eine Weile mit einem Tennisball, bis einer der Jungs ihn schräg erwischte und auf ein Reklameschild feuerte. Als das Glas zu Boden schepperte, waren wir alle verschwunden.

Alle Ablenkungsversuche brachten nichts. Ich war an diesem Tag nicht mehr zu gebrauchen. Beim Abendessen war Papa verschlossen, Mama spielte in solchen Situationen gern die Unverstandene und schaute theatralisch zur Decke. Ich fühlte mich wie auf einem fremden Planeten, auf dem es nicht erlaubt war, happy zu sein, von aufregenden Gefühlen durchwühlt. Im Verlauf des Essens bekam ich regelrecht ein schlechtes Gewissen, eben weil es mir so gut ging, weil ich glücklich war. In dieser Familie schien

Ausgelassenheit und Glück für immer getilgt, wurde geradezu als ungehörig erachtet. Das alles wurde nie ausgesprochen. Mein Vater war durch den Krieg gebrandmarkt, schuldig für immer, wider Willen an diesem verbrecherischen Krieg mitgemacht zu haben. Er hat nie erzählt, wie er vor dem Krieg war, ein fröhlicher Mensch, ein Draufgänger, ein Luftikus, so wie ich es war?

Jedenfalls hatten meine übermächtigen Glücksgefühle in dieser Wohnung in der Kyffhäuser Straße keine Berechtigung. Ich ging nach dem Abendessen in mein Zimmer und wollte die Englischhausaufgabe schnell durchziehen. Aber wieder traf mich an diesem Tag der Schlag. Ich hatte beim Unterricht wohl so wenig aufgepasst, dass ich den Stoff völlig vergessen hatte. Wir sollten Shakespeares Romeo und Julia zu Ende lesen und über eine Antwort nachdenken auf die Frage, ob eine so überwältigende Liebe überhaupt möglich sei in einer von Zwängen geprägten Gesellschaft. Das Ganze auf heute bezogen. Da ich den Text vorerst ja nur lesen sollte, hatte ich mich schon ins Bett gelegt und las, wirklich in Schweiß gebadet, die Zweite Szene im Zweiten Aufzug. Ich erinnere mich so intensiv, dass ich jetzt noch anfange zu zittern. Das ganze Gespräch der Liebenden kam mir so vor wie eine Metapher unseres Gesprächs beim Nachhauseweg. Obwohl ich die Ausdrucksweise besonders von Romeo zu pathetisch, zu geschwollen und gekünstelt fand, ergriffen mich die Kraft und das uneingeschränkte Bekenntnis zu dieser Liebe. Sich so sicher zu sein, alles drum herum wegzuwischen, das wollte ich auch. Sich sehen, sich erkennen und es wissen, alles wissen. Dann war ich wiederum hin und hergerissen, weil ich fürchtete, ich hätte mir alles nur eingebildet, schließlich hatten wir über den ulkigen Mathelehrer gelacht und uns nicht unserer Liebe versichert. Wir hatten kein Wort über uns selbst verloren, aber hatten wir nicht doch nur zu uns gesprochen und in unsere Herzen? Am Ende schlief ich mit dem dünnen Reclam Heft in meinen Händen ein und hielt es wie ein Kleinod. Ich weiß noch, dass ich doppelt glücklich war darüber, dass es zwischen Lenchen und mir nicht dieses familiäre und gesellschaftliche Affentheater wie bei Shakespeare geben könnte.

Am nächsten Morgen in der Schule gingen wir beide uns scheinbar unabsichtlich aus dem Weg. In den ersten Unterrichtsstunden waren wir getrennt, erst gegen Ende kamen die Klassen bei Biologie zusammen. Ich spielte danach mit einigen Klassenkameraden Fußball auf dem Schulhof. Ich tat es gegen meinen Willen, es war wie ein riskantes Spiel mit dem Schicksal, ich weiß auch nicht warum.

Als ich die Schule verließ, saß Lenchen auf der gegenüberliegenden Straßenseite auf einem Mäuerchen. Ich rannte zu ihr als ginge es um mein Leben. Sie lachte nur und sagte, „na, so eilig ist es nun auch nicht. Wo warst du?"

„Ich hab mit ein paar Jungs Ball gespielt, nur so."

„Gehen wir?"

Wir nahmen denselben Weg wie gestern und waren für immer vereint. Wieder sprachen wir über Belanglosigkeiten, Lenchen erzählte von ihrer Freundin Elke, die ich schwach kannte, und die ihr eine tränenreiche Liebesgeschichte anvertraut hatte. Wir lachten über die arme dumme Elke und spürten, wie es doch nur um uns ging, unsere Liebe. Als Lenchen sich etwas an mich anlehnte, um jemandem auszuweichen, war uns die Berührung schon selbstverständlich erschienen.

„Hör mal", lachte Lenchen, „was habt ihr eigentlich mit dem H gemacht. Du hast es irgendwo verschlampt, gib's zu." Und sie schubste mich mit der Schulter.

„Ja, du, das haben wir auch bemerkt, sind ja nicht blöd, mein Vater schickt mich manchmal in den Keller oder auf den Dachboden, um nach diesem verdammten H zu suchen, kein Erfolg bisher."

Wir konnten uns kaum halten vor Lachen. Das fehlende fröhliche H Gab zu Schulzeiten natürlich immer wieder Anlass zu albernen Bemerkungen, war ja zu verstehen, und ich lachte immer fröhlich mit.

Vor der Gemünder Straße 17 trennten wir uns schnell, sie gab mir einen Schubs gegen die linke Schulter. Ich sagte nur, „Lenchen, Liebes" und rannte weg. Ich glaubte noch zu hören, wie sie mir nachrief, „warte", aber ich war zu überwältigt, um reagieren zu können.

So begann die große Liebesgeschichte meines Lebens. Dabei war mir irgendwie bewusst, dass wir zu jung für eine solche übermächtige Liebe waren, das heißt, ich ahnte es eher und verdrängte die damit verbundene Angst. Es war zu übermächtig, hundertprozentig, es bedurfte keiner Rechtfertigung, keiner Erklärung. Wir beide brauchten nicht darüber zu reden, es war eine beschlossene Sache, an der wir nicht würden rütteln können, es stand fest.

An einem der folgenden Tage wollte Lenchen von mir wissen, was ich denn an ihr Besonderes finde. Ich war von der Frage überrascht und hatte keine Antwort. „Ich kann es nicht so einfach beschreiben", sagte ich, "es kommt von innen und ist gewaltig, stärker als ich, verstehst du, Ich finde alles an dir wunderbar. Ach was, ich rede Unsinn."

Lenchen stellte sich ganz nahe vor mich, wir berührten uns von den Füßen bis zur Stirn, und sagten nichts.

Ich veränderte mein Verhalten in der Schule, wurde anscheinend erwachsener, das heißt, ich las keine Comics mehr während des Unterrichts, ich streckte wieder häufiger den Zeigefinger, ich wollte nicht mehr den Hannes spielen. Mich trug jetzt eine mächtige innere Kraft.

Wir gingen jetzt fast täglich zusammen zu Lenchens Haus, aber wir benahmen uns so unauffällig, dass es niemand zu merken schien. Jetzt erzählten wir von uns, den Eltern und Geschwistern. Ich wollte alles, was mit ihr in Berührung stand, kennenlernen und lieben. Wir küssten uns manchmal schamhaft und knapp an den Lippen vorbei, wir wussten ja gar nicht, wie das ging damals Ende der fünfziger Jahre, aber wir verlangten auch nicht nach mehr. Uns stand ein Leben bevor, wir hatten so viel Zeit.

An einem Nachmittag hatten wir einen Umweg über die Uni-Wiesen gemacht, wir lagen in der Sonne, dicht nebeneinander.

„Hast du manchmal Angst?", fragte Lenchen mich ganz unvermittelt.

Ich drehte mich zu ihr und schaute sie an. Hatte sie vor etwas Angst? Davor, dass unsere Geschichte nicht ewig andauern könnte? Dass sie mehr erwartete, als ich ihr würde geben können?

„Nein du, ich habe keine Angst. Es sei denn, du schubst mich weg. Ich platze vor Glück und Zuversicht. Und du?"

„Ich doch auch, du Dummer. Ich hab nur manchmal ganz starke Schmerzen direkt über dem linken Auge. Tut tierisch weh, ist aber nach einigen Sekunden wieder weg. Eben war es wieder. Komisch nicht?"

„Mein Gott, dann musst du zum Arzt", rief ich, „gleich morgen. Jetzt hab ich Angst plötzlich."

Ich legte mich wieder auf den Rücken, ganz nah, den Kopf seitlich, um Lenchens Haar zu spüren. Sie lachte hell.

„Siehst du, jetzt hab ich dich durcheinander gebracht. Ich war natürlich beim Arzt mit meiner Mutter, die suchen noch."

Noch in derselben Woche lud mich Lenchen vor der Gemünder Straße ein, mit ihr hochzugehen. Die Eltern waren mit der jüngeren Tochter, die ich noch nie gesehen hatte, ins Ruhrgebiet gefahren. Sie würden erst spät abends heimkommen. Ihr kleines Zimmer war völlig anders eingerichtet als meines, viel fantasievoller, bunter, mit Puppen und Stofftieren und mehreren Kissen auf dem Bett. Ich war sofort verliebt. Lenchen ging in die Küche und kam mit einer Flasche mit tiefrotem Saft zurück.

„Holunder", sagte sie, „ist nicht sehr süß aber super."

Wir setzten uns auf das Bett, lehnten uns zurück und sprachen lange nicht. Ich trank mein Glas leer und stellte es auf den Nachtisch. Ich erinnere mich an jede Geste, als passierte es jetzt. Ich glitt mit den Fingerrücken über Lenchens Hals, berührte ihn kaum. Ich öffnete den obersten Knopf ihrer blauen Strickjacke und fuhr fort. Lenchen ließ mich gewähren, sie lächelte ganz leicht, sie wollte es. Sie half mir, die Jacke abzustreifen und mit einem Griff zog ich mir mein Hemd über den Kopf, ohne die Knöpfe zu öffnen. Lenchen trug einen BH, der auch gestrickt zu sein schien. Ich wagte es kaum, ihre Haut und die Brüste zu berühren, ich wollte sie nicht beschmutzen. Lenchen legte ihre Hand auf meine und drückte sie leicht. Ich küsste ihren Körper von den Ohrläppchen bis zu den Zehenspitzen. Ich musste alles genau ergründen und schmecken. Alles in mich aufnehmen. Wie von selbst war auch ich inzwischen nackt und schmiegte mich an sie, das linke Bein auf ihrem Bauch. Bis mich ein Schmerz durchzuckte, ich rief „Oh, Gott" und krümmte mich. Ich war auf Lenchens Bauch gekommen.

„Es ist gut so, Lieber", sagte sie, bleib so und halte mich fest."

Wir waren dann kurz eingeschlafen.

Auf dem Heimweg schlug ich eine Seitengasse nach der anderen ein, um die Strecke zu verlängern. Ich war sehr verwirrt. Glücklich, ja, überglücklich, aber auch beunruhigt. Hatte ich etwas falsch gemacht? Zu wenig

Zurückhaltung bewiesen? Hatte ich alles verspielt? Zu überstürzt? Und ich konnte mit niemandem darüber sprechen.

Es war vor den Pfingstferien. Lenchen würde mit der Familie für eine Woche nach Italien reisen. Eine Woche, eine ganze Woche. Unvorstellbar für mich. Wie würde ich das überleben? Jetzt, wo ich den Satz schreibe, kommt er mir etwas lächerlich vor, damals aber konnte ich nicht atmen, ohne Lenchen die paar Straßen weiter zu wissen. Und jetzt Italien, nein.

Ich wusste, wann die Reise beginnen sollte und stand seit sieben Uhr früh an der Ecke Zülpicher Straße. Gegen acht packte mich die Panik. Sollten sie früher gestartet sein? Ich schlug mir mit der rechten Faust in die linke Handfläche, bis es richtig weh tat.

Ich hatte Lenchen nicht erzählt, dass ich da sein wollte. Und da fuhr ihr Vater mit dem Auto vor die Haustür, ein blauer viertüriger Wagen, ein Opel oder so was. Mein Vater führ einen heruntergekommen VW Standard. Lenchen kam aus dem Haus mit einem knallroten Rucksack auf dem Rücken und einem kleinen Koffer in jeder Hand. Ich lehnte gegen das parkende Auto, um mich am Losrennen zu hindern. Es dauerte keine zwei Minuten, dann folgten die Mutter und die kleine Schwester. Als alle bereits im Wagen saßen, sah ich Lenchen auf den Türrahmen steigen, um über das Auto hinweg schauen zu können. Sie wusste, dass ich da bin, ganz sicher. Wie dankbar war ich ihr, die Hände schweiß bedeckt, ich sprang im Stand so hoch ich konnte und winkte wie ein Bekloppter, bis sie mich entdeckte, sie klatschte in die Hände und rutschte dabei runter. Sie war so viel stärker als ich, so viel mutiger. Das Auto brauchte eine Weile, um aus der Parklücke herauszukommen.

Ja, sie weiß, dass ich da bin, um ihr tschüss zu sagen, wir lieben uns. Ich beeilte mich heimzukommen, ich hatte Hunger, zwei Brötchen mit Butter und Marmelade. Dann machte ich mich direkt und unaufgefordert an Papas Aufgabenliste. Er hatte mir Hausdienst verordnet, ich sollte während der Ferientage unsere Dachkammer in Ordnung bringen, den Keller fegen, den Boden unter der Anrichte wischen. Ich war ihm dankbar für die Ablenkung. Zuerst in der Dachkammer. Ich fasste alles an, räumte alles hin und her, etwas sinnlos, aber ich war voller Tatendrang und glücklich.

Ich hatte mir angewöhnt, viel zu gehen, um meine Gedanken zu beherrschen, täglich spazierte ich mehrfach durch die Uni-Wiesen. Ich freute mich über die anderen Pärchen, die sich aneinanderschmiegten und glücklich lächelten.

Am ersten Schultag nach den Pfingstferien konnte ich Lenchen nicht finden. Ich suchte überall, in den Gängen, den abgelegenen Plätzchen, wo sich die Schüler für geheime Gespräche trafen, auf dem Schulhof. Nach der ersten Stunde fragte ich Elke. Sie hatte keine Ahnung, wollte nur wissen, was ich von Lenchen wollte. Ich gab keine Antwort und ging weg. Nach der Schule ging ich in die Gemünder Straße und beobachtete aus einer gewissen Entfernung das Haus. Nichts tat sich. Als ich sehr aufgeregt weggehen wollte, fuhr der Vater mit dem blauen Viertürer langsam die enge Straße entlang, wohl auf der Suche nach einem Parkplatz. Er war allein im Wagen.

Ich saß die ganze Nacht auf der Bettkante und wartete auf etwas, ohne zu wissen worauf. Konnte etwas geschehen sein? Dass sie mich nicht mehr wollte, war ganz unvorstellbar. Ich verbrachte die Nacht, um jeden gemeinsamen Augenblick mit Lenchen erneut zu durchleben. Da war nur Märchenhaftes, Wunderbares, ihr Lachen, die Hände, die ich so liebte. Und plötzlich fiel mir ein Betonklotz auf den Schädel. Die Schmerzen über dem linken Auge! Mein Gott, könnte es das sein? Bitte nicht. Ich stand auf und versuchte mich anzuziehen. Ich zitterte so, dass ich die Socken nicht überziehen konnte. Daran erinnere ich mich haargenau. Ich schlich aus der Wohnung, was sehr schwierig war, weil die Scharniere meiner Zimmertür irre quietschten. Und mit meinen zitterigen Händen dauerte es eine Ewigkeit. Ich rannte durch die leeren Straßen, die Lunge platzte, ich rannte, ohne einmal auszuruhen, bis ich vor der Gemünder Straße stand und glaubte zu wissen, dass etwas Schreckliches geschehen war. In der Wohnung brannte Licht. Vier Uhr früh. Ich wartete ohne einen Plan. Was konnte ich tun? Klingeln und fragen? Mein Leben war zerstört.

Am nächsten Morgen fragte ich erneut Elke. Sie wusste nichts, das heißt, sie hatte sich nicht drum gekümmert. Ich fasste allen Mut zusammen und trat in das Lehrerzimmer, zu dem wir Schüler eigentlich keinen Zugang hatten. Aber ich muss wohl so aufgelöst gewirkt haben, dass Lenchens Klassenlehrerin aufstand und auf mich zukam. Sie nahm mich beiseite und flüsterte sehr leise.

„Mit Lenchen scheint etwas passiert zu sein. Sie liegt seit drei Tagen in der Uniklinik. Bitte bewahre die Fassung, Jakob, es wird bestimmt alles gut enden."

Sie legte die rechte Hand auf meine Schulter und schubste mich lächelnd raus. Ich schaute an ihr vorbei, ich wusste nicht mehr, ob ich überhaupt richtig sehen konnte. Lenchen in der Klinik. Es müssen die Schmerzen über dem Auge sein. Was sollte ich tun? Schreien, weglaufen, mit dem Schädel gegen die Wand schlagen, still sein. Ich hätte gerne gebetet, wie ich es bei anderen gesehen hatte, aber wie und zu wem. Ich setzte mich auf meinen Platz in der Klasse und rührte mich nicht. Dann, während des Unterrichts, natürlich war es Heberle, Mathe, stand ich leise auf und ging raus. He! rief mir der Lehrer nach, aber ich reagierte nicht.

Automatisch ging ich den gewohnten Weg über die Gemünder Straße zu den Unikliniken. Ich hatte keine Ahnung, wo Lenchen sein konnte, meinte, von Neurologie gehört zu haben, aber das schien mir dann auch falsch. Am zentralen Eingang studierte ich ausführlich die Hinweise auf die verschiedenen Klinikabteilungen. Ich konnte gar nicht richtig lesen, alles verschleiert und zittrig. Nach langem Suchen stand ich an Lenchens Bett. Sie hatte die Augen geschlossen. Ich wartete. Lange, sehr lange, ohne mich zu bewegen, was eine unmenschliche Anstrengung erforderte, alles in mir zuckte, wollte ausschlagen, sich gegen irgendetwas wehren.

„Ich wusste, du würdest mich finden", sagte Lenchen plötzlich, ohne die Augen zu öffnen, „es tut mir so leid, aber die Schmerzen sind stärker als ich, verstehst du."

Ich brauchte nicht zu antworten. Ich sackte zu Boden und lehnte mit dem Kopf an der Bettkante. Lenchens Hand suchte mich und blieb auf meiner Stirn liegen. Wieder verging lange Zeit. Ich konnte nicht mehr denken. Ich war leer. Mir liefen die Tränen in, wie mir schien, riesigen Tropfen, über das Gesicht. Lenchens Hand glitt tiefer über die Augen. Als sie die Tränen spürte, war es ein kaum merkliches Zucken. Ich weinte in ihre Hand, es wollte kein Ende nehmen. Da ging die Tür auf, ich merkte es durch den Luftzug.

„Lenchen", zwei Stimmen, „wie ist es, du armes Kind?"

Sie antwortete nicht sofort, ich hörte nur, wie sie tief durchatmete.

„Mama, Papa, ihr sollt euch keine Sorgen machen. Ich wollte euch sagen, dass ich auch seinetwillen noch so gerne weiterleben möchte. Das ist Jakob aus meiner Schule."

Lenchen hatte den Satz noch nicht ausgesprochen, da wurde die Mutter von einem lauten Weinkrampf ergriffen und rannte wieder aus dem Zimmer. Ich ließ die verweinten Augen geschlossen. Vielleicht hatten mich die Eltern nicht sofort bemerkt. Dann aber spürte ich, wie jemand auf Tuchfühlung vor mir stand, bedrohlich irgendwie. Ich schaute hoch, der Vater sah streng, fast feindlich zu mir runter. Ich schob Lenchens Hand auf das Bettlaken und rappelte mich hoch,

„Entschuldigen Sie bitte, es tut mir leid", sagte ich und fand im selben Augenblick, dass ich im Leben selten etwas Blöderes von mir gegeben hatte.

Als ich bereits in der geöffneten Tür stand, rief mir Lenchen nach, „du wirst mich überall finden, ich werde immer da sein, bei dir."

Ich muss dann wohl die Tür geschlossen haben und fand mich neben der Mutter auf der Bank im Gang wieder. Ich konnte jetzt nicht weggehen, ich konnte überhaupt nicht mehr gehen, nie mehr gehen. Die Mutter war still geworden, sie zuckte nur noch beim Atmen.

„Weißt du Junge, wie heißt du, Jakob, ja stimmt, Lenchen hat dich immer erwähnt, wenn sie in ihren Angstträumen geredet hat. Es gibt keine Hoffnung. Lenchen hat einen großen bösartigen Tumor über dem Auge, es gibt keine Hoffnung, und es ist alles so ungerecht."

„Nein!"

Es hallte im ganzen Flur. Mehr Sprache hatte ich nicht. Ich hielt die Hände vor das Gesicht. Wir saßen noch still zusammen, bis die Mutter aufstand, mir die Hand auf die Schulter legte und sagte, „es ist so unendlich ungerecht, verstehst du."

Ich habe keine Erinnerung mehr an das, was dann geschah. Ich muss irgendwann aus der Klinik gegangen sein und war für zwei Tage verschwunden. Ich hatte aufgehört zu leben. In einer Form des Wachkomas. Gefühle, Trauer, Liebesschmerz, alles weg. Ich hatte wohl aus der Stadt herausgefunden und war über die Felder gelaufen, muss mich ins Gebüsch gelegt und geschlafen haben. Keine Ahnung mehr, wirklich. Es war dann schon im Abendlicht, als ich das Martinshorn eines Polizeiwagens hörte, weit weg, aber real. Ich setzte mich und merkte als erstes, dass ich fürchterlich nach Erbrochenem stank. Der Pulli klebrig und steif. Ich fing wieder an zu denken, ich lebte und sofort schoss mir durch den Kopf, dass ich Lenchen vergessen hatte. War ich verrückt geworden? Sie hatte gesagt, sie werde immer bei mir sein, aber wie. Ich suchte eine asphaltierte Straße und ging mit der untergehenden Sonne im Rücken los. Das Martinshorn durchriss weiter die abendliche Stille, kam näher, dann wieder weiter weg. Irgendwann spürte ich Scheinwerferlicht im Rücken.

Die Polizei hatte mich also seit zwei Tagen gesucht. Und sie wussten warum.

„Wissen Sie was von Lenchen?"

Ich konnte mich plötzlich nicht an ihren Familiennamen erinnern und fühlte mich so schuldig.

„Keine gute Nachricht, mein Junge, sie ist gestern in der Klinik gestorben. Wir bringen dich jetzt kurz in den Notdienst zur Untersuchung und dann zu deinen Eltern."

Ich ließ alles mit mir machen, kein Wille mehr, keine Empfindungen. Auch das Leid, das ich meinen Eltern zugefügt hatte, berührte mich nicht. Dabei hatten die sich toll verhalten, keine Vorwürfe, keine Verurteilung. Als ich an jenem späten Abend bereits im Bett lag, trat mein Vater ins Zimmer, ich kann mich nicht erinnern, dass er dies zuvor je getan hatte. Er setzte sich auf die Bettkante und schwieg. Auch ich wusste nicht, was ich sagen sollte. Nach einiger Zeit schaute er zu mir und sagte, „mein armer lieber Junge."

Er hatte Mühe hochzukommen und verließ mein Zimmer, wobei er es schaffte, die quietschende Tür geräuschlos hinter sich zuzuziehen.

Ich musste ja weiterleben, wollte es auch, ich hatte in dieser schrecklichen Erfahrung nie an Selbstmord gedacht. Ich war nur in einen langen finsteren Tunnel hineingegangen, aus dem ich erst Jahre später herausfinden sollte.

Die einzigen schönen Erinnerungen aus der Zeit habe ich an die Besuche bei Lenchen. Ich saß stundenlang auf einem Bänkchen am Grab und redete mit ihr. Ganz offen und für Vorbeigehende verständlich. Schließlich waren wir verbunden für immer. Genau erinnere ich mich an den Nachmittag, als ich ihr sagte, ich würde gerne einen Briefkasten neben ihrem Grab aufstellen, Lenchen Willner hier, müsste draufstehen, damit ich ihr von überall in der Welt schreiben könnte und meine Reiseerlebnisse schildern könnte, schließlich erlebten wir doch alles gemeinsam, für immer. Und immer, wenn ich sie besuchen käme, würde ich ihr die Briefe vorlesen, die ich von überall in der Welt an sie geschrieben hätte. Versprochen wirklich. Ich erzählte ihr auch, dass ich nicht wusste, was aus mir werden sollte, dass ich nur eines wusste, ich wollte reisen, die Welt erleben. Und immer, bevor ich ging, beugte ich mich über das Grab und sagte so leise, dass es niemand hören konnte, „Lenchen, Liebes."

Es war das Schönste, was mir die Sprache erlaubte.

In der Schule ging es bergab. Der Unterricht lief meilenweit entfernt von mir ab. Ich blieb sitzen, es war mir völlig egal. Die Klassenkameraden akzeptierten den neuen Jakob, sie machten sich nie lustig. Die Wiederholung des Schuljahres tat mir gut, neue Mitschüler, die mich langsam in diese Welt zurückholten.

Jetzt weiß ich nicht, warum ich unsere Geschichte hier aufgeschrieben und damit unser Geheimnis verraten habe. Meine kindliche, meine Jugendliebe, die erwachsener war als alles, was ich in meinem späteren Leben noch erfahren durfte.

Bisher hatte ich immer gedacht, dass ich keine große Angst vor dem Tod hätte, so ein Scheiß, tierische Angst habe ich. Und dieses Lebensende auf Abruf, wenn Doktor Maus denn recht hat, ist die Hölle, ich weiß gar nicht, ob ich das die paar Wochen überhaupt durchstehe. Keinerlei Perspektive mehr, kein Denken in die Zukunft, Menschenskind, ich bin doch viel zu jung zum Abkratzen. Wem kann ich mich anvertrauen? Der lieben Elke auf keinen Fall, sie würde durchdrehen.

Drei Monate. Werde ab heute die Tage ankreuzen. Aber auch diese Vorstellung ist doch absurd, die Tage ankreuzen. Muss jedenfalls dringend an dein Grab, Lenchen, muss dir meine Lage schildern. Als ich zuletzt bei dir war, wusste ich doch noch nichts von dem, was auf mich zukommt. Mit dir zu reden wird mich beruhigen, wird alles relativieren, denn was ist schon das Leben wert, wenn es jemandem wie dir so früh genommen wurde. Und was bleibt übrig? Als wir noch zusammen waren, Kinder im Grunde, haben wir nur uns gesehen und geglaubt, es würde ewig so weiter gehen, das Glück, die Liebe, sich berühren, lachen. Obwohl ich an ein Leben nach dem Tod nicht glaube, bin ich immer an dein Grab gekommen, um dir alles zu erzählen, weil du in mir weiterlebst. Dir kann ich mich anvertrauen.

Hab dir ja über all meine Reisen ausführlich berichtet. Ob die Welt in tausend Jahren, wenn das eine oder andere von meinen Kästchen gefunden werden sollte, noch so sein wird, wer weiß.

Werde bestimmt unter den Schmerzen einige Einzelheiten vergessen. Muss Stichwörter notieren, mich an ihnen hochrappeln, wenn am Schluss das Hirn schon leer sein wird, auch wenn ich trotzdem noch lebe, verdammt nochmal.

Durch Frankreich ohne einen Sous 1963

Wir waren mitten in der Nacht losgefahren, vor vier Uhr morgens, Manfreds Eltern hatten gemeint, man müsse da früh durch, sonst bliebe man im Berufsverkehr stecken. Sie hatten uns einen VW-Bus der Firma für die vierzehntägige Reise zur Verfügung gestellt. Der Vater war Chef eines großen Supermarkts auf der Zülpicher Straße, vielleicht gehörte ihm der Laden sogar, jedenfalls reichlich Kohle. Unsere Eltern hatten uns die Fahrt nach Frankreich geschenkt, wir hatten das Abitur geschafft, nicht brillant, aber so, dass wir alles hätten studieren können. Manfred hatte als einziger von uns bereits seinen Führerschein. Er fuhr schnell und sehr sicher. Zusammen hatten wir dreihundert Mark, das müsste reichen, meinten die Eltern. Die Hälfte der Summe war bereits in Francs umgetauscht. Sie hatten den VW-Bus mit Proviant für die zwei Wochen vollgestopft. Hungern brauchten wir nicht. Manfreds Vater hatte eine Holzplatte als Schlafplatz für uns drei eingebaut, darunter war Raum für unsere Koffer und die Bettwäsche. Wir drei saßen vorne. An die Fahrt bis Paris habe ich keine Erinnerung, nur dass sie unendlich lange dauerte und mir der Hintern weh tat vom Sitzen. Am frühen Abend suchten wir etwas abseits der Straße einen Schlafplatz am Rande eines Waldstücks. Wild campen war damals ja üblich. Es kamen auch Leute über den Waldweg vorbei, und wir grüßten in schulfranzösisch, dann kam ein von Kühen gezogener Leiterwagen mit großen Holzrädern. Der Bauer hielt an und wollte mit uns quatschen, doch er musste gleich erkennen, dass unser französisch für ein Gespräch nicht ausreichte, Cologne, konnten wir sagen, Allemagne, jeunes étudiants und ähnliches. Er lachte mit zahnlosem Mund und gab den Kühen mit der langen Peitsche den Auftrag weiterzuziehen.

Wir waren zwar schon einmal auf einer Klassenfahrt in Frankreich gewesen, Paris und die Normandie, aber das war was anderes, da waren die beiden Lehrer fürs Organisatorische zuständig, wir waren mit dem Zug gekommen, wir übernachteten in Jugendherbergen und wurden versorgt. Jetzt mussten wir uns das Abendessen selbst zubereiten. Manfred hatte einen kleinen Gaskocher im Gepäck, Wasser hatten wir im letzten Dorf am Brunnen abgefüllt, auch eine billige Flasche Wein hatten wir uns besorgt. Es gab Frankfurter Würstchen im Wasserbad mit Senf und Brot. Es schmeckte uns prima, wir waren stolz wie die Bezwinger des Mount Everest. Zum Abschluss hatten wir Edamer oder so was in Scheiben. Wir saßen auf wackeligen Campinghockern, die ich beigesteuert hatte. Wir erzählten uns lauter Blödsinn und lachten selbst da, wo eigentlich kein Anlass bestand. Vor Eintritt der Dunkelheit fing es an, leicht zu regnen, wie richteten unser Nachtlager ein und stiegen in dieser ersten Abenteuernacht samt Klamotten ins Bett. Der Regen wurde stärker und trommelte aufs Dach. Ich schlief ein, bevor es richtig dunkel wurde, ich denke, die beiden Kameraden auch.

Wir kamen gegen Mittag im Norden von Paris an, fanden die lange Fahrt durch die Vorstädte etwas beängstigend, alles so groß und zum Teil heruntergekommen. Als erstes wollten wir auf den Eiffelturm. Wir parkten nicht weit von der Grünfläche unter dem stählernen Turm. Wir standen dann lange direkt unter dem Stahlgestell und verrenkten uns die Hälse. Sollten wir es wirklich wagen, da hochzufahren? Alle drei fragten es sich, keiner sagte ein Wort. Es war schon von unten gesehen schwindelerregend. Der Turm reichte ja bis zu den Wolken. Und er sah so wackelig aus, dass wir den Eindruck hatten, er könnte jeden Augenblick wie ein

Kartenhaus in sich zusammensacken. Wir beobachteten die anderen Touristen, die sich schnurstracks in die Warteschlange einreihten, ohne groß nach oben zu schauen und beängstigt zu sein. Die Warteschlange war nicht allzu lang, heute, so steht manchmal in der Zeitung, muss man gut zwei Stunden auf ein Ticket für die Fahrstühle anstehen. Gut, wir gaben uns schließlich einen Ruck und stellten uns auch an. Vor dem Fahrstuhl, in den mindestens zwanzig Personen reingingen, war der Andrang so groß, dass uns keine Zeit blieb für Höhenangst. Die Fahrt in den Himmel lief langsam an, und bevor wir merkten, was gerade mit uns geschah, hatten wir schon den ersten Blick auf die Seine und das Palais de Chaillot, weiter rechts der ganze Louvre Komplex und dahinter Notre Dame. Das alles wollten wir uns noch anschauen in den nächsten zwei Tagen. Der Aufzug hielt ganz langsam. Wir mussten umsteigen in einen kleineren Fahrstuhl, der uns bis zur obersten Plattform in 270 Meter Höhe bringen sollte. Vorher machten wir einen Rundgang auf der Plattform. So viele Touristen waren es gar nicht, wir konnten überall bis ans Sicherheitsgitter und staunten, was das Zeug hielt. Allein die Größe der Stadt, und rundum ein einheitliches Bild, keine Kriegszerstörungen, wie wir sie in Köln noch immer überall hatten. Ganz oben kam es uns dann fast zu hoch vor, zu weit weg von den Kirchen und Kuppeln. Und dennoch wollten wir nicht wieder runter, und wir wären bestimmt noch länger geblieben, hätte der kalten Wind uns nicht so zu schaffen gemacht. Als wir schon wieder in der Schlange zum Fahrstuhl standen, fiel uns plötzlich ein, dass wir kein Foto gemacht hatten, also Kommando zurück, meine Voigtländer raus geholt, ich war der Einzige, der eine Kamera mit hatte, und wir machten vier Aufnahmen, ich glaub, ich hab sie noch heute, drei Einzelfotos und fürs vierte von allen baten wir einen jungen Mann, der machte das entscheidende Foto, wir drei vor dem Ausblicks auf den Louvre und Notre Dame. Wir strahlen wie Schneekönige, drei glückliche Jungs auf Weltreise.

Auf dem Weg zum VW Bus war Manfred vorausgegangen, Jens und ich überboten uns gegenseitig mit Beschreibungen dessen, was wir eben erlebt hatten. Dann traf uns der Blitz, Manfred schrie auf, kommt schnell, die Karre ist aufgebrochen. Wir beide konnten uns anfangs nicht bewegen, eine regelrechte Lähmung in den Beinen. Ein Fenster auf der linken Seite zerschlagen, durch die Öffnung muss jemand ins Auto gekrochen sein, um die Schiebetür zu öffnen, auf unserer Schlafstelle ein unbeschreibliches Durcheinander, die Taschen aller Klamotten waren durchwühlt worden, das ganze Geld war weg, das heißt, das Geld, was wir im Auto unter dem Bett verstaut hatten. Anscheinend hatten die Diebe sogar Lebensmittel mitgehen lassen. Wir sagten lange Zeit nichts und setzten uns vor dem Auto an den Rand des Bürgersteigs. Wir hatten einen tollen Blick auf die Spitze des Eiffelturms, der untere Teil war durch Bäume verdeckt. Lange also nichts, dann fing Manfred an, in seinen Taschen zu fummeln und mehrere Geldscheine zum Vorschein zu bringen. Wir schauten ihm zu und ahmten automatisch seine Gesten nach. Ich fand einen fünfzig Francs Schein, sonst nichts, Jens musste lange suchen, um etwas aus den Taschen ziehen zu können, zwei Zwanzig Mark Scheine immerhin. Gerd war noch damit beschäftigt, die Scheine, die er gefunden hatte zu glätten, zwei Zehner, einen Fünfziger und mehrere Zehn Francs Scheine. Wir hatten also insgesamt noch Hundertzehn Mark und achtzig Francs. Wir sprachen immer noch nicht, mit Sicherheit ging allen durch den Kopf, dass wir schnellstens zurück nach Hause fahren sollten. Aber das hieß, klein beigeben und den Eltern gestehen, dass wir Scheiße gebaut hatten.

Vielleicht hätte einer von uns beim Auto bleiben sollen, meinte Jens, er gab aber sofort zu, dass so die Reise nun wirklich keinen Spaß machen würde. Also was tun? Nicht weit entfernt sahen wir zwei Polizisten, zu denen ich ging, um eine Anzeige zu erstatten. Beide mussten regelrecht überredet werden mitzukommen und den Schaden wenigsten zu begutachten. Dann schüttelten sie den Kopf, der ältere der beiden lächelte mitleidig und meinte, ob wir eine Ahnung hätten, wie häufig das jeden Tag geschieht, dutzende Male, solche kleinen Diebstähle nähmen sie erst gar nicht mehr auf, denn die Täter sind nie ausfindig zu machen, zwecklos. Er holte dann doch einen Schreibblock aus der Tasche, wollte Manfreds Papiere sehen, notierte die Autoschildnummer und machte einige Notizen. On ne sait jamais, lachte er und steckte den Block wieder ein. Wir hatten nicht den Mut, den beiden zu erzählen, dass unsere Ferien im Arsch seien und das wenige Geld, das wir gerettet hatten, kaum zum Tanken reichen würde. Es hätte nichts gebracht.

Raus aus Paris, Manfred klang verbissen, scheiß auf Notre Dame, den Louvre, die Champs Elysées, das Quartier Latin und was weiß ich nicht alles. Wir können die Karre ja sowieso nicht mehr aus den Augen lassen. Papa wird mich ganz schön zusammenscheißen.

Aber du kannst doch nichts dafür, sprang ich ein, wir haben so was doch nicht für möglich gehalten. Einen ausländischen VW Bus ausrauben, das gibt es doch gar nicht!

Gibt es eben doch, motzte Manfred. Und der Bulle behauptete auch noch, es träfe täglich Dutzende Idioten wie uns. Also ehrlich! Manfred war verständlicherweise besonders betroffen. Wir schwiegen und machten dazwischen immer wieder einen Vorschlag, wie es weitergehen könnte, bis Jens aufstand und die Fäuste ballte. Menschenskind, wir lassen uns doch durch so einen saublöden Einbruch nicht einschüchtern. Jetzt machen wir erst recht weiter, verdammt nochmal. Aber Manfred hat recht, raus aus dieser Pariser Hölle. Sieht alles so toll aus, die alten Fassaden, die tollen Monumente, doch hinter jedem Baum versteckt sich wahrscheinlich ein brutaler Dieb. Scheiß drauf!

Das hatte uns aufgerüttelt, ja, wir wollten im Grunde alle, dass es weitergeht, wir mussten eben nur wieder raus aufs Land. Es musste noch geklärt werden, wie wir die zerschlagene Scheibe ersetzen konnten. Jens schlug vor, es mit einer Holzplatte zu versuchen, das wäre am billigsten, eine neue Scheibe würde einen Großteil des Geldes verschlingen, das uns verblieben war. Aber wo eine Platte finden? Während wir noch herum grübelten, spannten wir ein Handtuch vor das Loch, nachdem Manfred die Splitter herausgezogen hatte, die noch in der Fensterfassung steckten. Noch ein Blick, eher abschätzig, auf den Eiffelturm, und wir fuhren los.

Doch nach wenigen Metern suchte Manfred erneut einen Parkplatz und meinte, wir könnten doch nicht aus Paris abhauen, ohne wenigsten in der Notre Dame gewesen sein. Er habe vorhin scheiß drauf gesagt, aber für die Kirche nehme er das zurück. Wir fahren hin, einer bleibt im Auto und der geht danach allein rein. Das dauert keine halbe Stunde. Wir fahren an der Seine entlang, das ist doch ganz einfach. Manfred wartete gar nicht auf eine Antwort von uns. Wir waren in zehn Minuten da, parkten auf dem großen Platz vor der Kirche und ich bot mich an, im Auto zu bleiben. Die beiden kamen auch wirklich nach vielleicht zwanzig Minuten zurück, sprachlos, mit ernstem Gesicht, wohl sehr beeindruckt. Ich rannte los und blieb auch etwa fünfzehn Minuten in der Kirche, es war grandios, die Sonne schickte kräftige Strahlen durch die bunten Fenster, und dann ertönte auf einmal auch noch die Orgel. Ich saß kurz auf einer der Bänke ganz hinten, wollte aber die Kameraden nicht länger warten lassen. Ich kaufte zwei Postkarten, eine Aufnahme vom Schiff innen und ein Außenbild. Ich machte dann mit meiner Voigtländer ein Foto von den beiden vor der Notre Dame Kulisse und ließ mich genauso aufnehmen.

Wir waren froh und auch etwas stolz. Manfred meinte, als wir bereits auf dem Weg zurück zum Eiffelturm fuhren, stellt euch vor, ich hätte meiner Mama gestehen müssen, ich sei gar nicht in der Notre Dame gewesen. Das wäre bestimmt noch viel schlimmer ausgegangen als der scheiß Einbruch. Wir lachten die dumme Erinnerung weg und lobten Manfred für seine Entscheidung. Er hatte unter uns dreien irgendwie das Sagen, obwohl er es vielleicht selbst nicht wusste. Wahrscheinlich weil wir im Auto seiner Eltern unterwegs waren.

Jens meinte, wir sollten uns nach der Sonne richten, südwestlich, mit dem Stadtplan würden wir uns grenzenlos verheddern. Und in der Tat kamen wir langsam aus dem Stadtkern heraus, und da sah ich plötzlich Sperrmüll auf dem Bürgersteig, ich hatte wohl etwas zu laut geschrien, denn Manfred bremste brutal, wir Beifahrer wurden gegen das Armaturenbrett geschleudert. Wir schauten uns erst ängstlich um, kramten dann in dem Sperrmüll und fanden zwei schöne große Holzplatten, die wie für uns zugeschnitten schienen. Und sie waren es denn auch. Das eine Brett passte perfekt in den Fensterrahmen, Manfred musste nur die Fassung etwas eindrücken, und das Teil hielt. Es war weiß und sah so aus, als wäre es von Anfang an diesem Platz gewesen. Ein richtiges Erfolgserlebnis für uns, wir fuhren weiter und grölten irgendeinen Song von Presley. Jens lag richtig, der Sonne entgegenzufahren, brachte uns auf den Weg Richtung Orléans. Weit vorher hielten wir aber schon Ausschau nach einem Platz fürs Abendessen und die Nacht. Ein Schotterweg führte rechts ab auf ein Waldstück zu. Manfred wagte sich bis an den Rand der Bäume, in den Wald selbst einzutauchen, schien uns zu riskant. Wir waren jetzt gebrannte Kinder und sahen überall Banditen hinter den Büschen. Diese Angst hörte bald auf, an diesem Abend aber wollten wir auf den nahen Straßenverkehr schauen können. Manfred drehte die Karre sogar noch um, so dass wir im Ernstfall schnell hätten abhauen können. Noch immer bedrückt, ist ja klar, räumten wir den Wagen auf und bereiteten unseren Schlafplatz vor. Das Brett hatte sich während der ganzen Fahrt überhaupt nicht bewegt, es schien uns genauso sicher wie die Scheiben danebn.

Es gab Erbsensuppe mit Speck, zwei Dosen, Manfred rührte ständig im Topf, damit nichts anbrannte. Wir fanden die Suppe lecker und witzelten über das zu erwartende Furzen. Ein Fenster müssten wir offenlassen, wenigstens etwas, trotz Eiffelturm Trauma. Wir schliefen wie Murmeltiere, manchmal sah ich die Lichter der drüben vorbeifahrenden Autos kurz aufleuchten. Oder war das nur im Traum? Als ich aufwachte, saßen die beiden auf der vorderen Bank und studierten die Landkarte. Draußen grasten Kühe ganz nahe am Auto, manchmal schaute eine hoch und schüttelte den Kopf, sah so aus als hielte sie uns für leicht verrückt, es wird aber wohl eher eine Fliege im Ohr gewesen sein.

Wir fuhren gleich los, denn zum Frühstück wollten wir doch eine frische Baguette haben. Unsere Picknicks habe ich in lebhafter Erinnerung, wir saßen im Grünen auf wackeligen Campingstühlen, der Tisch wackelte auch, wir hatten alles, was das Herz begehrte, Salami, Sardinen, Käse und Marmelade, die Eltern hatten sich anscheinend wirklich Sorgen gemacht, wir könnten verhungern. Wir mussten kein Geld ausgeben, jedenfalls nicht an diesen ersten drei Tagen, die Eintrittskarten am Eiffelturm und Sprit, sonst praktisch nichts. Wir hatten immer wieder mal dran gedacht, es aber nicht ausgesprochen, dass wir vielleicht früher als geplant würden heimfahren müssen, schließlich hatten wir nur noch ein Drittel des mitgenommenen Geldes. Als Jens das Problem ansprach, beschlossen wir, halt lange Ferien zu machen, bis die Kasse leer war, basta. Jetzt peilten wir das Loiretal an, Chambord, das grandiose Schloss von Franz I., von dem wir aus dem Schulunterricht wussten. Vorher wollten wir noch einmal in der Pampa campen. Wir überquerten die Loire in Blois und hielten direkt auf der anderen Seite. Die Kulisse der Stadt mit dem Schloss und den alten Häusern hinter dem ruhig dahinfließenden Wasser, wir mussten zugeben, so etwas noch nicht gesehen zu haben. Damals hätte man leben müssen, meinte Jens, ja, aber nur, wenn man zur Oberschicht gehörte. In unserem Reiseführer hatte gestanden, dass Franz I. gelegentlich mit seinem Hofstaat von der Loire nach Paris zog und dabei eine Spur der Verwüstung hinterließ. Es wurde zwar nichts zerstört, dafür alles in der ganzen Gegend verzehrt und weggetrunken, auch an Loire Weinen, was sich finden ließ. Gleich hinter Blois führte die Straße nah an der Loire entlang, ideale Plätze zum Kampieren. Unser Bus stand zwanzig Meter vom Flussufer entfernt, wir richteten uns fürs Abendessen noch näher am Wasser ein, Ich hab vergessen, was es gab, sehe uns aber noch mit den nackten Füßen im Wasser plantschen. Wir beschlossen, nach Chambord weiter an den Atlantik zu fahren und dort mehrere Tage zu bleiben, den ganzen Tag immer im Auto zu sitzen, war ja nicht das Wahre, auch wenn die Landschaften noch so schön sein mochten. Wir fanden das Schloss schon toll, ein Riesending mitten im Wald, Zuckerbäcker-architektur, sagte ich, kriegte von Jens aber gleich einen drauf, das sei pure Renaissance und innen genial ausgeklügelt konstruiert mit einer Treppe, auf der man sich nicht begegnet, wenn man hoch und runter steigt.

Du hast da wohl im Unterricht mehr gelernt als nötig, frotzelte Manfred, es sieht aber ja schon sehr beeindruckend aus. Das wollte keiner bestreiten, ich musste aber bei solchen Bauten, auch bei Notre Dame, immer dran denken, wie viele Arbeiter dabei tödlich verunglückt sind, bestimmt waren es Hunderte.

Zwei Tage brauchten wir dann noch bis zum Atlantik. Wir fuhren ja nicht schnell. Südlich von Les-Sables-D'Olonne fanden wir, was wir suchten. Es war ja außerhalb der Ferienzeit und nur wenige Touristen lagen am Strand. Allerdings war es ohnehin noch zu kalt für lange Sonnenbäder, aber das war uns egal. Wir parkten an einer Stelle, wo wir den Wagen immer im Blickfeld hatten. Am tollsten waren die Sonnenuntergänge genau über dem Meer, die Sonne plumpste geradezu ins Wasser. Wir saßen in einer gewissen Entfernung von einander, um unseren Empfindungen freien Lauf geben zu können. Ich merkte am zweiten Abend, dass ich seit den wunderbaren Tagen mit Lenchen, meiner so früh verstorbenen Freundin, nicht mehr so glücklich war. Keine Gedanken, die ablenkten, keine Ängste vor der Zukunft, das Rauschen der Wellen übertönte alle anderen Geräusche, auch die inneren, den Herzschlag. Seit Hunderten von Millionen Jahren stemmten sich die Wellen gegen das Festland, dachte ich, ich bin hier am Rand der Ewigkeit. Wir hatten in der Schule gelernt, dass alles Leben auf dem Festland seinen Ursprung und seine Urahnen im Meer hat.

Es vergingen abends Stunden, ohne dass wir miteinander plauderten. Beim Abendessen wurde über Organisatorisches geredet, wie lange wir noch hierbleiben konnten, und wie es dann weitergehen sollte. Danach saß wieder jeder in sich versunken da. Wir sprachen uns nicht einmal ab beim ins Bettgehen, wie wir es die Tage davor getan hatten. Jeder verkroch sich alleine und still. Als ich im Dunkeln ins Auto stieg, lagen die Freunde bereits da und schliefen tief.

Was hatte das Meer mit uns angestellt? Alle drei waren wir ja wie weggetreten, in Bann gezogen, zum Schweigen gebracht. Wahrscheinlich war es eine der wichtigsten Konfrontationen in unserem bisherigen Leben, herausgefordert von der Urgewalt der Wellen und von der Vorstellung dieses unendlich großen Meeres. Wir kannten halt nicht viel mehr als die Straßen in unserem Kölner Viertel. Jetzt glaubten wir wohl, wir hätten etwas von der tieferen Bedeutung des Lebens erkannt.

Wir blieben vier Tage, aßen langsam unsere Vorräte auf, von dem was unsere Eltern und mitgegeben hatten, war ja einiges geklaut worden. Wir zählten unser Geld und überlegten, ob wir uns nicht wenigstens einmal ein Mittagessen in der Kneipe leisten konnten. Das müsste klappen und wäre wieder ein Abenteuer. Jens unterhielt seit Jahren eine Brieffreundschaft mit einem Jungen in der Nähe von Montpellier. Seine Eltern hatten uns eingeladen, der Vater besaß ein großes Weingut. Auf dem Weg dorthin mussten wir ganz Südfrankreich durchqueren, bestimmt an die tausend Kilometer, also auch mehrmals tanken. Wir fuhren am ersten Tag bis in die Nähe von Périgueux. Mittags picknickten wir doch wieder, wir hatten noch Salami, ein Glas mit Fleischpastete, das Manfreds Mutter selbst gemacht hatte, nur die Baguette mussten wir kaufen. Und eine Flasche Rotwein gönnten wir uns dazu. Über Nacht stand der VW Bus in einer Lichtung mitten in einem großen Wald. Wir wurden immer mutiger. Gut, am Rand der Lichtung führte die Straße vorbei, auf der alle halbe Stunde mal ein Auto zu sehen war. Schon beim Abendessen, Manfred zauberte für uns eine Kraftbrühe, wohl aus der Dose, aber echt lecker, da fiel uns auf, dass ein regelrechtes Vogelkonzert den Wald belebte. Wir hatten keine Ahnung, um welche Vögel es sich handelte.

Als es aber dunkel wurde, und auch kein Auto mehr auf der Straße vorbeifuhr, einigten wir uns darauf, dass nur Nachtigallen so wunderbar singen können. Wir hörten auf zu reden und hörten zu, bis wir auf unseren wackeligen Campingstühlen einschliefen. Nie wieder habe ich später solange so viele Nachtigallen singen hören, es dürften mehr als ein Dutzend gewesen sein.

Am nächsten Tag machten wir unseren Vorsatz wahr, mittags in einer Kneipe essen zu gehen. Ein kleiner Ort mit dem dazu gehörenden Kirchplatz, auf dem zwei Kneipen draußen servierten. Wir studierten genau die Speisekarte und entschieden uns für den Laden, der als Vorspeise unter anderem ein hart gekochtes Ei mit Mayonnaise anzubieten hatte. Die Preise unterschieden sich kaum, und sie waren für uns Ausgeraubte erschwinglich. Was wir sonst aßen, habe ich vergessen, aber das Mayonnaise Ei kann ich jetzt noch schmecken. Danach rief Jens bei seinem Brieffreund an, er hatte schon seit Tagen auf eine Nachricht von uns gewartet. Wir waren herzlich eingeladen und sollten solange bleiben, wie wir wollten. Noch einmal Campen, dann müssten wir es bis in die Nähe von Montpellier schaffen. Der Empfang war sehr herzlich, die Mutter gab uns Backenküsschen, forderte uns auf, sie mit Vornahmen anzusprechen und führte uns gleich durch das riesige Haus hindurch zum Innenhof, wo eine königliche Tafel gedeckt war. Eine weiße Tischdecke, richtige Gläser für Wein und Wasser und eine Menge vorbereiteter Platten mit Aufschnitt, Gemüse und Obst. Wir waren geblendet nach unserem spartanischen Campingtisch mit Plastiktellern und Trinkbechern. Dann mussten wir erzählen, was wir erlebt und gesehen hatten. Im Mittelpunkt stand natürlich der Raub unter dem Eiffelturm, Jens malte den Schock in allen Farben aus, die Mutter, ich meine sie hieß Marie-Claude konnte sich gar nicht beruhigen. Und das in unserem schönen

Frankreich, rief sie aus, das ist doch die Höhe. Wir konnten das nur unterstreichen. Unser Schulfranzösisch war gar nicht so schlecht, selbst Manfred wagte sich vor, und man konnte verstehen, was er sagen wollte. Marie-Claude lobte uns jedenfalls und teilte einen Seitenhieb auf ihren Sohn Robert aus, der es bis zum Abi nicht gelernt hatte, einen zusammenhängenden Satz in deutscher Sprache zu sprechen.

Dann wurde die Tafel in Angriff genommen, traumhaft, aber zuerst gab es einen Teller Gemüsesuppe. Bei uns steht am Anfang immer eine Suppe, das muss eine jahrhundertealte Tradition sein, erklärte der Vater, wenn man vom Feld heimkam, etwas durchgefroren, bewirkte die heiße Suppe wahre Wunder. Bei uns dreien auch, obwohl es frühsommerlich warm war. Ich stürzte mich danach auf die Würste und Pasteten. Als Hauptgericht gab es Ente confit, das Fleisch zerfiel im Mund, aber es war in Fett getränkt. Was dann noch serviert wurde habe ich nicht mehr mitbekommen. Mir wurde auf einmal so schlecht, ich wusste nicht, ob ich mich übergeben oder auf die Toilette rennen sollte. So schlecht war mir, dass Marie-Claude es bemerkte und mich zu einem Liegestuhl einige Meter entfernt begleitete, ich hatte den Arm um ihre Schulter gelegt, um nicht umzukippen. Du hast zu schnell gegessen, Junge, meinte sie, nicht schlimm, ruhe dich etwas aus, dann würde es bestimmt gleich besser. Oder willst du einen Schnaps, bitte nein, quälte ich mir ab, es tut mir so leid. Kein Problem, mein Junge. Bis zu diesem Abend wusste ich nicht, was schlecht sein bedeutet, kotzschlecht. Das Essen wollte mir wieder hochkommen, der Magen bäumte sich auf. Am besten war es, sich nicht zu bewegen und abzuwarten. Am Tisch wurde bald wieder geredet und gelacht, sodass mein schlechtes Gewissen sich etwas beruhigte. Und nach einem längeren Aufenthalt auf dem Örtchen konnte ich zurück an den Tisch, an dem immer noch gegessen wurde. Ich hatte aber keinen Mut, bei den Nachspeisen zuzugreifen, mousse au chocolat, selbstgemacht, Jens meinte, da käme ich nicht drumherum, aber ich blieb standfest.

Warum erinnere ich mich so gerne an dieses Abenteuer? Die erste selbständige, selbst verantwortete Reise, das wilde Campen, einmal war der VW Bus frühmorgens von Kühen umgeben, die die Scheiben ableckten, die Brutzelei abends, zusammen zu hocken bis in die Puppen, aus Klassenkameradschaft wurde Freundschaft, zum ersten Mal für zwei Wochen weg von zuhause. Das wunderbare französische Hinterland, die kleinen Dörfer, die freundlichen Menschen. Das alles zusammen war es. Unvergesslich.

Baja California 1984

Eigentlich bin ich kein besonders mutiger Typ, aber diesen Trip wollte ich doch machen. Ich mietete mit meiner ersten Frau Rose in Los Angeles einen Geländewagen und fuhr in den Süden über San Diego nach Mexiko in die Baja California. Der Küstenstreifen zum Pazifik hin war begrünt, es gab gelegentlich Restaurants und Hotels. Wir wollten es aber abenteuerlich und bogen deshalb irgendwo auf halber Strecke links ab, befanden uns sehr schnell auf einer Geröllstraße, die selbst unserem Jeep zu schaffen machte. Auf der Landkarte war die Straße zwar eingezeichnet, aber zwischen den beiden Küstenstreifen war kein Ort drauf. Wir dachten halt, wir bräuchten nicht mehr als drei Stunden, um bis nach Alfonsina zu gelangen. Gelegentlich säumten riesige Kakteen den Weg, ich machte einige Fotos von Rose, um ihre Dimension zu dokumentieren. Wir kamen nur im zweiten Gang voran, jemand hätte problemlos neben uns herlaufen können, denn dicke Steine lagen überall auf der Mitte der Fahrbahn. Es war tierisch heiß, wir konnten aber die Seitenfenster nicht runter drehen, weil unser Auto zu viel Staub aufwirbelte. Schnell also fingen wir an, den Trip in Frage zu stellen. Und natürlich hatten wir auch vergessen, eine Flasche Wasser mitzunehmen. Außer uns kein Auto und kein Mensch auf der Straße, die immerhin zu einem kleinen, aber beliebten Ort am Wasser führen sollte. Jedenfalls behauptete das unser Reiseführer. Durch die leicht hügelige Landschaft sah man auch nicht weit. Wir überlegten, ob es nicht klüger wäre umzukehren. Wir wollten zwar ein kleines Abenteuer erleben, aber dabei nicht auf der Strecke bleiben. Die Stimmung sank mehr und mehr, mein ganzer Körper zitterte am Lenkrad, Rose bestand darauf, sofort umzukehren, doch da sahen wir plötzlich am

Rand des Wegs ein Durcheinander von Reklame-
schildern, Berge von Kisten mit leeren Flaschen und
dahinter eine selbstgebastelte Bude. Coco's Corner
stand da in weißer Schrift auf einem roten Schild. Erst
waren wir skeptisch bis verängstigt. Das könnte eine
Falle sein, denn wer hier am Arsch der Welt überfallen
wird hinterlässt bestimmt keine Spuren. Wir fuhren
ganz langsam an dem Gerümpel vorbei und sahen einen
älteren Mann mit Krückstöcken, der uns zulächelte und
zum Anhalten einlud. Er trug Boxershorts, die den
Stumpf eines Oberschenkels erkennen ließen. Sein
nackter korpulenter Oberkörper war rotbraun von der
Sonne. Wir hielten also an und lernten einen unheimlich
netten Kerl kennen, der hier seit Jahren mitten in der
Wüste lebt. Wir tranken ein eiskaltes Bier. Der gute
Mann hatte solar betriebene Generatoren, die mehrere
Kühlschränke mit Strom versorgten. Sogleich erfuhren
wir, dass er auf der ganzen Baja berühmt sei, in seiner
kleinen Bude hingen Dutzende Fotos mit irgendwelchen
Stars, die hier vorbeigekommen sind und sich mit ihm
hatten ablichten lassen. Manchmal komme über mehrere Tage niemand vorbei, aber das mache ihm nichts
aus, er sei die Einsamkeit gewohnt, umso mehr freue er
sich, wenn Touristen vorbeikommen und bei ihm
einkehren. Ein leichter Wind kam auf, der Luft zum
Atmen mit sich brachte, denn es war im Coco's Corner
trotz Ventilatoren stickig heiß. Wir blieben etwa eine
Stunde und fuhren mit neuer Hoffnung erfüllt weiter.
Doch nach vielleicht zwanzig Kilometern streikte
plötzlich der Jeep, fatal für uns, die wir nichts, aber auch
gar nichts von Autos verstanden. Der Motor war nicht
etwa zu heiß geworden, irgendetwas musste den Geist
aufgegeben haben. Da standen wir nun in der
Steinwüste, der brennenden Hitze ausgesetzt, ich hatte
nicht einmal eine Mütze gegen die Sonne dabei. Vor uns
glaubten wir in nicht allzu weiter Ferne einen Ort und

das Meer zu erkennen, aber je mehr wir hinstarrten, um so mehr entpuppte sich der Ausblick als Fata Morgana. Jetzt saßen wir echt in der Scheiße, anders lässt es sich nicht ausdrücken. Manchmal, hatte der gute Mann im Coco's Corner gesagt, kommt hier keine Seele vorbei. Was tun? Zu Fuß auf die Fata Morgana zugehen, ohne zu wissen, wie weit es noch bis Alfonsina ist, oder die zwanzig Kilometer zurück wandern bis zum Coco's Corner? Beide Lösungen schienen uns undurchführbar, wir hatten weder richtige Wanderschuhe an, noch Jacken für die kalte Nacht. Und wir waren beide keine trainierten Wanderer. Gab es hier nicht auch Hyänen und Klapperschlangen? Und dann wurde uns plötzlich bewusst, dass wir wieder kein Wasser mitgenommen hatten. Ich sah uns also schon im Auto verharren, bis jemand vorbeikommt, aber die Karre war heiß wie ein Backofen, selbst bei geöffneten Türen. Wir setzten uns auf den Boden im Schatten des Autos und waren ziemlich durcheinander. Mal fing der eine an, hektisch zu lachen, mal die andere zu fluchen, was das Zeug hielt. Aber wir vermieden es, uns gegenseitig Schuld zuzuschieben. Es war eine gemeinsame Entscheidung gewesen, also mussten wir da auch gemeinsam durch. Ich konnte es nicht fassen, aber irgendwann kramte Rose in ihrer Tasche nach einem Buch und fing friedlich an zu lesen. Als ich dabei war ein zunicken, geschah ein kleines Wunder. Aus Richtung Coco's Corner kam eine dicke Staubwolke auf uns zu. Es war ein Geländewagen, neben dem unser Jeep wie ein Spielzeugauto aussah. Zwei junge Männer stiegen aus, der Fahrer offensichtlich betrunken. Als erstes pinkelte er ausgiebig an unser Hinterrad, der andere schaute uns entschuldigend an. Dann steckten beide die Köpfe unter die Motorhaube, der Angetrunkene schien was von Autos zu verstehen, sagte aber anfangs nichts, ging dafür zu seinem Riesenschlitten und holte zwei Dosen Bier raus, ohne eine davon seinem Kumpel anzubieten. Er hatte wohl selbst noch gewaltig Durst. Sie diskutierten miteinander, wir verstanden kein Wort, schon gar nicht von Automechanik in amerikanischem Slang. Dann kamen beide wieder aus der Versenkung hervor und sagten, etwas sei durchgebrannt, weil wir wohl zulange im ersten Gang gefahren seien, der Wagen müsse abgeschleppt werden. Das wieder verstanden wir und uns traf der Schlag. Welcher Abschleppdienst sollte uns hier in der Wüste abholen? Doch während Rose und ich uns noch entsetzt anschauten, wackelte der leicht Angetrunkene zu seinem Wagen und kam mit einem Abschleppkabel zurück. Das befestigten die beiden und sagten, sie brächten uns jetzt nach Alfonsina, wo sie das Wochenende verbringen wollten, wir müssten dann selbst weitersehen. Was dann folgte, war eines Slapstick-Films würdig. Der beschwipste Junge hatte wohl sehr schnell vergessen, dass wir hinten dranhingen, denn er legte eine Schlitterpartie hin, die uns im Jeep hin und her schleuderte, und alles viel zu schnell. Wir dachten jeden Augenblick würde die Karre auseinanderbrechen. Einen Vorteil hatte die Art, abgeschleppt zu werden, die Zeit verging im Fluge, und auf einmal sahen wir als ganz reales Bild das Dörfchen Alfonsina und nicht mehr als Fata Morgana. Die beiden hielten hinter einem kleinen Gebäude, das sich als einziges Hotel herausstellte, eher als Absteige. Wir waren dann auch die einzigen Gäste, erschöpft, durcheinander und glücklich zugleich, weil vor dem Hotel der Strand begann und das Meer keine zehn Meter entfernt war. Ein ganz ruhiges Meer, die Wellen eines Binnensees, und am Wasserrand spazierten stolz große Pelikane, manchmal wurde die Oberfläche des Wassers kurz aufgewirbelt, wenn junge Seelöwen auftauchten und wieder verschwanden, wirklich zum Greifen nahe. Wir bekamen ein scharf gewürztes Abendessen mit Fleisch und Reis und dazu die einzige Flasche Rotwein, die der Gastwirt anzubieten hatte, ein einfacher Bordeaux, auch das noch, er schmeckte uns wunderbar. Das Hotelzimmer betrat man vom Strand aus, ebenso Toilette und Dusche. Die Tür des Zimmers ließ sich abschließen, die sanitären Räume aber nicht, Rose oder ich mussten für den anderen Wache stehen.

Der Besitzer des Hotels erzählte uns, dass es im Dorf keinen Automechaniker gebe. Er wolle am nächsten Tag rauskriegen, ob einer der Bewohner vorhatte, irgendwann mal in die nächstgelegene Stadt zu fahren, um uns das Ersatzteil zu besorgen. Es einzusetzen sei dann ganz einfach. Jedenfalls hieß das für uns, dass wir hier wohl gut eine Woche bleiben müssten. Der Ort sei doch wunderschön, meinte er, nirgendwo könne man sich besser erholen. Ins Wasser könne man allerdings nur mit schützenden Badeschuhen, denn im Sand seien giftige Tierchen versteckt, die beißen und einen gefährlichen Ausschlag verursachten. Er verabschiedete sich, weil er zwei Feuer am Anfang und am Ende auf der Landebahn anzünden müsse, denn heute sei eine kleine private Propellermaschine aus Los Angeles angesagt. Alle Häuser am Strand gehörten Amerikanern, die in der Regel per Privatflieger anreisten. Und manchmal landeten die erst in der Dunkelheit.

Wir setzten uns an den Strand blieben lange stumm, zum einen übermüdet, zum anderen aufgewühlt durch die Erlebnisse des Tages. Aus einer absolut gefährlichen Situation gerettet und jetzt an diesem paradiesischen Plätzchen. Ich schlief in Roses Schoß ein und wurde auch nicht mehr richtig wach, als sie mich ins Hotelzimmer brachte. Im Unterbewusstsein hörte ich später eine Propellermaschine am Hotel vorbei dröhnen, das ganze Zimmer zitterte, aber das dauerte nur einige Sekunden. Mit dem Gedanken an einen Privatjet, mit dem ich zu meinem Wochenendhaus fliege, das auch so wie hier am Strand steht, schlief ich zufrieden wieder ein.

Ganz früh, noch bevor die Sonne aufgegangen war, weckte mich Rose, ich musste mit an den Strand kommen und dem Treiben der jungen Seelöwen zusehen. Und auch jetzt schon spazierten die Pelikane neugierig und stolz hin und her. Das Meer spiegelglatt. Es war alles unbeschreiblich schön. Dass es noch solche praktisch unberührten Orte gibt, und das vor den Toren der USA, schien uns ganz unwahrscheinlich. Nun ja, da war die Landepiste, aber die wenigen Maschinen, die hier im Laufe einer Woche mit Getöse landeten, störten den Frieden nicht nachhaltig.

Nach dem Frühstück tauchte ein tief gebräunter Herr in Shorts auf, und wir sollten ihm erklären, was mit dem Jeep los war. Ich hatte das Wort des Ersatzteils aufgeschrieben, er lachte, als er es hörte, wegen eines so winzigen Teils könne man in der Steinwüste verdursten, meinte er, wir hätten großes Glück gehabt, denn per Auto komme hier pro Woche vielleicht ein Auto auf diesem Weg nach Alfonsina, der Ort wird mit Lebensmitteln und Sprit von einer nördlich gelegenen Stadt beliefert. Er fährt da auch einmal in der Woche hoch und werde uns beim nächsten mal das Ersatzteil mitbringen, kein Problem. Allerdings erst in fünf Tagen, solange müssten wir hier wohl noch ausharren. Für den übernächsten Tag lud er uns zu einem Umtrunk zu sich ein, und er zeigte auf eines der Häuser am Strand keine fünfzig Meter entfernt. Wir wollten hier eigentlich höchsten zwei Nächte verbringen, unsere Reisepläne, noch weiter südlich auf der Baja zu fahren, waren damit hinfällig.

Die Eingänge der Hotelzimmer waren überdacht, wir konnten den ganzen Tag schön im Schatten sitzen und aufs Meer schauen, denn ins Wasser trauten wir uns wegen der Quallen und Sandflöhe nicht, wir hatten ja keine Badeschuhe dabei. Wir konnten aber die ganze Bucht entlang im Sand spazieren gehen, die Viecher waren nur in dem Bereich versteckt, der ständig von den Wellen überspült wurde. Die Pelikane immer hinterher. Den ganzen ersten Tag sahen wir niemanden sonst, absolute Ruhe, es war märchenhaft. Rose konnte sich nicht sattsehen, schau dir das an, sagte sie immer wieder, der Pelikan, aus seinem Riesenschnabel schaut ein halber Fisch raus. Wenn wir Badeschuhe hätten, könnten wir die jungen Seelöwen wahrscheinlich anfassen, sieh doch nur, wie sie durch Wasser gleiten, wunderschön wirklich. Was haben wir für ein Glück, hier festzusitzen Vielleicht sieht so das Paradies aus, schau doch Jakob. Sie hatte recht. Und Rose, die sonst nicht sehr gesprächig war, fing an, aus ihrem Leben zu erzählen, sie ist zwei Jahre älter als ich. Wir stellten fest, dass wir nach zwei Jahren Ehe ganz wenig voneinander wussten und mussten darüber lachen, geheiratet zu haben, ohne uns richtig zu kennen. Bei ihr war das ganz anders als bei mir, der Vater ein strammer Nazi bis heute, aber er ist clever genug, es vor fremden Leuten zu verbergen. Die Mutter hat nie dagegen rebelliert, was Rose ihr nicht verzeihen kann. Sie waren ja nicht mal zu unserer Hochzeit erschienen. Ich hatte, so Rose, ja seit vielen Jahren nur noch wenig Kontakt zu ihnen, ich konnte das dumme Geschwätz nicht ertragen, dass heute doch alles den Berg runter ginge, dass eine richtige Führungspersönlichkeit hermüsse, um Ordnung zu schaffen und halt den ganzen Scheiß. An mir hätte ihr gleich zu Beginn unserer Bekanntschaft gefallen, dass ich sie so akzeptierte, wie sie war, ohne viel in ihrem früheren Leben herum zu bohren. Wir verbrachten eine wunderbare Zeit zusammen und glaubten später beide, dass unser späterer Sohn Gabriel in Alfonsina gezeugt wurde. Auch wenn es nicht unbedingt stimmte, war dies eine schöne Vorstellung.

Bei Einbruch der Dunkelheit dröhnte wieder eine Propellermaschine, wir hatten die beiden Feuerstellen gar nicht bemerkt. Die Flieger parkten übrigens wie sonst das Auto hinter dem Haus des Besitzers. Das sah wirklich ungewöhnlich aus und auch komisch. Man kam hinten aus dem Haus, um den Müll in den Eimer zu werfen und hatte die Spitze der Maschine oder einen Propeller vor der Nase.

Der braun gebrannte Mann holte uns ab für einen Umtrunk in seinem Haus, wir saßen auf der Dachterrasse in der untergehenden Sonne und erfuhren, dass er hier seit vier Jahren lebte, seit dem Tod seiner Frau, er habe seine Firma dem Sohn vermacht und habe erst in Alfonsina begriffen, wie schön das Leben ist, er bereue nur, das Haus nicht früher gebaut zu haben, so hätte seine Frau noch davon profitieren können. Wir tranken Whisky, ich ohne Eis, Rose nahm ein Glas kalten Weißwein. Mann, hier ließ es sich aushalten. Später zeigte er uns die Rakete, mit der er in die Stadt fuhr, ein Gefährt aus einem Sciencefiction mit Hinterrädern wie von einem LKW und mit einem Sitz, der mit mehreren runden Stangen den Fahrer beim Umkippen schützen sollte, ja, das sei ihm schon passiert, wenn er allzu schnell gefahren war. Und dabei lachte er fröhlich. Nach vorne eine ganz lange Schnauze für den Motor und zwei viel kleinere Räder. Mit dem Teil bräuchte er ein Drittel der Zeit, die Geländewagen in die Stadt benötigen, und es mache einen Riesenspaß. Für die Einkäufe hatte er hinter dem Sitz einen Gepäckraum aus dicken Eisenstangen gebaut. Wir waren wirklich beeindruckt, selbst Rose fand den Kasten toll, aber leider konnte er uns damit ja nicht auf eine kleine Tour mitnehmen, es gab ja nur den Fahrersitz.

Einen Tag früher als geplant machte er sich auf den Weg in die Stadt. Wir hörten plötzlich einen ohrenbetäubenden Lärm und liefen hinter die Häuser, wo wir unseren Mann mit Helm und Lederjacke vor seiner Wundermaschine stehen sahen, er winkte uns zu, stieg in den mit Eisenstangen geschützten Kasten, er lag eher, wie man es bei manchen Fahrrädern sehen kann. Dann gab er noch einmal Gas zur Verabschiedung und schoss los, buchstäblich wie eine Rakete, eine gewaltige Staubwolke hinter sich, so dass man gleich nichts mehr von ihm sehen konnte. Wir konnten nur die Staubwolke verfolgen, die sich rasend schnell in der Steinwüste entfernte. Beeindruckend der Mann, wirklich.

Am späten Nachmittag kam er zurück, wieder kündigte ihn ein Wahnsinnslärm an. Er hatte das kleine Ersatzteil für uns dabei, es sollte am nächsten Tag von einem Nachbarn eingebaut werden, und wir waren wieder startbereit. Aber wir blieben noch einen Tag, bis wir uns losreißen konnten. Inzwischen hatte der Gastwirt auch wieder Rotwein aufgetrieben. Wir saßen einen Meter von den Wellen entfernt bis in die Nacht und wollten, dass es immer so bleiben sollte. Am nächsten Tag landete wieder eine Maschine, ein Mann mit zwei erwachsenen Söhnen. Sie fuhren früh mit dem Boot aufs Meer zum Angeln und um Muscheln zu suchen. Abends machten sie ein kleines Feuer am Strand um zu grillen, sie bemerkten uns und luden uns spontan ein, mit ihnen am Lagerfeuer zu essen. Es gab Muscheln, sehr große Viecher, die ich kaum herunterwürgen konnte, dann gegrillten Fisch und Steaks, dazu viel Bier, die drei schlugen ziemlich zu, ohne dass man es ihnen anmerkte.

Ich weiß nicht mehr, ob wir am nächsten Tag wirklich abfuhren oder uns doch noch nicht trennen konnten von diesem idyllischen Ort. Jedenfalls machten wir uns an einem Freitag auf den Weg, denn die drei hatten erzählt, dass am Wochenende viel Betrieb sein würde, all die Häuser am Strand seien dann belegt, von Amis, die aus LA und Umgebung mit ihrem Privatjet einfliegen würden.

Auf der Rückfahrt durch die Steinwüste waren wir guter Hoffnung, heil durchzukommen. Wir machten wieder eine Pause im Coco's Corner, wir erzählten dem Mann, was uns auf der Hinfahrt widerfahren war. Er lachte nur, das könne schon mal vorkommen, aber verdurstet sei auf der Strecke bisher noch niemand. Also wiederkommen.

Wunderbares Marokko 1994

Es sind Städte wie riesige Festungen, in die braunrote Wüstenlandschaft eingepasst oder an Berghänge geklebt. Festungen im wahrsten Sinne des Wortes. Touristen durften da nicht rein. Die Stadttore waren meistens bewacht, und wenn nicht, gab es bei jedem Versuch, einen Blick ins Innere zu wagen, ein Gezeter und Beschimpfungen.

Zweimal war ich in Marokko, das erste Mal als Tourist mit Elke, meiner Frau, und dann zwei Jahre später nochmals mit einem Fernsehteam. In den frühen neunziger Jahren war das, als die Islamdebatte noch nicht so hochkochte, man natürlich aber sehr auf die religiösen Gebräuche achten musste.

Marokko, vielleicht das schönste Land, das ich bereisen durfte. Gut, man muss mit solchen Behauptungen aufpassen, weil ich ja kaum etwas von der Welt gesehen habe und jedes Land im Grunde wunderbar ist. Aber Marokko!

Der Geschichtenerzähler auf dem großen Platz Djemaa el Fna in Marrakesch. Um ihn herum stehen die Zuhörer in zwei oder drei Reihen. Sie schauen selten zum Erzähler, ihre Blicke sind nach innen gerichtet, ernst, fast traurig. Ich verstehe leider kein Wort, doch der Reiseführer erwähnt, dass es sich bei den langen Erzählungen in der Regel um alte Heldensagen handelt. Der Mann fuchtelt gewaltig mit den Armen, er ist in einen vornehm wirkenden Umhang gehüllt, den er immer wieder gestenreich um sich wirbelt. Die Zuhörer lauschen den Heldengeschichten, die so unendlich weit weg von ihrem eigenen täglichen Leben sind, eine andere fremde Welt, in die sie hineingezogen werden und aus der sie sich kaum wieder lösen können. Und ich dachte, dass es mir irgendwie ähnlich geht wie ihnen, sie versuchen beim Zuhören dieser wundersamen

Geschichten sich selbst zu erkennen, so wie ich bei all meinen Reisen in entfernte Länder im Grunde immer auf der Suche nach mir selbst war.

Djemaa el Fna heißt laut Reiseführer auf deutsch Versammlungsplatz der Geköpften. Hier wurden früher die Häupter von Hingerichteten auf Pfählen zur Abschreckung aufgespießt. Heute beeindruckten Schlangenbeschwörer, die manchmal den Eindruck erwecken, als hätten sie immer noch Angst vor ihren giftigen Begleitern, die gelegentlich bedrohlich auf ihren Beschwörer zuschießen, sodass der Mann gerade noch ausweichen kann. Vielleicht aber ist das ein einstudierter Teil des Spektakels, und den Schlangen ist der Giftzahn gezogen worden.

Für mich war der Platz damals wie der Mittelpunkt der Welt oder der Menschheit. Ich kann es nach all den Jahren nicht mehr so richtig begründen. So viel Fremdheit und Nähe zugleich, man konnte gar nicht alles mit den Blicken einfangen, wunderbares uferloses Leben. Marktstände mit dampfendem Fleisch und Würstchen auf dem Grill, mit bunten Früchten und Gemüse, Gaukler, bettelnde Kinder, Straßenhändler, die Wasser und Obstsäfte feilboten. Auf keinen Fall sollte man als Tourist derlei Zeug trinken, belehrte der Reiseführer.

Aber ich wollte doch gar nicht beim Djemaa el Fna hängenbleiben, obwohl der Platz beim Gedanken an Marokko die Erinnerung beherrscht. Wir hatten ein Auto gemietet, das ging damals noch problemlos und ohne Angst vor religiösen Fanatikern, wir fuhren ohne große Vorbereitung mit dem Reiseführer durchs Land, wir sahen märchenhafte festungsartige Kasbahs, so sehr in die Landschaft eingebettet, dass sie sich kaum gegen die umliegenden Felder oder Gebirgshänge abheben, eingebettet in die zeitlose Geschichte. Von der Straße aus ist niemand zu sehen, doch wir sind sicher, dass die

Menschen uns aus den dunklen Toreingängen und Fenstern beobachten. Warum kommt niemand auf uns zu? Haben die Bewohner Angst, die Begegnung mit uns könnte ihre Gemeinschaft und ihr Ordnungsgefüge erschüttern? Elke war dadurch recht verunsichert, auch verängstigt. Lass uns weiterfahren, bat sie ständig, aber ich wollte ausharren. Mal sehen, wer mehr Geduld hat. Doch es geschah nichts. Gelegentlich kam dann ein Auto und bog in das Stadttor ein, die Insassen schauten uns befremdet an, nicht unfreundlich, aber sie hielten auch nicht an, um uns in die Stadt einzuladen.

Es gab auch rotbraune Städte, die völlig verlassen waren oder so wirkten, große Städte, in denen früher bestimmt hunderte Einwohner gelebt hatten. Da konnten wir durchgehen, ohne Aufsehen zu erregen. Doch dann tauchten an einer Straßenkreuzung plötzlich spielende Kinder auf. Es schien sie zu amüsieren, mit uns Versteck zu spielen. Wahrscheinlich kamen sie aus dem auf der anderen Seite der Straße gelegenen Dorf. Und dann hören wir auch Männerstimmen, der dunkle Innenhof eines alten herrschaftlichen Hauses wird restauriert. Vor dem Haus dürfen wir einen jungen Mann beim Herstellen der roten Ziegelsteine beobachten. Er nickt uns freundlich zu. Also doch nicht alle abweisend gegen Fremde. Er füllt einen Holzkasten, der mit Latten aufgeteilt ist, es sind die Schablonen für die Ziegel, mit dem vorher angerührten roten Lehm. Mit den Händen schöpft er ab, wo er zu viel Lehm aufgetragen hat und streicht dann fast liebevoll die Oberfläche glatt. So macht man hier wohl seit Jahrtausenden Ziegelsteine. Sie müssen beim Trocknen ständig feucht gehalten, werden, erklärt er uns in bestem Französisch. Daneben sind bereits hunderte Ziegelsteine aufgereiht. Ein tiefes Rotbraun. Sie sind glatt und beim Berühren warm von der Hitze des Tages. Wir schlendern weiter durch die unbewohnte Stadtfestung, enge Gassen, kaum zwei

Meter breit. Es gibt keine Fenster mehr, nur dunkle unheimlich wirkende Löcher. Warum mag das alles hier wohl verlassen worden sein? Die meisten Bauten sind in gar nicht so schlechtem Zustand. Wir können niemanden fragen, doch, vielleicht den jungen Ziegelbauer, aber wir müssten den ganzen Weg zurückgehen und geben auf. Auch der Reiseführer erwähnt den Ort nicht, es gibt auch kein Schild am Eingang. Eine märchenhafte verwunschene Festung, mit einer dicken Stadtmauer, aus uralten Zeiten. Wer weiß, vielleicht brach hier vor langer Zeit eine ansteckende Krankheit aus, die sämtliche Bewohner dahinraffte, vielleicht gaben die Brunnen kein Wasser mehr, vielleicht waren es aber auch die bösen Geister, die Djienoun, die den Leuten das Leben zur Hölle gemacht haben, und alle sind geflohen. Dieser Gedanke gefiel Elke besser als die anderen Varianten.

Wir fuhren weiter am Rande des Mittleren Atlas bestimmt über dreihundert Kilometer zuerst nach Meknès und dann nach Fès. Von Meknès sind es die Superlative, die ich nicht vergessen habe. Zur Zeit Ludwigs XIV herrschte dort ein Sultan, der es dem Sonnenkönig gleich machen wollte und riesige Gebäude errichten ließ, unter anderem einen Palast zur Lagerung von Korn und Lebensmitteln und für zwölftausend Pferde. Um die fünfzigtausend Sklaven mussten Meknès zur neuen Hauptstadt Marokkos aufbauen. Ganz schön verrückt. Aber manches war auch sehr fortschrittlich, der Typ hatte ein ausgeklügeltes System zur Wasserversorgung bauen lassen aus vierzig Meter tief liegenden Quellen, die auch im Hochsommer für angenehme Kühle sorgten. Auch sonst war alles an dem Sultan außergewöhnlich, so hatte er ein stehendes Heer von 150 000 Soldaten, kaum vorstellbar, wie er die im siebzehnten Jahrhundert ernähren und unterbringen konnte. Viele der Soldaten waren schwarze Sklaven, zum

Teil Fünfzehnjährige. In einigen Dingen war der Sultan, wenn die Berichte im Reiseführer stimmten, mit dem wir unterwegs waren, unübertroffen. Der Mann hatte wohl fünfhundert Haremsdamen, wie auch immer das gehen soll, denn bei dem Angebot wird er ja wohl kaum Zeit gehabt haben, zu regieren oder gar Kriege anzuzetteln.

Mehrere gewaltige Torbögen führen in die Stadt. Überall sind Geschichte und Gegenwart in einander verflochten. Auch deshalb, weil viele Menschen auf den Straßen so gekleidet wirkten wie vor Jahrhunderten, die Männer in langen Gewändern, die Frauen selbst in der sommerlichen Hitze mit Kopftüchern oder ganz verschleiert. Etwas lästig waren, das lässt sich nicht leugnen, die zahllosen Kinder, die von überall herkamen und uns um Geld anmachten. Um nicht unhöflich zu sein, gab ich dann einige Centimes, aber genau das war falsch, denn jetzt bestürmten uns noch mehr Kinder und sie wurden fast aggressiv.

Von Meknès fuhren wir nach Volubilis, eine grandiose römische Ruinenstadt mit immer noch wunderbar erhaltenen Mosaiken, und alles unter freiem Himmel. Wir hatten ja keine Ahnung, dass dies hier früher zum römischen Imperium gehörte. Wir konnten uns ganz unbeobachtet in den Ruinen bewegen, waren, glaube ich, sogar die einzigen Besucher. Stundenlang bestaunten wir die Mosaiken und versuchten, die Zeichen und Tierdarstellungen zu verstehen. Dazwischen Ausblicke in die weite, leicht hügelige Landschaft mit Olivenhainen. Absolut schön. Schon damals habe ich mich gefragt, warum die unersetzbaren Kunstwerke nicht überdacht worden sind, zum Schutz vor Unwettern, und schon damals dachte ich daran, ob das alles in tausend Jahren immer noch zu bewundern sein wird und nicht zerstört durch Menschenhand oder Umwelteinflüsse. Welch ein Überfluss an Kunst in den erhalten gebliebenen Toren und Mosaikböden. Die Stadt war durch den Handel mit Olivenöl und mit wilden Tieren für die Gladiatorenkämpfe von Rom reich geworden. Am Ende waren wir beide völlig fertig, erschöpft und glücklich, wir hatten bisher nichts Vergleichbares gesehen, waren noch nie in Griechenland oder Süditalien. Lange saßen wir im Auto bevor wir den Ort verließen, dann gab mir Elke einen Schubs, und es ging weiter.

Fès. Durch die Medina schlendern, die engen Gassen, in denen manchmal die Wäsche zwischen den Häusern so tief hing, dass man sich bücken musste. Die Gerber bewundern. Sie schuften unter freiem Himmel, aber in abgeschlossenen Höfen. Es riecht scharf nach Lauge, wir Touristen können uns ja ein Taschentuch vor die Nase halten und weiter bestaunen, wie die Männer in Erdlöchern auf den Fellen herum stampfen, um sie geschmeidiger zu bekommen, tief etwa bis zu den Oberschenkeln und in verschiedenen bunten Farben. Die Gerber stehen in der sozialen Skala ganz unten, es ist wirklich ein Knochendienst, der über Generationen in den Familien bleibt, vom Vater auf den Sohn übertragen. Ein Job, der die Gesundheit ungemein belastet. Aber für Touristen ein buntes Spektakel und deshalb eine der beliebtesten Attraktionen von Fès. Auch ein Besuch der Medina ist faszinierend, ganz enge Gassen, von oben kommt nur wenig Licht, ein Geschäft neben dem anderen, auch kleine Handwerksbetriebe, Drechsler, Schneider, kleine Schmieden, Schuster, und alles spielt sich in den engen Gassen ab, dazwischen hocken die Männer bei einer Tasse Tee zusammen und schwatzen. Ich hätte immer weiter durchgehen können, nie aufhören, bunt, exotisch, fremd und doch gastfreundlich und einladend. Dazwischen eine kleine Moschee mit einem Innenhof, den man betreten darf, die Kirche selbst nicht. Und am Eingang des Hofs sitzen Bettler auf dem Boden und bitten im immer gleichen Singsang um eine

Spende. Es wird erzählt, dass man durch eine Spende den Zutritt zum Paradies erkaufen kann. Häufig sind die Bettler blind und bewegen den Oberkörper in leichten Kreisdrehungen. Ich habe damals etwas gegeben, aber habe ich mir einen Platz im Paradies erworben?

Den letzten Abend vor dem Rückflug haben wir noch einmal viel Zeit auf dem Djemaa El Fna verbracht. Wir saßen zuerst in einem Terrassenrestaurant im ersten Stock am Rande des Platzes. Ein märchenhafter Blick auf das Treiben unten. Überall stieg Rauch auf an den Ständen, an denen Fleisch gegrillt wurde. Es war rammelvoll, zu neunzig Prozent Einheimische aus der Stadt, die wenigen Touristen fielen überhaupt nicht auf. Und ein Gemisch aus Gemurmel und Flötenspiel. Ich konnte mich nicht sattsehen. Selbst Elke, die nur selten Gefühlsausbrüche zeigt, klatschte in die Hände und lachte begeistert. Und über dem Platz ein schwarzer Himmel mit einigen Sternen. Da es in der Medina damals jedenfalls keine hell leuchtenden Hochhäuser gab, war der in bunten Farben strahlende Platz das einzige Licht in der Nacht, der Mittelpunkt der Welt, die Geburts-stätte. Wir sind spät nachts berauscht von über-quellendem Leben in unser Hotel gegangen, keinerlei Erinnerung, wo das in der Stadt lag und wie es hieß.

Unter den heutigen Bedingungen -2010 – wäre eine solche private Reise durch Marokko wohl gar nicht mehr so leicht durchzuführen. Damals, das war lange vor nine eleven, wussten wir nichts von Terrorismus, gut die Amis hatten sich in Afghanistan eingemischt und überhaupt dem mittleren Osten zeigen wollen, wer hier das Sagen hatte, aber ich verfolgte das in Köln nicht so genau. So haben wir Marokko als ein zwar schwer zugängliches, aber keineswegs bedrohliches Land erlebt. Ein Land, das vorführt, wie die Erde vor tausend oder zweitausend Jahren ausgesehen haben mag, wunderbar eingebettet in den Rahmen der Natur, von der alles kommt.

Zwei Jahre später hatte ich die Chance, erneut nach Marokko reisen zu dürfen, diesmal als Tonmann mit einem Fernsehteam. Von diesem Abenteuer habe ich einige Erlebnisse in wachster Erinnerung. Ganz besonders die kurze Erlaubnis, in die Stadt Ksar Maadid hineingehen und Aufnahmen machen zu dürfen. Wir hatten einen taffen Führer, der mit der Wache am Eingangstor wohl geschickt verhandelte und uns einen Gang durch die engen, zum Teil einen Meter breiten Gassen der Stadt ermöglichte. Wir gingen nicht, wir mussten im Laufschritt Tempo machen, der Wachmann vom Eingangstor vorneweg, dann der Kameramann, dann ich, dann der Reporter. Es war dunkel, Tageslicht drang zwischen den sich zum Himmel hin fast berührenden Fassaden kaum durch. In diesem Schattenlicht hielten sich ganz viele Menschen auf, Kinder spielten Fußball mit kleinen Steinen, obwohl die engen Gassen dafür gar keinen Platz boten, Frauen diskutierten miteinander in Hauseingängen, Wäsche hing zum Trocknen tief bis auf Sichthöhe. Alte Männer saßen in den Türeingängen auf dem Boden, in Gedanken oder Gebeten versunken. Wir gingen so schnell, dass die Menschen erst realisierten, was geschehen war, als wir bereits vorbei waren, manche riefen aufgeregt etwas hinter uns her. Was wir machten, war nicht nur verboten, es war schlicht unvorstellbar, unerhört, ein absolutes Sakrileg. Doch bevor die allgemeine Aufregung auf ganze Viertel übergreifen konnte, waren wir schon wieder vor der Stadtmauer. Unser Reiseführer steckte dem Wachposten einen angemessenen Batzen Geld-scheine in die Jackentasche. Der erzählte uns dann in die Kamera, dass er dafür Sorge tragen muss, dass kein Fremder in die Stadt eindringt, dabei lächelte er verschmitzt, die Menschen wollten natürlich auch nicht gefilmt werden, aber er habe genug Autorität, um uns diesen kurzen Einblick zu gewähren. Und da er vorneweg gegangen sei, hätten die Leute gar nicht realisiert, was geschehen war. Im Übrigen holten sich die Bewohner bei ihm auch ihre Post ab.

Dieser Gang durch Ksar Maadid gehört wohl zum Aufregendsten und Spannendsten, das ich je erlebt habe, obwohl er keine zehn Minuten dauerte. Und manchmal träume ich noch heute von diesen engen Gassen und versuche mir beim Wachwerden die Gesichter der Menschen in Erinnerung zu holen, an denen wir vorbeieilten. Hinter hohen Festungsmauern leben hier Hunderte oder sogar Tausende Bewohner, die diese Stadt so gut wie nie verlassen, eingeschlossen in die Mauern ihrer Religion und der gesellschaftlichen Regeln. Das gesamte Leben bringt kaum Veränderungen, gut, die jungen Frauen werden von den Eltern mit dem verheiratet, der am meisten bietet, und dann haben sie nichts mehr zu melden. Wenn man das als Veränderung bezeichnen darf. Für mich Europäer ist das unvorstellbar, eine ganze Stadt als Gefängnis, so wirkte es auf uns, und doch für den Touristen wie ein lebendes Bild aus Aladdin und die Wunderlampe. Märchenland und Hölle. Ich sehe uns noch eine gute halbe Stunde auf der anderen Seite der geteerten Straße vor dem Eingangstor verharren und staunen, uns fehlten die Worte zu beschreiben, uns gegenseitig zu erzählen, was wir gemeinsam mit eigenen Augen gesehen hatten. Die hohen rotbraunen Mauern lassen keinerlei Einblick hinter die Kulissen zu, eine Stadt, die nicht von dieser Welt scheint. Von einem anderen Planeten? Und waren wir wirklich drinnen mit der Kamera durch die engen Gassen geeilt, an den staunenden und aufschreienden Menschen vorbei? Oder haben wir das alles nur geträumt?

Zwei Begegnungen zeigten uns, wie wenig wir von der Kultur und dem Sozialverhalten der Marokkanerinnen wussten. Wir waren an einem kleinen Dorf an einem Fluss vorbeigekommen und sahen Frauen beim Wäschewaschen am Ufer. Durch Erfahrung inzwischen vorsichtig geworden, fragte unser Reiseführer an, ob wir die pittoreske Szene fürs deutsche Fernsehen festhalten dürften. Es waren keine Männer zusehen, sie seien alle auf den Feldern, wurde uns erklärt, und ohne ihre Zustimmung wäre da nichts zu machen, eine Frau meinte, ihre Männer seien gegen das Fotografieren oder Filmen, weil sie glaubten, dass die Frauen dann nicht mehr ihnen allein gehörten, wenn fremde Menschen Abbilder von ihnen mitnähmen. Ein Argument, das mir gefiel und sofort einleuchtete. Ein Bild von jemandem anderen ist ja wirklich ein Stück ideeller Besitz, Wir zogen uns an den Straßenrand zurück, etwa dreißig oder vierzig Meter entfernt, von dort machte der Kameramann seine Bilder so, dass es den Frauen gar nicht auffiel. Ich wagte mich mit dem Mikro näher ans Flussufer heran, um etwas vom fröhlichen Gelächter und den Stimmen einzufangen.

Das andere Mal waren wir tief im Gebirge des Anti-Atlas auf Höhen, auf denen nur noch Gestrüpp und etwas Gras wuchs. Eine Gegend, in der Ziegenhirten mit ihren Familien so lange blieben, bis alles Grüne von den Tieren vertilgt worden war, um dann einige Kilometer weiter zu ziehen. Die Familien hausten in natürlichen Grotten, deren Einstieg keine ein-Meter fünfzig hoch war. Am Eingang der Grotten waren Feuerstellen und Haushaltsgeräte. Wir trafen auf eine junge Frau mit einem Kind auf dem Arm. Anfangs unterhielt sich unser Reiseführer angeregt mit ihr, während wir den Ort und die Ziegen drumherum filmten, bis eine zweite Frau auftauchte, etwas älter und sehr ungehalten. Wir hätten hier nichts zu suchen, ihre Männer würden bald zurückkommen und uns verjagen. Der Reiseführer konnte die Frau nicht beruhigen, schließlich gehöre der Boden hier allen und niemandem. Dann fing auch die junge Frau, die sich zuvor freundlich mit uns unterhalten hatte, richtig böse zu werden, sie setzte ihr Kind ab und griff nach faustgroßen Steinen, die sie auf uns warf. Wir entdeckten dann in der Ferne eine Staubwolke, wahrscheinlich rückten die Männer an, also packten wir schnell unser Gerät ein und hauten ab. Wenige Tage vor dem Aid el Kebir, so heißt, glaube ich das große Hammelfest in Marokko, finden überall Märkte statt, auf denen Hammel verkauft werden. Jedes Jahr werden etwa zehn Millionen Tiere geschlachtet. Wir stießen zufällig auf einen solchen Markt und durften drehen. Ein Mordsspektakel, überall wurde gehandelt und gefeilscht, dann wurde der Hammel noch einmal begutachtet und abgetastet, dann wurde weiter diskutiert und versteigert. Um einen Verkäufer standen in der Regel drei oder vier Interessenten herum. Dann schlug plötzlich einer mit der flachen Hand in jene des Verkäufers, und die anderen schauten erstaunt, weil sie nicht zugeschlagen hatten. Das Schauspiel wiederholte sich dutzende Male, die Hammel waren groß und herausgeputzt, sie ließen sich geduldig kraulen und betasten, die Händler und Käufer bärtig und finster dreinschauend. Obwohl ich kein Wort verstand, hätte ich stundenlang zuschauen können.

Wer weiß, was heute draus geworden ist, auch im muslimischen Marokko machen sich ja Glaubensfanatiker daran, Andersdenkende zu bedrohen. Und sie werden wahrscheinlich wie überall im Nahen Osten historische Städte und Denkmäler in die Luft sprengen, weil alte und andere Kulturen und Monumente in ihrem Denkmodell keinen Platz haben. Es ist unvorstellbar dumm und schrecklich. Und erneut sind es Glaubensfanatiker, die ihre Religion als Rechtfertigung für

Verbrechen, Vergewaltigung und Enthauptung ins Schild führen. Es waren im Grunde immer die Religionsvertreter, die Krieg und Zerstörung säten, und dies stets im Namen ihres Gottes. Schon bei den Griechen, so wurde uns im Geschichtsunterricht erzählt, zog man erst in die Schlacht, wenn die Götter es befürworteten. Was für ein menschliches Desaster. Wie mag das in tausend Jahren aussehen? 3005 zum Beispiel. Und wie wird mein wunderschönes Marokko das überleben?

Die Fischerfrauen von Nazaré 1977

Als junger Mann reiste ich nach Portugal. Zum Teil mit
dem Zug, teilweise per Anhalter. Das wird 1964 gewesen
sein. Ich hatte keine müde Mark damals. Machte
Gelegenheitsarbeiten bei verschiedenen Unternehmen,
weil ich einfach noch nicht wusste, was ich nach dem
Abitur machen sollte. Ich war und bin es bis heute ein
Typ ohne große Ambitionen oder Karrierewünsche, nur
Reisen wollte ich, etwas von der Welt kennenlernen. Und
ich war immer gern auch allein unterwegs. Jedenfalls
sitze ich am Strand von Nazaré, habe keinen Mut, in die
hohen Wellen zu springen, auch bei bestem Wetter und
Windstille kommt mir das Meer bedrohlich vor, wunderbar und bedrohlich. Andere sind mutiger, Einheimische,
aber auch Touristen, ich höre englisch und französisch.
Manche wagen sich mit Surfbrettern in die Flut, mir wird
nur vom Zuschauen ganz mulmig. Manchmal sind die
Surfer hinter oder in den Wellen verborgen, aber jedes
Mal werden sie wieder hoch gewirbelt. Es gibt zwei ganz
unterschiedliche Strände, der eine vor der Stadt ist
durch die Bucht friedlich mit leichtem Wellengang, der
andere hinter der steilen Felswand dem offenen Meer
zugewandt, das hier aufgewühlt ist und beeindruckende
Wellen bewundern lässt. Ich habe aber nur an einem Tag
wirklich große Wellen erlebt, fünf Meter hoch oder mehr
noch. Andere Touristen, die neben mir saßen, behaupteten, dass die Wellen manchmal gut dreimal so hoch
sind, allerdings nicht hier in der Strandbucht vor der
Stadt, sondern hinter dem riesigen Felsmassiv, wo das
offene Meer anrollt.
Gleich hinter dem ruhigen Strand liegt ein Teil der Stadt,
der andere ist auf dem hohen Felsmassiv durch eine
Zahnradbahn zu erreichen. Ich hab ein kleines Zelt, das
ich hier unten aufschlagen kann, jeden Tag an einer
anderen Stelle.

Gegen Abend kommen Frauen in dunklen langen Kleidern ans Wasser und schauen aufs Meer. An diesem Tag sind es vielleicht zwanzig. Ihre Röcke reichen bis zum Boden und werden von den auslaufenden Wellen durchnässt. Und sie lassen sie alle gleich aussehen, ob jung oder älter. Ich hab einen kleinen Reiseführer dabei, der erzählt, dass die Frauen auf ihre Männer warten, die um diese Zeit mit ihren kleinen Fischerbooten vom offenen Meer zurückkehren. Man sieht noch nichts. Die Frauen reden nicht miteinander, manchmal ein Zuruf, mehr nicht, sie scheinen angespannt zu sein. Es wirkt auf mich wie eine Szene aus der Antike. Ich stelle mir vor, dass es sich an den Stränden in Griechenland oder Italien ähnlich abgespielt haben dürfte. Und damals wie heute kommt manchmal ein Fischerboot nicht zurück. Weil diese Sorge die Frauen geradezu erstarren lässt, musste ich an griechische Theaterstücke denken, wo alles in der Hand der Götter liegt. Umso befreiender und mit Freude anzusehen, auch für mich, als die ersten Fischerboote ganz klein noch am Horizont auszumachen sind, und dann stehen die Frauen beieinander und versuchen rauszukriegen, um welche Boote es sich handelt, einige von ihnen laufen dorthin, wo sie anlegen werden. Es gibt aber dann keine freudige Begrüßung, wie mir scheint, denn die tägliche Szene ist Routine, die Angst auch. Der Fang wird entladen, schnell sind kleine Tische aufgestellt, auf denen der Fang für den Verkauf hergerichtet wird, und dann sehe ich wegen der vielen Menschen, die zu den Ständen eilen, nicht mehr ob nun alle Fischerboote heimgekehrt sind. Ich denke schon, denn es sind keine besorgten Minen zu sehen, kein Wehklagen.

Ich verstehe überhaupt nichts von Fischen, aber doch so viel, dass es sehr appetitlich aussieht, kleine und größere Fische, die Kleinen, die ich so gerne frittiert esse und die in den Kneipen am Strand ganz billig angeboten werden. Ich werde mir heute Abend eine Portion davon leisten.

Aber vorher fahre ich noch mit der Zahnradbahn auf den Felsbrocken, um vom Leuchtturm die hohen Wellen zu bestaunen. An diesem frühen Abend ist das Schauspiel nicht so gewaltig. Doch die wenigen Surfer, die man bei genauem Hinschauen aus der Entfernung erkennen kann, wirken winzig in den mehrere Meterhohen Wellen. Komisch, weiter draußen ist das Meer gar nicht so aufgeregt, die Wellen bilden sich erst kurz vor dem Ufer. Am Abend sitze ich im Restaurant mit Blick auf die tief liegende Sonne. Ich habe die kleinen frittierten Fische bestellt, dazu einen einfachen Salat, muss ja auf mein Geld achten.

Am Tisch neben mir sitzt ein Typ etwa in meinem Alter, er quält sich etwas mit einem gegrillten Fisch ab, viele Gräten, so scheint es. Er schaut zu mir rüber und spricht mich auf Englisch an, ich hätte cleverer bestellt, und bestimmt billiger, gebe ich mit meinem sehr begrenztem englischen Wortschatz zurück. Schon beim nächsten Satz stellt sich dann heraus, dass der Mann auch kein Engländer, sondern ein Landsmann ist, auch er reist allein, wollte Abstand nehmen nach einer missglückten Liebesaffäre. Und wer hat Sie verlassen, lacht er, ich könne ihm da nicht mit einem Beziehungs-drama imponieren, sage ich, denn ich bin gern allein auf Reisen, einfach so. Klingt gut, meint er, er habe da keine großen Erfahrungen sammeln können, aber bisher komme er allein bestens zurecht. Er ist mit dem Flieger eingereist bis Lissabon, hat dort für drei Wochen ein Auto gemietet und will nun kreuz und quer durch Portugal reisen. Ist der Papa Millionär, frage ich beeindruckt. Nein, nicht ganz, aber er hat meinem Tischnachbarn die Reise schon bezahlt, er ist Anwalt, hat eine größere Kanzlei in Hamburg und will, dass der Sohn später den Laden übernimmt. Was bedeutet, mein

Tischnachbar studiert Jura und ich kann ihm nicht mit einem gleichwertigen Studium imponieren, ich will Toningenieur werden, mache gerade die dafür erforderliche Ausbildung. Ist doch prima, meint er, hinzukommt aber, unterbreche ich ihn, dass mir mein Vater die Reise hierher nicht bezahlt hat, ich trampe, fahre mit dem Zug und dem Bus, habe ein Zelt dabei, das seien für mich richtige Ferien, behaupte ich. Auch das ist doch prima, lacht der Typ und wird mir langsam sympathisch.

Dann bestellt er noch eine Flasche Rotwein und bietet mir an, sie mit ihm zu teilen, das wärmt den Körper auf für die kühle Nacht im Zelt, lacht er wieder. Ich bin übrigens der Leopold, und obwohl ich ihn nicht danach gefragt habe, erzählt er mir nach einigen Gläsern Wein seine traurige Liebesgeschichte, es war bereits die zweite Flasche Roten, der Junge schien nicht aufs Geld achten zu müssen. Die Frau war drei Jahre älter als er, ein Superweib, sagt er, sie arbeitete als Sekretärin in einer anderen Kanzlei. Ach Gott, mein erster Kommentar, den ich auch noch laut ausspreche, warum das? Er wirkt verunsichert. Na ja das muss doch zu Interessenskonflikten führen oder? Leopold nimmt einen kräftigen Schluck und nickt nur, er war im Liebesrausch überhaupt nicht auf diesen Gedanken gekommen, er sei doch wohl recht naiv gewesen. Jedenfalls hat er die Schöne eines Tages den Eltern vorgestellt und danach von Vater einen Riesenrüffel bekommen. Danach musste er sich elegant, wie er sagt, aus der Affäre ziehen und lacht etwas verkrampft. Er ist ein ehrlicher Kerl denke, sonst hätte er mir die Geschichte nicht erzählt. Ich hab ihm keine amüsante Geschichte anzubieten, obwohl auch ich die Ferien wegen einer Trennungskiste kurzfristig angetreten habe. Eine Geschichte, die mir über den Kopf wuchs, ich fühlte mich noch viel zu jung, um mich wieder an jemanden zu binden, reine Angst war das, also bin ich feige einfach abgehauen, nachdem ich dem

Mädchen diese Ängste geschildert hatte. Ich glaube, sie hat mir nicht geglaubt. Inzwischen hatte auch ich ein oder zwei Gläser mehr getrunken, als ich es gewohnt bin und wollte in mein kleines Einmannzelt. Wir saßen noch einige Zeit da und bewunderten die untergehende Sonne, hinter uns die belebte und erleuchtete Stadt und zum Strand hin nur das Rauschen der Wellen, ab und zu ein helles Kinderlachen, auch die Touristen, die den abendlichen Strand entlanggingen, waren still angesichts der wunderbaren Kulisse. Mensch ist das schön, sagt mein Tischnachbar, findest du nicht. Ich nicke nur mit dem Kopf, es ist wirklich sehr beeindruckend. Dann will ich mich verabschieden und doch noch eine Weile allein näher am Meeresufer sitzen, bevor ich zu meinem Campingplatz gehen muss, etwa eine halbe Stunde Fußweg. Doch Wolfgang macht mir einen verlockenden Vorschlag, wenn ich will, könnten wir uns in drei Tagen am Morgen hier in der Kneipe zum Frühstück treffen und danach einige Tage zusammen Richtung Lissabon und bis zur Südküste fahren. Er hat zwar nur einen kleinen Mini gemietet, aber für zwei mit nicht allzu viel Gepäck sei genügend Platz. Ich finde das toll, sage ich, allerdings kann ich nicht im Hotel absteigen, ich müsste mir jeden Abend einen Campingplatz suchen, na, kein Problem, meint er, wäre doch ganz lustig, zu zweit durch die Gegend zu kutschieren. Du kannst es dir ja noch überlegen, ich sitze jedenfalls in drei Tagen, am Freitag also, hier beim Frühstück. Er steht auf, ist etwas kleiner als ich, ein sportlicher Typ.

Ich gehe durch die engen Gassen, viele Passanten, gut gelaunt und laut lachend, einen Augenblick überlege ich, dass es wohl zu früh ist, sich schon hinzulegen, wenn alle anderen sich noch in den Bars und Strandcafés amüsieren. Aber ich habe noch eine gute Viertelstunde Fußweg vor mir, muss mein Lager herrichten, duschen, und lesen wollte ich auch etwas im

Portugal Führer, also blieb ich auf Kurs, denn es wurde auch langsam dunkel.

Mein Einmannzelt ist winzig, vielleicht achtzig Zentimeter breit, dafür lässt es sich so zusammenfalten, dass es in jeden Rucksack passt. Der Campingplatz ist ziemlich belebt, und es dauert ewig, bis die Touristen aufhören, laut miteinander zu reden und zu lachen. Manche machen dann auch ein kleines Radio an oder einen Musikrecorder. Ich weiß aber, es hätte keinen Sinn, sich zu beschweren, alle würden sich über mich kaputtlachen. Ich konzentriere mich auf die Fischerfrauen vom Strand vorhin, ihre würdevolle Ruhe trotz innerer Anspannung, die zu Fäusten geballten Hände in die Hüften gestemmt, und dann die Befreiung, wenn die ersten Boote noch weit draußen in Sichtweite sind. Wirklich wie ein Bild aus der Antike. An jedem Tag, an dem die Fischer sich aufs offene Meer wagen, müssen ihre Frauen um ihr Leben bangen, und dennoch führt kein Weg an dieser, ja schicksalhaften Herausforderung vorbei, denn die Fischer übernehmen seit Generationen ihre Bestimmung, das Leben für einen guten Fang aufs Spiel zu setzen. Über derlei hochtrabende Gedanken bin ich dann wohl doch trotz der lauten Feierstimmung um mich herum eingeschlafen.

Am Freitag ging ich dann mit meinem Rucksack zum verabredeten Café und traf dort wirklich Leopold. Er war ganz in weiß gekleidet, super schick, ich hatte dieselben Klamotten an, die ganze Woche schon. Leopold aß zwei Spiegeleier auf Speck gebraten, sah sehr lecker aus. Ich weiß es nach all den Jahren noch genau, weil mein erster Gedanke war, wenn er sich mit dem Eigelb bekleckerte, war's aus mit dem super eleganten Look. Ich trank einen doppelten Espresso, wir diskutierten, welche Strecke wir denn Richtung Süden wählen sollten. Auf jeden Fall wollten wir beide nach Sintra, der Stadt mit Azulejos Kacheln im Überfluss. Unsere beiden Reiseführer schwärmten in allen Tönen. Wir wählten eine Straße im Landesinneren und fuhren durch endlose Felder mit Korkeichen. Es dauerte etwa zwei Stunden, wir hielten mehrmals, um die aufgestapelten Korkeichen zu bestaunen, es sah aus wie ein ganz normaler Holzstapel, nur dass die etwa einen Meter langen Stämme innen hohl waren, irgendwie lustig. Später in Sintra trennten wir uns wieder bis zum nächsten Nachmittag, ich wollte die Stadt alleine erkunden und nicht ständig sagen müssen, Mann ist das schön oder so ähnlich. Denn es war wunderschön, eine reine Märchenstadt mit grandiosen Schlössern und Kirchen und überall mit den Azulejos Fassaden. Welch ein Reichtum, welch eine Verschwendung, Wie viele Künstler und Handwerker müssen hier geschuftet haben, um den Herrschenden ein angenehmes Ambiente zu schaffen. Bei großen und aufwändigen Bauten damals und heute musste und muss ich immer an die Arbeitskräfte denken, die hier mitgewirkt haben. Ich hab die Namen der Paläste und Kirchen vergessen, die Sintra schmücken, es bleibt nur das Gesamtbild einer künstlichen, vom heutigen Leben weit entfernten Kulisse, ideal für Touristen, das ist klar, so wimmelte es denn auch in allen Gassen und Gebäuden von Leuten mit Kameras. Ich hatte plötzlich Sorge, dass der Campingplatz auch so überfüllt sein könnte und machte mich auf die Suche nach einer Bleibe. Die Sache nach einem Campingplatz erwies sich aber als ziemlich schwierig, der nächst gelegene war über zehn Kilometer entfernt. Also wählte ich mir außerhalb der Stadt ein ruhiges Plätzchen, ohne Häuser in der Nähe und baute meinen Winzling auf, das ging wirklich in drei Minuten. Ich hatte vorher noch in einem Straßencafé eine Pizza gegessen, plus einem Glas Rotwein, und schlief bis zum Sonnenaufgang durch.

Am nächsten Tag wusste ich nicht so recht, wie ich die Zeit bis zum vereinbarten Treffen mit Leopold verbringen sollte, ich ging durch die wunderschöne Stadt, blieb aber irgendwie unberührt, es war mir zu herausgeputzt, wie eine Filmkulisse, durch die gleich ein paar Reiter im Look der Musketiere galoppieren würden, mit bunten Gewändern und geschmückten Hüten. Ich hatte mein gesamtes Reisegepäck auf dem Buckel und kam mir hier ziemlich fehl am Platz vor. Wahrscheinlich bin ich einfach zu ungebildet, um die Einmaligkeit dieser Azulejos Stadt zu würdigen. Aber mir sind immer die Menschen wichtiger gewesen als die historischen Bauwerke in einer Stadt. Dummerweise hatte ich zudem an diesem Tag auch noch den Reiseführer ganz unten in den Rucksack gesteckt und konnte jetzt nichts Schlaues mehr erfahren. So habe ich den Besuch einer der wichtigsten Attraktionen von Sintra verschwitzt, näm- lich diesen verrückten Brunnen, der sich wie ein Trichter in die Tiefe schraubt und an dessen Wand eine Treppe bis nach unten führt. Als ich nämlich später Leopold traf, war er geradezu bestürzt, dass ich nicht dort gewesen war. Ich werde es überleben, sagte ich nur.

Ich fuhr dann mit ihm nach Cascais, einem kleinen Städtchen mit kilometerlangem Strand. Wir wollten ein zwei Stunden ein Sonnenbad nehmen und baden, stellten den Mietwagen auf einem richtigen Parkplatz ab, wo bereits viele Autos standen. Leopold schmierte sich ewig lange mit Sonnenöl ein, er war bereits durchgehend gebräunt und glänzte wie eine Bratwurst. Als wir nach zwei Stunden zum Auto zurückkamen großes Entsetzen, die Karre war aufgebrochen worden, das Schloss der Fahrertür beschädigt, Leopolds eleganter Koffer war verschwunden, Kleiderstücke aus dem Kofferraum fehlten, aber mein Rucksack hatte den Dieb nicht interessiert. Die Urlaubsstimmung war im Eimer, Leopold wie verändert, er wollte nicht einmal erzählen, was denn in seinem Koffer an Wertgegenständen war. Er rannte aufgeregt zwischen den anderen parkenden

Autos hin und her, schaute auf die Rücksitze, fluchte, so ein Scheißland, unschuldige Touristen auszurauben, das kann doch nicht wahr sein. Die Lumpen konnten doch nicht ahnen, dass wir Touristen sind, wollte ich ihn beruhigen, aber das brachte nichts. Wir setzten uns auf ein Mäuerchen und ließen die Wut langsam verqualmen, wir müssen zur Polizei, meinte ich, schon aus Versicherungsgründen, was wir dann auch machten, in Cascais gab es ein Büro der Autovermietung, die riefen bei der Polizei an, doch die Polizei zierte sich anfangs, überhaupt vorbeizukommen, solche Einbrüche kommen täglich zu Dutzenden vor, sie könnten gar nicht alle registrieren. Am Ende kam doch ein Streifenwagen, machte Fotos, Leopold musste ein Formular ausfüllen und bekam eine Kopie für die Versicherung. Gegen den Schaden am Wagen war er bei der Autovermietung versichert, die ihm ein anderes Auto zusagte, aber der Nachmittag war futsch, mir ist das alles nach so vielen Jahren noch so lebendig, weil ich vor einigen Jahren mit zwei Freunden in Paris etwas Vergleichbares erlebt hatte. Damals war uns auch die Karre aufgebrochen worden. Ein zweites Mal in so kurzer Zeit, dachte ich, vielleicht bin ich es, der solches Unheil anzieht, aber das habe ich dem armen Leopold natürlich nicht gestanden. Da er auf den Ersatzwagen warten musste, was mehrere Stunden dauern dürfte, riet er mir, meinen Portugaltrip wieder allein fortzusetzen, er wollte danach für mehrere Tage nach Lissabon, mich trieb es eher an die Südküste Richtung Faro. Beim Abschied umarmten wir uns, er wollte, dass wir in Kontakt bleiben, vielleicht in den nächsten Jahren noch einmal zusammen auf Tour gehen, ich war richtig gerührt und ging zu Fuß meine Wege bis zur nächsten größeren Straße, wurde auch ganz schnell mitgenommen, und die junge Frau, die mich mit strahlendem Lächeln aufnahm fuhr auch noch ausgerechnet nach Albufeira, besser ging' s nicht, vier

Stunden würden wir brauchen mit einer Kaffeepause auf halber Strecke, meinte sie, man dürfe nicht zu lange am Steuer sitzen. Die junge Frau, vielleicht dreißig, erzählte freimütig in gutem englisch, dass sie hier aus der Gegend komme und eine Woche Urlaub am Strand mit der Familie machen wolle, sie sei Chefin eines neuen Supermarkts, wie sie jetzt überall entstehen, das sei sehr stressig, sie müsse deshalb dringend ausspannen. Ich hatte als Student wenig anzubieten, dafür aber die aufregende Geschichte mit dem Einbruch ins Auto eines Freundes. Die Frau war empört, so was dürfe in Portugal nicht passieren und schon gar nicht Touristen treffen.

Mir ist nichts geklaut worden, hab ja auch nicht viel zu verlieren, meinte ich, ein winziges Zelt und einen Rucksack mit armseligem Kram auf dem Buckel, und wir lachten beide.

Mit Kaffeepause schafften wir Albufeira in vier Stunden, sie wollte mich an den Strand bringen etwas außerhalb der Stadt, da tummelten sich bestimmt ihr Mann und die beiden Jungs, meinte sie, und ich konnte es nicht besser treffen. Oberhalb des Riffs gebe es auch kleine Restaurants oder Imbissbuden, alles sei hier so weit-läufig, dass man sich am Strand nicht auf der Pelle sitze.

Für die erste Nacht schlug ich mein Zelt oben auf den Klippen auf, der Strand war so schmal, und ich dachte, dass ihn die Flut nachts überspülen könnte. Das Meer war sehr viel ruhiger als in Nazaré, man konnte sich gefahrlos den Wellen anvertrauen, der Strand war auch nicht überlaufen, idealer ging nicht. Ich lag bis in die Dunkelheit im offenen Zelt, am Himmel ein halbvoller Mond, zunehmend, ich wusste noch von der Schule, wie man das erkennt, und ich dachte, was wohl aus mir werden sollte, ich würde alles auf mich zukommen lassen, keine großen Pläne, kein übertriebener Ehrgeiz, einen guten Job, der es mir erlaubt zu reisen. Ja, und das mit dem Sinn des Lebens, ich schaute lange auf den hellen Mond und die Strukturen, die man erkennen konnte, ich fühlte mich bestens und dachte, dass dies der Sinn des Lebens sein müsste, so wie ich es führte, dahinter würde nichts stecken, kein Geheimnis, das man erst ergründen müsste, keine Mission zu erfüllen, nicht nach etwas Unerreichbarem streben. Und dann muss ich wohl eingeschlafen sein.

Ich hatte jetzt einige Tage Strand vor mir, wollte schon etwas gebräunt nach Köln zurückkommen. Weil ich meine Klamotten nicht stundenlang unbeobachtet in der Landschaft liegen lassen wollte, packte ich alles zusammen und fragte in einem kleinen Hotel mit Restaurant, ob ich die Sachen in einer Ecke abstellen könnte. Die Kellnerin schickte mich nach innen zur Besitzerin, einer Frau Mitte dreißig, blond, braungebrannt, tolle Figur, in einem bunten Sommerkleid, sie lachte amüsiert, als ich meine Bitte vortrug, dies sei schließlich ein Hotel und kein Campingplatz, aber dann lachte sie noch mehr und nahm mir die Sachen ab. Wann holen Sie die denn ab, ungefähr, ja gegen neunzehn Uhr, prima, dann müssen Sie bei uns was essen, lachte sie immer noch. Gerne, aber ich übernachte in meinem Zelt, weil ich keine Kohle habe, wissen Sie, bin Bettelstudent, wir sprachen englisch, sie perfekt, ich mehr schlecht als recht, darüber reden wir heute Abend, bis dann, sagte sie und ging nach hinten. Ich wanderte lange am Strand entlang, stundenlang, und musste an unser eigenartiges Gespräch denken, die Frau war super, das blühende Leben, unkompliziert, offen, ich würde also am Abend nicht knauserig sein und gegrillten Fisch bestellen, dafür mittags nichts essen.

Der Strand und der Küstenstreifen sind traumhaft schön, an manchen Stellen schützt eine Felsfront die Stadt oberhalb, an anderen liegen die Häuser ganz nah am Strand unten. Das Meer grünblau, glatt wie ein See.

Eine leichte Brise machte die Hitze erträglich, aber die Sonne brannte unerbittlich, sodass ich hinter einem Felsbrocken Schutz suchen musste und gleich einschlief. Als ich aufwachte, dachte ich an Köln, den Straßenverkehr, die vielen Menschen, den ganzen Rummel und hier paradiesische Ruhe, und das alles auf demselben Erdball.

Gegen sieben Uhr ging ich zum Hotelrestaurant, um meine Sachen zu holen und etwas zu essen. Zwei Tische auf der Terrasse waren besetzt, das Haus war klein, dürfte höchsten sechs Hotelzimmer haben. Die Lage wunderbar mit Blick aufs Meer, die Straße führte hinter dem Gebäude vorbei, absolute Ruhe. Ich setzte mich an einen der freien Tische und bestellte ein Glas Wein, ich konnte ja gleich nach meinen Sachen fragen. Die Chefin kam, bin Jennifer, hier gestrandete Amerikanerin und Sie, setzte sich dazu und lachte wieder dieses verführerische Lachen. Daher das super Englisch, was Schlaueres fiel mir nicht ein. Wir redeten eine halbe Stunde, sie trank ein Glas Whisky, mir kam es so vor, als würden wir uns seit langem kennen. Dann stand sie auf, sie müsse sich um den Laden kümmern, sie legte ihre Hand auf meine Schulter und sagte, Sie sind mein Gast heute Abend junger Mann und lachte wieder zum Verlieben. Wie habe ich das verdient, fragte ich? Wir werden sehen, dann sah ich sie die nächsten zwei Stunden nicht mehr. Vorspeise und Hauptgericht bekam ich, ohne selbst etwas auswählen zu müssen, weiß nur noch, dass es toll schmeckte. Die Sonne verschwand hinter der Küste, das Meer jetzt blauschwarz, die anderen Gäste waren gegangen, ich saß allein da in der völligen Stille, nur die Geräusche aus dem Restaurant waren zu hören. Ich konnte mich nicht satt sehen und beneidete die Menschen, die das Glück hatten, hier zu leben. Irgendwie sind die Lebensbedingungen der Menschheit nicht gerecht verteilt, neunundneunzig

Prozent müssen in den Großstädten, den Industriezentren, weit ab von den Meeresküsten wohnen, und nur das eine Prozent erlebt dieses Glück. Ich dachte, dass auch jede Form von Arbeit hier viel leichter zu ertragen sein dürfte als im Landesinneren. Hier geht man abends nach dem anstrengenden Arbeitstag an den Strand und schaut auf das Meer und den Himmel, und man weiß, wofür man lebt. Etwas versponnen wahrscheinlich, doch da kam Jennifer und setzte sich zu mir. Sie sagte ohne jedes Vorgeplänkel, du kannst im Hotel schlafen, nur drei Zimmer sind besetzt, ja aber was kostet ein Zimmer, entgegnete ich und wusste sofort, dass die Frage falsch war, Bettelstudent, du weißt, auch ich duzte Jennifer sofort. Der Preis ist zu hoch für dich, also kommst du mit mir, okay? Aber vorher trinken wir noch ein Gläschen, meinte sie, es ist so wunderbar heute Abend. Später folgte ich Jennifer durch das Restaurant, wo am Ende die Treppe in das obere Stockwerk führte, zwei Angestellte räumten die Tische ab und lächelten uns zu, sie schienen die Situation zu kennen. Jennifer bewohnte eines der Zimmer mit Blick nach hinten, die mit Meeresblick muss ich meinen Gästen überlassen, du verstehst. Im Raum ein großes Bett, die Tür zum Bad war geöffnet. Alles super gepflegt und schön eingerichtet. Während ich den Raum noch bestaunte, fummelte Jennifer an den Knöpfen meines Hemds, du solltest als erstes eine Dusche nehmen, das Salz dürfte dir auf der Haut brennen.

Ja, dann blieb ich vier Tage Jennifers Gast, sie hatte Lust auf Sex, wollte sich amüsieren und keine Liebesgeschichte beginnen, war immer gut gelaunt und lachte viel. Anfangs dachte ich, ohne etwas Liebe geht das doch gar nicht, aber schon am nächsten Morgen hatte ich es begriffen und war mehr als glücklich dabei. Von Jennifers Hotel bin ich dann wohl auf den Wolken zurück nach Köln geflogen.

Die Erinnerung. Was bin ich ohne sie? Mein Lebtag habe ich nie drüber nachgedacht. Jetzt, wo es im Grunde zu spät ist, wird mir klar, dass sie das Gerüst meines Lebens bildet. Besonders jetzt, wo ich ja keine Zukunft mehr habe. Und nun? Ich muss mich konzentrieren, aufhören zu grübeln, mir Orte für meine Kästchen ausdenken und arbeiten.. Jakob Frölich, der Spinner. Elke war entsetzt gestern Abend.

Sieht man mir den kommenden Tod schon an? Im Bett lag ich dann die halbe Nacht wach und dachte an dich. Sollte ich den kurzen Text löschen? Muss wieder zum Friedhof, sind schon gut drei Wochen her, das letzte Mal. Ich Lump.

Werde Morgen das erste Kästchen verschwinden lassen für Hunderte von Jahren, vielleicht bis die Erde aufplatzt.

Auf dem Südfriedhof plötzlich Orientierungsprobleme, kenne den Weg zu deinem Grab besser als jeden anderen Weg. Aber da hatte sich was verändert, ein neuer Belag, der fremd auf mich wirkte und die Entfernungen zu den Seitenwegen verschob. Schweinerei, dass mein kleines Bänkchen verschwunden war, an seiner Stelle jetzt drei Steinblöcke in Sitzhöhe, kalt und ungemütlich. Ich stand vor dem Grabstein, zeigte dir das Kästchen.

„Da drin ist unsere Geschichte, weißt du, das Wunder unserer Liebe. Werde das Kästchen gleich nachher an einer Baustelle in die Fundamente werfen, die gerade mit Stahlbeton aufgefüllt werden. Nicht mal in tausend Jahren wird man das Kästchen finden, es sei denn die Erde bäumt sich auf und schmeißt alles in die Atmosphäre. Ich muss dir etwas anvertrauen, werde vom Krebs aufgefressen, habe nichts davon bemerkt bisher. Kann es aber nicht zulassen, dass unsere Geschichte, die mir seit fünfzig Jahren jeden Tag die Luft zum Atmen gibt, mit meinem Tod erlischt. Daher das kleine Kästchen, verstehst du, da ist alles festgehalten. Habe nie jemandem von uns erzählt.

Die Baustelle, riesige Fundamente, kaum vorstellbar, welche Mengen Beton da noch rein gepumpt werden mussten. Eine Schlange von bestimmt fünf LKWs mit Betoncontainern. Brauchte lange, um an eine Stelle zu gelangen, an der man direkt über den Ausschachtungen stand, drei oder vier Stockwerke tief. Ich griff nach dem Metallkästchen in der Jackentasche, war dabei so aufgeregt, dass ich mich am Geländer festhalten musste. Der Wurf ganz unvermittelt dann und genau in die schleimige Soße, das Kästchen verschwand sofort unter neuen Betonsalven. Tausend Jahre, murmelte ich und starrte weiter in die Baugrube. Tausend Jahre Lenchen, tschüss.

Mission erfüllt, aber wie weiter?

New York 1980

Wir waren zwölf in der Reisegruppe, alles Leute, die sich kannten, darunter drei junge Paare. Ich war als Letzter von außen dazugestoßen, wahrscheinlich musste das Dutzend voll sein, damit die Reisegruppe günstigere Tarife bekam. Wir flogen über Brüssel, wo die Maschine nicht hochkam, mehrere Stunden Verspätung, es hatte irgendwas mit der Landeerlaubnis am Kennedy Airport zu tun, wir konnten in Brüssel sogar das Flugzeug verlassen, solange würde es dauern. Wir kamen dann auch nicht am frühen Abend, sondern um Mitternacht in New York an. Ein Kleinbus fuhr uns in die Stadt zum Hotel, einem der bekanntesten von New York, das Waldorf-Astoria. Eine riesige Empfangshalle, ein langer Weg bis zur Rezeption, die uns gestehen musste, dass sie die Zimmer an andere Gäste vermietet hatte, da wir zur vereinbarten Zeit nicht gekommen waren und nicht angerufen hatten. Unser Reiseführer brachte den Mann an der Rezeption allerdings gewaltig ins Schwitzen, denn er hielt ihm die Quittung unter die Nase, nach der alle Zimmer schon vor drei Wochen bezahlt worden waren. Aber das Hotel ist total ausgebucht, Sie müssen es mir glauben. Wir glaubten ihm gern, so übermüdet wir waren, fanden wir die Situation langsam spannend, nach Mitternacht in New York ohne Hotelbett, das waren rosige Aussichten. Unser Reiseführer lachte sogar und meinte, wir könnten doch bestens auf den riesigen Sofas hier in der Halle übernachten. Aber das geht doch nicht, der Mann an der Rezeption war ratlos, um diese Uhrzeit, so meinte er, könne er ja schlecht den Hotelmanager aus dem Bett holen. Vielleicht amüsiert er sich ja in einer heißen Nachtbar, kicherte eine der Frauen. Nein, nein so was ist nicht sein Ding. Jetzt konnte auch unser Gegenüber lachen. Er bat uns um fünf Minuten Geduld und verschwand hinter der holzgetäfelten Wand. Wir schauten uns um, die Halle war wirklich riesig und protzte vor Leder Sitzecken und Marmortischen, Kristallvasen mit üppigen Blumensträußen. Dicke Teppiche mit modernem Design.

Der Mann tauchte wieder auf, mit ihm bestimmt vier Hotelboys. Er riskiere seinen Job, meinte er, aber er habe beschlossen, uns in den Suiten und im Penthouse ganz oben unterzubringen, nur für eine Nacht natürlich und natürlich müssten wir uns die Suiten zu mehreren teilen. Allerdings hätten die mehrere Schlafzimmer, und das Penthouse sei besonders groß. Die Luxusunterbringungen werden bewacht, am Eingang steht ein Wachposten.

Das Ganze spielte sich in der zwei- oder dreiundvierzigsten Etage ab. Vom Boden bis zur Decke reichende Glasfenster boten einen gigantischen Blick auf die erleuchtete Stadt. Ich musste die bestimmt hundertfünfzig Quadratmeter große Suite mit drei Mitreisenden teilen, da waren aber auch vier Schlafzimmer und Bäder und in der Mitte ein riesiger Salon, groß genug, um ein Tennismatch abzuhalten. Anfangs benahmen wir uns wie Kinder, wir bewarfen uns mit den Sofakissen, obwohl wir uns doch überhaupt nicht kannten. Dann tranken wir die Flasche Champagner leer, die wohl eher für betuchte Gäste gedacht war und nicht für Obdachlose wie uns. Ich setzte mich in einen bequemen Sessel direkt vor das Panoramafenster und war fasziniert vom Ausblick auf die anscheinend rund um die Uhr aktive Stadt, denn viele Fenster in den Hochhäusern waren erleuchtet. Und auf der Straße eine nicht abbrechende Autoschlange. Es war wunderschön und machte mir doch Angst. Wie kann man hier leben, im dreißigsten oder vierzigsten Obergeschoss, ganz ohne Kontakt zum Boden, besser ausgedrückt zur Erde. Die Natur und Tierwelt erleben die Bewohner doch größtenteils nur virtuell über die Glotze. Kein Wunder, dass unter derartigen Lebensbedingungen Sciencefiction im Film und in der Literatur entstehen musste. Mir wurde regelrecht schwindelig bei der Vorstellung, hier zu wohnen, zu leben, täglich zur Arbeit zu gehen. Soziales Leben kann unter diesen Bedingungen ja auch nicht entstehen, die Leute gehen morgens raus, rasen mit den Fahrstühlen hundertfünfzig Meter oder mehr in die Tiefe, mit Umsteigen natürlich, rennen zur nächsten Underground, die vielleicht sogar eine Haltestelle unter dem Wolkenkratzer hat, in dem man im fünfundzwanzigsten Stock seinen Arbeitsplatz in einer Versicherungsagentur hat. Und abends nach Hause auf demselben Weg. Man trifft vielleicht ein zwei Menschen, die man kennt, nur flüchtig natürlich, man wechselt drei Worte und ist wieder in der heimischen Wohnung. Und dann viel Glotze. Mir war klar, dass ich das verkürzt sehe und keine Ahnung hatte, schließlich ist New York berühmt für sein reiches kulturelles Leben, aber wie viele nehmen daran teil, zwei von hundert, keinen Schimmer. Und doch war der Anblick ein gewaltiges Erlebnis, an das ich immer wieder denken muss. Vom dritten Stock in meiner Kölner Wohnung in den Himmel über New York katapultiert, das war schon was. Eine Stadt, die keine Nachtruhe kennt.

Ich hab solange dagesessen, bis der Himmel heller wurde, die drei Kumpels waren längst in ihren Luxusschlafzimmern zu Bett gegangen. Ich konnte mich nicht sattsehen und zugleich der Frage nicht ausweichen, ob das die Zukunft der Menschheit sein könnte, riesige Millionenstädte, in den Himmel wachsend, unzählige Bewohner zusammengepfercht, in der Masse vereinsamt und immer mehr abhängig vom Fernsehen und den Netzwerken. Und wenn alles plötzlich zusammenkracht? Ein Erdbeben, ein gigantischer Tsunami, der Meereswellen bis ins fünfte Stockwerk durch die Straßen peitscht? Wahrscheinlich schwebte ich zwischen

Wachsein und Traum. Ich schlich in mein Zimmer, das bestimmt so groß war wie meine ganze Kölner Wohnung, das Bett mit einer Matratze, dick und weich, ich wollte noch ergründen, ob mir das alles gefiel, doch der Schlaf war schneller.

Unser Reiseleiter musste uns gegen zehn Uhr einzeln aus den Betten holen, anscheinend hatten auch die anderen lange auf die hell erleuchtete Stadt geschaut. Wir hatten ja die Zimmer zu verlassen, um neue zu beziehen. In den Fahrstuhl nach unten stieg einige Stockwerke tiefer eine Kinogröße ein, und er sah genauso aus wie im Film, Jack Palance, mit einer unglaublichen Blondine, in einem weißen Kostüm mit großem Ausschnitt, Palance hatte sie bestimmt bei sich, damit die Leute nicht alle auf ihn starren, was bei mir aber nicht zog, ich sah mir den Kinobösewicht genau an, die auffälligen Backenknochen, zuletzt hatte ich ihn in einem neuen Film gesehen und bewundert, in dem er einen heruntergekommenen Maler spielt, Bagdad Café, glaube ich. Er sah super aus, braun gebrannt und strahlte vergnügt, man musste sich mit ihm freuen, ohne zu wissen, worüber.

Jetzt wusste ich bereits, die New York Reise hat sich gelohnt. In diesen seelenlosen Hochhäusern verkehren also doch Menschen mit Seele, es brauchte nicht viel, mich daran glauben zu lassen.

Nach dem gemeinsamen Frühstück wollten wir am ersten Tag noch zusammenbleiben, um uns mit der Riesenstadt mit den endlosen Schluchten etwas vertraut zu machen. Mehrere aus der Reisegruppe waren schon einige Male hier gewesen. Wir gingen zu Fuß zum Central Park, er war nicht sehr weit entfernt vom Hotel, am Eingang verabredeten wir uns in zwei Stunden. Ich ging mitten hinein, um von dort den Blick auf die Hochhauskulisse drumherum zu haben, und das ist schon beeindruckend, direkt am Rande stehen noch die weniger hohen Gebäude. Ich hatte mir eingebildet, New York hätte vielleicht einige Dutzend von diesen fünfzig Stockwerk hohen Bleistiften, aber es sind ja Unzählige, was spielte sich in all diesen Wolkenkratzern ab, es konnten doch nicht alles nur Versicherungsgesellschaften oder Banken sein. Ja, wahrscheinlich auch Wohnungen, Luxusdinger versteht sich von selbst, Hotels, die Hauptsitze großer Firmen, mächtige Anwaltskanzleien. Da kam schon was zusammen. Mir ging durch den Kopf, wenn man nur den Stadtteil, den ich von meiner Parkbank aus übersehe, wenn man den auf Kölner Häuserniveau herunterholte, fünf Etagen im Durchschnitt, dann wäre fast ganz NRW verbaut. Nicht zu fassen. Es war einiges los, mir schien aber, dass es sich in erster Linie um New Yorker handelte und nicht um Touristen. Viele Kinder, die Ball spielten, ohne viel Geschrei. Wohlerzogen anscheinend. Und plötzlich kam mir diese große grüne Lunge vor wie ein Käfig, ein Laufgehege für Kleinkinder, eine Spielwiese eingezäunt von Häusern, eins neben dem anderen, absurd, aber so sah ich es, und natürlich führten überall Ausgänge in die Stadt, verschlossen und abgeriegelt wirkte es auf mich trotzdem. Ich musste aufstehen und mich bewegen, um auf andere Gedanken zu kommen, ich trank einen Kaffee an einem Ausschank, er schmeckte richtig gut, ich entdeckte Sträucher und Bäume, die ich noch nie gesehen hatte, ich kam an den See, der Name ist mir entfallen, auf dem die New Yorker im Winter Schlittschuh laufen. Das hatte ich mehrmals im Fernsehen verfolgt.

Wir trafen uns pünktlich am vereinbarten Ort und beschlossen, gemeinsam durch Manhattan zu gehen. Die Stadt faszinierte mich und schüchterte mich zugleich ein. Wir gingen auf den Bürgersteigen hautnah an den Hochhäusern vorbei, wenn man hochschaute, wurde es einem schwindelig, mehrmals bin ich richtig ins Straucheln gekommen. Und der dichte Verkehr, alles riesige Schlitten, die die Straßen verstopften, und das ununterbrochene Gehupe, am auffälligsten die gelben Taxis. Viele der Wolkenkratzer sahen aus wie aus dem neunzehnten Jahrhundert, verschnörkelt und mit Terrassen, auf denen man ganz hoch oben das Laubwerk von Bäumen ausmachen konnte. Jede Straßenschlucht an den Kreuzungen vermittelte den Eindruck, dass diese gigantischen Fluchten von Wolkenkratzern ins Unendliche führen. In das Überdimensionale fügten sich kleine Geschäfte, die mit viel Reklame auf sich aufmerksam machten, Fotoläden, Lederwaren, Bekleidung, Lebensmittel. Wir kamen am Empire State Building, vorbei, unvorstellbar hoch, über hundert Geschosse, wie kommen die Menschen auf die Idee, so hoch hinaus zu wollen? Geht es nur um den teuren Grund und Boden in der Stadt? Ist es Größenwahn? Ich musste dabei immer an die Ausgrabungen aus der Antike denken, wie werden diese Wolkenkratzer in dreitausend Jahren aussehen, wenn die Menschheit untergegangen sein wird, und Erdbeben, Tsunamis, Meteoriteneinschläge oder Atomkriege alles zerstört haben werden. Ein riesiger Berg von Häusermüll, so hoch, dass ihn auch viele tausend Jahre neue Vegetation nicht werden bedecken können. Ich weiß nicht warum, aber ich sehe die Erde immer in Schutt und Asche untergehen. Einige aus der Gruppe wollten hinauf auf die Aussichtsplattform des Empire State Buildings, ich plädierte fürs World Trade Center, das sei ja noch etwas höher. Wir gingen in den Eingangsbereich, sahen sofort, dass da eine lange Schlange vor den Kassen und Fahrstühlen viel Warterei bedeutete und gaben auf.

Nach all den Wolkenkratzern wollten wir wieder in menschlichere Gefilde, etwa eine halbe Stunde Weg bis nach Chinatown, dort sah man vor lauter Reklametafeln und Fahnen den Himmel nicht mehr, es roch überall nach Essen. Und nur Chinesen auf der Straße, zum Teil in ihrer traditionellen Kleidung. Vor jedem Restaurant stand ein Mann und forderte die Passanten auf, doch bitte einzutreten, wir taten das irgendwann dann auch und waren von der Atmosphäre ebenso begeistert wie vom tollen Essen. Wir waren kaum eingetreten, hatten Platz genommen und warteten auf die Speisekarte, als bereits eine hübsche Chinesin mit einem Servierwagen vorbeikam und uns gratis kleine Tellerchen mit Spezialitäten anbot.

Auf dem Heimweg war es dunkel, wenn man in New York von Dunkelheit überhaupt reden kann, grelle Reklametafeln und Laufschriften, die wir aus Köln noch gar nicht kannten. Wir hatten eine knappe Stunde Fußweg bis zum Hotel, kamen auf vielleicht halber Strecke an einem eigenartigen Gebäude vorbei, eingeklemmt zwischen den Hochhäusern eine Art alte Fabrik, mit Metalltreppen außen. Im zweiten Stock schien was los zu sein, die viele Reklame und die blinkenden Lichter verwirrten uns anfangs etwas, bis wir mitbekamen, dass es sich um einen Puff zu handeln schien. Einige von uns waren ausgesprochen neugierig, die jungen Ehepaare schwiegen, jedenfalls blieben drei Männer übrig, die da mal reinschauen wollten, vorausgesetzt, dass keine Gefahr bestand. Wir verabschiedeten uns bis zum Frühstück, stiegen also die Metallstufen hoch, am Eingang ein Schuss von Weib, schon etwas älter, sehr freundlich, ohne im geringsten aufdringlich zu sein, sonst keinerlei Kontrollen, der Eintritt kostete zwanzig Dollar, wenn ich nicht irre, wir gelangten in eine große Halle im Halbdunkeln, in der Mitte ein riesiger Käfig, an die dreißig auf dreißig Meter groß, hinter dem Gitter bewegten sich etwa zwei Dutzend Frauen, vielleicht mehr, Spots von oben beleuchteten mal die eine, dann die andere. Die Frauen gingen ganz langsam am Geländer entlang und boten sich feil. Sie drehten sich im Kreis, bückten sich, zeigten den fast nackten Hintern. Dennoch wirkte es auf mich so, als würden die Frauen eher uns Männer abschätzen, laute Rockmusik, zu laut für intime Gespräche. Sehr gut besucht schien mir der Laden nicht, dabei waren die Frauen sehr begehrenswert, kein Zweifel. Vielleicht war es noch zu früh am Abend. Das Ganze hatte etwas Irreales, der Raum wie eine Fabrikhalle, die Eisenkonstruktion wirkte so, als würde hier morgen früh wieder am Fließband produziert. Nach oben war keine Abdeckung auszumachen, aber das mag an den Spots gelegen haben, man konnte nicht hochschauen, ohne geblendet zu werden. Wir standen anfangs nebeneinander, bis es uns irgendwie peinlich wurde, ich ging weiter, versuchte in den Gesichtern der jungen Frauen etwas zu erkennen, was ihre Zurschaustellung hätte erklären können, ich hatte keinerlei Erfahrung mit Puffs, bin in Köln vielleicht zwei oder dreimal verängstigt durch die Kleine Brinkgasse geschlichen, manche sahen überhaupt nicht so aus, als wären sie geil auf die herumlungernden Männer. Ich blieb vielleicht noch zwanzig Minuten, bis mir deutlich wurde, dass mein Voyeur Verhalten im Grunde fast verwerflicher war als das der anderen Männer, die ja ernsthaft zur Sache kommen wollten, denn immer wieder konnte ich beobachten, dass eine Absprache erfolgte und eine Frau den Käfig verließ. Ich schaute mich um und musste feststellen, dass meine Reisegefährten nicht mehr da waren, ich wollte mich nämlich gerade von ihnen verabschieden und verließ also den märchenhaften Ort, die üppige Schöne meinte, ich hätte wohl nicht die Richtige gefunden, dann eben beim nächsten Mal.

Am nächsten Morgen beim Frühstück war der Puff einziges Thema. Von den drei anderen war übrigens nur einer mit einer Frau losgezogen, seine Geschichte war aber eher traurig, die Frau hatte ihn in ihre Wohnung mitgenommen und nicht in eines der Zimmer im Puff. Das winzige Apartment roch leicht modrig, was ihn nicht gerade angeheizt hatte, Wohnküche und noch ein Zimmer, in dem ihre beiden kleinen Kinder schliefen. Die Frau klagte, sie brauche Geld, um über die Runden zu kommen, der Vater der Kinder sei abgehauen. Ist ja alles traurig, hatte unser Reisefreund bestätigt und dabei versucht, der jungen Mutter näher an die Wäsche zu kommen. Zwecklos, sie entzog sich geschickt, bis er die Geduld verlor, er legte einige Geldscheine auf den Tisch und sei verschwunden. Lachen konnte niemand so recht über das verpatzte Sexabenteuer, am ehesten noch das Opfer selbst, er wirkte so, als hätte er schon einiges auf dem Gebiet erlebt, sagte nur, die Frauen. Aber dafür gab es gleich Schelte von den drei verheirateten Ladies am Tisch.

An diesem Tag wollten wir getrennt auf New York Jagd gehen, mich reizte das World Trade Center, das damals höchste Gebäude der Welt, andere die Freiheitsstatue oder das berühmtc Tiffany. Ein Mitreisender schloss sich mir an. Wir entschieden uns, Manhattan zu Fuß zu durchqueren, die mit dem Reißbrett angelegten Straßen machen die Orientierung leichter als in der Kölner Altstadt. Man kann sich eigentlich nicht verirren. Ich weiß nicht mehr, wie lange wir brauchten, zumal wir zweimal Pausen in coffeeshops einlegten. Wir sprachen ganz wenig miteinander, schauten den anderen Menschen zu, gelegentlich wagten wir einen Blick in die schwindelerregenden Höhen, es war für Touristen, die das zum ersten Mal erlebten, ein absoluter Kulturschock. Wir hatten ja alle im Kino amerikanische Filme gesehen, die auch in New York spielten, aber die Realität stellte alles in den Schatten. Einmal fragte ich den Partner, möchtest du hier leben? Bist du verrückt, war die schnelle Antwort, unvorstellbar! Wir standen dann oben in der hundertfünfzehnten Etage oder noch höher und mussten gut durchatmen. Die Stadt, die von unten in den Himmel zu reichen scheint, lag nun ganz tief unter uns. Wolkenkratzer mit achtzig Stockwerken sahen aus wie Maulwurfhäufchen, es war so hoch, dass wir kaum die Autos in den Straßen unterscheiden konnten. Und das soll Menschenwerk sein, es wollte mir nicht in den Kopf. Wir hatten den Fahrstuhl wechseln müssen, um zur Spitze hochfahren zu können, was mit wahnsinniger Geschwindigkeit ging, und am Schluss führte eine Rolltreppe genau über dem Abgrund auf das Aufsichtsplateau. Wir hatten uns auf die Treppe gestellt und die große Halle bewundert, doch dann drehten wir uns um und standen vor dem Nichts, das war schon der Hammer. Von dieser Aussichtsplattform wirkte die ganze Stadt unwirklich und klein, einige Wolkenkratzer, wie das Empire State Building, konnten ungefähr mithalten, doch der Rest war so weit weg, als würde man aus dem Flugzeug auf die Stadt sehen. Wenige Stockwerke unter uns lagen Büros, in denen Menschen jeden Tag ihrer Arbeit nachgingen, schizophren musste man da doch werden, wenn man von irgendwelchen Papieren auf dem Tisch durchs Fenster auf die weit entrückte Stadt hinuntersah, zwei Wirklichkeiten, die nicht zusammenpassten.

Wir kehrten begeistert von unserem New York Trip zurück nach Köln, das jetzt aussah wie in einem Märchenbuch. Ich vergaß mit der Zeit die tollen Eindrücke bis zu dem schrecklichsten aller Tage. So unwirklich, wie mir die realen Türme vor fünfzehn Jahren erschienen waren, so wenig konnte ich den elften September 2001 als etwas wirklich Geschehenes begreifen. Stundenlang saß ich vor der Glotze und sah die Flugzeuge in die beiden Türme stürzen. Bilder, die immer wieder wiederholt wurden, so als könnten auch die Kameramänner und die Fernsehkanäle ihren eigenen Aufnahmen nicht trauen. Es konnte nicht wirklich geschehen sein. Aber dann zeigten Aufnahmen von der Straße unten, wie die Türme in sich zusammenbrachen, wie Menschen aus den Fenstern fielen und in den Tod stürzten. Unten rannten die Passanten durch eine dicke Staubwolke so schnell sie konnten, denn Gebäudeteile flogen in alle Richtungen weit weg von den Turmruinen. Es war ein grässliches Verbrechen und zugleich ein Jahrtausendereignis. Und wofür das alles? Vielleicht musste man die Turmspitze besucht haben, um das Unglück irgendwie körperlich nachvollziehen zu können, betroffener zu sein, ich weiß es nicht. In meinen Gedanken stehen die beiden Wunderwerke der Architektur immer noch. Wird man sich in tausend Jahren auch noch an sie erinnern?

Im Weißen Meer 1992

Solowezkij, das Kloster als Gulag, darf meiner Meinung nach ebenso wenig in Vergessenheit geraten wie Auschwitz. Beides Orte, die für unsägliche Verbrechen des Menschen am Menschen stehen, wie gewiss viele andere. Auch in tausend Jahren müssen wir uns daran erinnern. Es ist eine Schande, dass ich in meiner Schulzeit den Namen bis zum Abitur nie gehört hatte. Aber auch die deutschen Konzentrationslager wurden von unseren Geschichtslehrern ja nur am Rande erwähnt. Heute werden, so habe ich gehört, Klassenfahrten dorthin veranstaltet.

Von Moskau aus ging der Flieger bis Archangelsk, von dort brachte uns ein Militärhubschrauber auf die etwa zweihundert Kilometer entfernte Inselgruppe Solowezkij. Das Meer ist in der Regel acht Monate lang vereist, die gefrorene Wasseroberfläche aber gar nicht schön glatt, sondern aufgewühlt, Eisbrocken stülpten sich übereinander. Der Hubschrauber flog sehr niedrig, ein großer Apparat, es klapperte fürchterlich, der Wind pfiff durch zahllose Luken. Damals konnte man die Dinger billig privat von der Armee mieten, sie brauchte Geld. Beim Anflug der Blick auf die große Klosteranlage, aus der Vogelperspektive märchenhaft, ganz in Schnee gebettet. Fünfundzwanzig Grad minus, ich musste einen dicken Schal vor die Nase halten, um die eisige Luft atmen zu können.

Unsere Bleibe, ein kleines Holzhaus, das sich Hotel nannte, auch drinnen war es kalt, und am nächsten Morgen stellte sich heraus, dass in der Dusche ganz heißes Wasser nur tröpfchenweise aus der Brausetasse floss und sich mit kaltem nicht mischen ließ. Ein erster Spaziergang um das immense Kloster, das von unten eher wie eine Festung aussah. Wir hatten einen Ortsansässigen als Führer gebucht, der versprach, uns nichts zu verbergen, denn die Insel hat eine sehr bewegte Geschichte durchgemacht, viel Leid und viele Tote, sagte er und ging weiter durch den Schnee, der unter den gepolsterten Stiefeln knirschte. Solowezkij war jahrhundertelang eines der größten und mächtigsten Klöster des russischen Zarenreichs mit etwa eintausend Mönchen. Eine völlig autarke Anlage mit eigener landwirtschaftlicher Produktion, mit einer eigenen Bäckerei, einer Metzgerei und Handwerksbetrieben. Zum Kloster hatte die ganze Inselgruppe mit etwa hundertfünfzig Quadratkilometern Fläche gehört, der größte Teil bewaldet. Der Abt war alleiniger Herrscher über die ganze Insel. Doch die religiöse Idylle dauerte nicht ewig, denn bald nach der Oktoberrevolution besetzte die rote Armee das Kloster und vertrieb oder tötete die Mönche. Solowezkij wurde der erste große Gulag des Sowjetregimes. Über fünfzigtausend Gefangene waren hier über die Jahre eingesperrt, die meisten von ihnen haben nicht überlebt. Sie starben entweder bei der Zwangsarbeit in den Wäldern, sie sind erfroren oder sie wurden gefoltert und erschossen, in den ersten Jahren waren es meistens Geistliche, Adlige, Wissenschaftler, ehemalige Offiziere des Zaren und Künstler. Die Insel war ein einziger Friedhof.

Unser Reiseführer schwieg, wir hatten das Kloster umrundet und standen wieder nah an unserem sogenannten Hotel. Morgen wollten wir die Klosteranlage besichtigen, die Teile, zu denen der Abt Zugang gewährte. Denn heute leben hier wieder Mönche, erfuhren wir, aber es sind nur fünfzehn und sie versuchen die Klosteranlage vor dem Verfall zu retten, es gebe kein Geld und keine Unterstützung aus Moskau. Es war schon dunkel, wir verabschiedeten uns still von unserem Reiseführer. Die unvorstellbare, geradezu lustvolle Grausamkeit, mit der die Gefangenen behandelt wurden, hat alles andere überdeckt. Was der Mensch dem Menschen antun kann, übersteigt wirklich die normale Phantasie.

Am nächsten Morgen durften wir durch eines der Tore in den Innenhof des Klosters. Er kam mir sehr groß vor, vielleicht die Größe eines Fußballfelds. Wenig Bewegung, gelegentlich durchquerte ein Mönch den Hof mit seiner bis zum Boden reichender schwarzen Kutte, die den frischen Schnee aufwirbelte. Bis 1923 lebten hier ja etwa eintausend Mönche, für sie war Platz genug in dem mehrstöckigen Gebäude rund um diesen Innenhof. Jetzt sind es nur noch die erwähnten fünfzehn, sie mussten sich hier verloren vorkommen. Durch ein Fenster sehen wir Licht und bitten eintreten zu dürfen, es ist eine kleine Werkstatt, in der zwei Mönche Heiligenfiguren schnitzen und bemalen. Zwei junge Männer mit langen schwarzen Bärten und Zöpfen. Unser Reiseführer erklärt uns, dass sie nicht mit uns sprechen dürfen, Gebet, Stille und Meditation seien wichtige Säulen ihres täglichen Lebens als Mönche im Kloster. Wir gehen weiter durch den Hof und kommen zur Bäckerei. Gerade wurde das frische Brot aus dem mit Holz beheizten Backofen geholt. Wir sind erstaunt, hier Frauen anzutreffen. Sie leben im Dorf vor den Klostermauern. Es riecht lecker nach frisch gebackenem Brot, aber der Bachofen und die Metallregale, auf denen das Brot zum Abkühlen gelegt wird, sehen aus wie aus dem letzten Jahrhundert. Mehr bekommen wir hier nicht zu sehen, denn im Winter ist der Ausstellungsraum des Klosters geschlossen, kein Geld für die Heizung. Die Ausstellungstücke werden von der Bibliothekarin in einem kleinen beheizten Zimmer verstaut. Aber viel Material über die Zeit des Straflagers gibt es ohnehin nicht, denn Stalin befahl nach der Schließung 1939 alles zu verbrennen. Alle Spuren ihrer mörderischen Handlungen zu verwischen, scheint eine Spezialität diktatorischer Regime zu sein. Das Internierungslager hat von 1923 bis 1939 bestanden. Tausende Gefangene wurden im Kloster selbst und in den Häusern festgehalten, die heute das Dorf von Solowezkij bilden. Maximal 1,8 Quadratmeter Lebensraum wurde jedem Häftling zugestanden. Diese Zahl habe ich in Erinnerung, weil sie so präzis die Erniedrigung, die Entmenschlichung festhält. Und wahrscheinlich konnte kein Gefangener morgens, wenn er in den Wald zum Holzfällen geschickt wurde, wissen ob er den Tag überlebt, im Winter wegen der eisigen Kälte bei schlechter Bekleidung und im Sommer, weil die Schergen auf sie einschlugen, wenn sie nicht effektiv genug arbeiteten. Die Gefangenen waren ja schwere handwerkliche Schufterei nicht gewöhnt. Wer zusammenbrach, war praktisch zum Tode verurteilt. Ich hatte vor der Reise Solschenizyn gelesen, kannte somit etwas von den Foltermethoden, mit am meisten hatte mich die Vorstellung aufgewühlt, dass die Häftlinge in Holzkäfige eingesperrt wurden, in die sie kaum reinpassten, was heißt, dass sie sich nicht hinknien oder setzen konnten. Nach einigen Tagen schmerzten die Füße, die Knie, der Rücken so sehr, dass sie alles zugaben, was man ihnen fälschlicherweise in der Anklage vorgeworfen hatte, nur um aus dem Kerker wieder herauszukommen.

Für den Touristen Ende der Neunziger ist das alles nicht mehr nachvollziehbar, zumal wir keinen Einblick in den größten Teil des Klosters und ehemaligen Straflagers bekamen. Und nur draußen im Klosterhof bei fast zwanzig Grad minus im Schnee herumzustehen, begeisterte uns dann doch nicht allzu sehr. Wir durften allerdings noch in die orthodoxe Kapelle hineinschauen, in der gerade ein Gottesdienst stattfand. Eigentlich sei hier immer Gottesdienst, erklärte unser Reiseführer. Es war im Ablauf der Zeremonie eine Phase, in der der Chor wunderbar zu singen begann, und wir vergaßen für eine Weile all das Leid, für das dieser Ort steht.

Wir fahren in einem Militärjeep zu einem kleinen Berg, der zu Zeiten des Straflagers der Friedhof genannt wurde. Es geht durch einen niedrigen Tannenwald, der schmale Weg seit dem letzten Schneefall nicht befahren. Zum Glück ist unser Fahrer ein Profi, der Wagen schlittert wie auf der Achterbahn, und dennoch fühlen wir uns nicht in Gefahr. Bis zur Spitze des kleinen Bergs muss man zu Fuß gehen, an einem halben Dutzend Häusern vorbei, bei einem öffnet sich die Haustür, eine alte Frau fragt freundlich, was wir hier suchen. Hier lägen doch nur Leichen unter der Erde, sonst nichts. Das stimmt nicht ganz, denn auf der Spitze des Berges steht eine kleine Kapelle. Sie diente im Winter als Schlafstelle für die Gefangenen. Sie mussten sich ohne Matratzen oder Decken auf den eiskalten Steinbogen legen, eng aneinandergedrängt, um sich etwas Wärme zu geben. Jede Nacht erfroren mehrere der Häftlinge, die anderen reihten sie nebeneinander und legten sich auf sie, es schützte etwas gegen die Eiseskälte. Neben der Kapelle befand sich damals eine Holztreppe mit über dreihundert Stufen, heute ist nur noch, jedenfalls im winterlichen Schnee, ein steiler Abhang auszumachen. Die Toten wurden im Winter die Treppe hinuntergeworfen und erst im Sommer verscharrt, wenn die gefrorene Erde aufgetaut war. Diese Kapelle war zur Zeit des Straflagers eine Art Gerichtsraum, hier wurde das Urteil über die Häftlinge gefällt und sie wurden gleich anschließend erschossen. Im Lauf der Jahre waren es Abertausende. Unter dem Berg der Kapelle müssen sich die Leichen meterhoch gestapelt haben.

Die Gefangenenwärter hatten, so erzählt uns der Reiseführer, eine besonders grausame Methode erfunden, Häftlinge, die etwas falsch gemacht hatten oder aus Erschöpfung einfach nicht mehr weiter Bäume fällen und bearbeiten konnten, wurden an einen Holzstamm gefesselt und die Treppe mit den über dreihundert Stufen hinuntergeworfen, natürlich lebend, unten landeten sie nur noch als Klumpen Fleisch.

Wie viele Menschen hier wirklich ermordet wurden, konnte uns der freundliche Reiseführer nicht sagen, denn nach der Schließung wurden ja ein Großteil der Personalakten vernichtet.

Unter der Erde aber dürften tausende Leichen verscharrt sein, nach denen bisher niemand gesucht hat.

Auf der Höhe dieses kleinen Schneeberges mit der Kapelle zu stehen umgeben von schneebedeckten Wäldern, soweit das Auge reicht, könnte einen fast versöhnen mit der Geschichte, so schön ist es hier.

England 1964

Es gibt Erinnerungen, da durchzieht mich ein seltsames Glücksgefühl, etwa fünfundvierzig Jahre danach. Der Trip nach England mit Georg, einem Kameraden aus der Schulzeit, gehört dazu. Ein halbes Jahr nach dem Abitur, ohne eine müde Mark, ein Rucksack, ein Schlafsack, Georg hatte noch eine Gitarre dabei, ja und dann natürlich doch etwas Geld, auch damit wir im Notfall die Eltern anrufen, und die Fähre über den Ärmelkanal bezahlen konnten. Nach Dünkirchen zu kommen war so einfach nicht, wir wurden immer nur in kleinen Etappen mitgenommen, einmal saßen wir auf einem kleinen Transporter auf der offenen Ladefläche, in der Fahrerkabine wollte der Mann uns nicht haben, obwohl wir am Anfang unserer Reise noch recht ordentlich aussahen. Dann hielt ein dicker Schlitten an, ein Chefwagen, länger als normale Autos, mit Chauffeur, hinten saß ein kleines Männchen, aus unserer Sicht uralt, weiße Haare, müdes Gesicht, aber freundlich, er trug einen dunkelgrauen Anzug, so was teures hatte ich noch nie gesehen, weißes Hemd mit Krawatte, und er hielt mit beiden Händen einen schwarzen Spazierstock, dessen Griff ein goldener oder goldfarbener Löwenkopf schmückte. Wir sollten uns neben ihn setzen. Er wollte wissen, wohin unsere Reise gehen sollte. England, ja das kannte er etwas von Geschäftsreisen, ein wunderbares Land, meinte er, selbst wenn es regnet. Er interessierte sich für unsere Herkunft, Köln kannte er gut, auch wieder von Geschäftsreisen, er hatte dort ein größeres Unternehmen, sagte er, wir wagten nicht zu fragen welches. Die Idee zu trampen, fand er prima, da lernt man Leute kennen, ist gezwungen, die fremde Sprache zu sprechen. Ach, er hätte Lust, auch so eine Tour zu machen, lachte er, aber seht, ich brauche eine Krücke, damit kommt man nicht weit. Und sein faltenreiches

Gesicht verdunkelte sich für einen Augenblick. Ich beneide euch, ich hatte nie die Gelegenheit, mal auszusteigen, ich musste studieren und direkt im Unternehmen einsteigen. Vor fünfzig Jahren, da ging es noch strenger zu, wisst ihr, man hatte dem Vater zu gehorchen. Jetzt bin ich zwar ein reicher Mann, aber was habe ich davon. Er wollte wissen, was wir werden wollten, Georg hatte eine klare Vorstellung, er studierte schon Medizin und wollte Chirurg werden. Bei mir fiel die Antwort nicht so klar aus, ich sagte deshalb Bauingenieur, aber eher halbherzig. Wie und wo wollt ihr denn übernachten? Wir hatten keine Ahnung, jedenfalls in Jugendherbergen, von denen soll es ja viele in England geben, fürs Hotel haben wir kein Geld. Wir machen uns da keine Sorgen, sagte Georg, denn die Reise soll ja ein Abenteuer werden. Ach ihr Glücklichen, sagte er leise fast vor sich hin, aber da sind wir, glaube ich, schon an der Stelle, wo ihr eine andere Richtung nehmen müsst, viel Glück Jungs. Er gab uns die Hand, eine zierliche faltenreiche, nochmals viel Glück.

Als der Riesenschlitten weiterfuhr, schauten wir beide ihm verblüfft nach, bis er ganz klein in der Ferne verschwand. Und wir waren beide gerührt, dieser stinkreiche Mann hatte uns mitgenommen, keine fünfzig Kilometer, und er hatte sich für uns interessiert und selbst ein bisschen sein Herz geöffnet. Wenn das mit dem Trampen so weitergehen sollte, gab es keine schönere Art zu reisen.

Ich meine, wir kamen abends in Brügge an und fanden die Jugendherberge ohne Probleme. Wir hatten natürlich ein Büchlein mit allen Jugendherbergen im Gepäck. Wir bekamen einen Platz, es schien nicht viel los zu sein. Für den ersten Tag hatten wir Proviant dabei, belegte Brötchen und zwei Dosen Bier. Danach schlenderten wir durch die Stadt, ganz anders als Köln und wunderschön. Wir hatten den Eindruck, durch ein Museum zu gehen, die alten Häuser, verziert wie Kirchen, mit kleinen Säulen und Figuren. Die Altstadt nicht zu groß, sodass wir sie auf und ab durchwandern konnten. Am Schluss waren wir begeistert und erschöpft und leisteten uns ein Bier in einem Straßenkaffee.

In Dünkirchen war es am nächsten Tag nicht so einfach. Wir mussten jemanden finden, der uns per Anhalter mitnahm, denn Fußgänger durften nicht auf dieses Schiff, vielleicht wegen der langen Zufahrt, und später das gleiche in Dover. Georg hatte einen Englandreiseführer dabei, in dem dies nicht erwähnt war. Wir fanden endlich eine junge Frau, die einen Kombi fuhr und genug Platz hatte, sie könne uns bis nach Dover bringen, kein Problem, sie nehme gern Tramper mit, das gibt es immer was zu quatschen und zu lernen, wenn man allein auf Reisen ist. Wir waren nicht die einzigen Tramper, die hofften mitgenommen zu werden. Die meisten älter als wir beide und mit mehr Gepäck, darunter auch zwei Mädchen, die lächelten, als seien alle Kameras der Welt auf sie gerichtet, es schien ihnen aber nichts zu nützen, denn wir fanden zuerst eine Mitfahrgelegenheit. Einen Augenblick hatten Georg und ich überlegt, ob wir mit den beiden nicht gemeinsam reisen könnten, aber sie kicherten wirklich etwas zu viel und zu viert dürfte man wohl ohnehin nicht mitgenommen werden. Das Meer war stürmisch, auf der Fähre, einem Riesending, ging es auf und ab. Beide waren wir noch nie auf einem Schiff, zudem bei stürmischer See. Dennoch wollten wir draußen bleiben und das Schauspiel bewundern. Mir fiel das alberne Bild von der Nussschale ein, es stimmte, die Wellen gingen mit dem schweren Schiff um, als sei es federleicht. Wir waren so fasziniert, dass wir gar nicht auf die Idee kamen, seekrank zu werden. Wir hatten noch eine Käsestulle im Gepäck. Ich sehe uns jetzt noch, wie wir mit der einen Hand am Geländer, die Schwarzbrotscheiben mit dem dickem Stück Edamer dazwischen mampfen, es war herrlich.

Unsere Chauffeurin war während der ganzen Überfahrt draußen nicht zu sehen, später erzählte sie uns, dass sie sich bei stürmischer See lieber drinnen verstecke. Die kurze Fahrt nach Dover war lustig, sie wollte zu einem Geschäftspartner in Ipswich und meinte schmunzelnd, wenn Sie wissen, was ich meine. Wir verstanden so schnell nicht, nickten aber artig. Ich sehe noch ihren Blick in den Rückspiegel. Die Engländer seien schon ulkige Kerle, fuhr sie fort, ihr Humor nicht leicht zu verstehen, aber immer liebenswert und gut gelaunt, was man von uns Deutschen nun wahrlich nicht behaupten könne. Schlimm sei eben nur die Küche, lauwarmer Hammel mit fast kalten Bohnen zu essen, koste eine Riesenüberwindung. Aber langsam richteten sich auch fremdländische Küchen im Lande ein, französische natürlich und besonders asiatische. Wir wollten wissen, welchem Geschäft sie denn in Ipswich nachginge, ach ja, meinte sie, sie sei dort Teilhaberin an einem Unternehmen, das Wolle bearbeitet und diese wunderbaren Pullover aus Lammwolle herstellt. Ein gutes Geschäft, lachte sie, man muss den Engländern nur das Design vorschreiben, denn sonst machen die ganz schreckliche Wolljacken und Pullover, die auf dem Festland kein Mensch kaufen würde. Und sie lachte wieder fröhlich. Diese Modevorgaben, das ist hauptsächlich mein Job. Langsam wurde uns klar, warum die Frau gerne Anhalter mitnahm, sie wollte reden, uns stellte sie selbst keine einzige Frage, das heißt doch, sie wollte wissen, ob wir nicht gleich mit nach Ipswich mitfahren wollten, da kämen wir um das Gedränge von Groß London herum, da sei es bestimmt nicht so leicht, mitgenommen zu werden. Wir mussten erst mal auf die Landkarte schauen, um zu sehen, wo dieses Ipswich liegt und fanden den Vorschlag nicht schlecht. Von dort aus könnten wir leicht nach Norden vorankommen, und eine Jugendherberge gebe es dort ganz bestimmt. Mehr kann ich dann nicht für euch tun, lachte sie und meinte das bestimmt zweideutig, aber wir verstanden wieder nur Bahnhof. Jedenfalls brachte uns die liebenswerte Frau bis nach Ipswich, und wir standen plötzlich auf der Straße in dieser wildfremden Stadt, erschöpft vom vielen Zuhören. Es war früher Nachmittag, wir schlenderten durch die wunderschöne Stadt mit ihren alten, reich verzierten und bemalten Häusern. Wie im Märchen, meinte Georg. In der Jugendherberge gab es am nächsten Morgen Toast mit einem Spiegelei, von wegen schlechter englischer Küche, es schmeckte uns prima. Es war Spätsommer, für englische Verhältnisse schönes und warmes Wetter. Wir gingen manchmal stundenlang die Straßen entlang bei wenig Verkehr und Sonnenschein, ohne Anhalter zu spielen. Wir kabbelten uns, liefen hinter einander her, lagen im Gras, waren frei und glücklich. Mittagspause machten wir etwas abseits von der Straße, wir aßen Fleisch aus der Büchse, leider immer mit dem schwammigen Weißbrot in Scheiben, und danach nahm Georg seine Gitarre und improvisierte vor sich hin, manchmal auch einen Elvis Song, das war ja alles noch vor den Beatles und den Stones. Wir schliefen nachts in unseren Schlafsäcken draußen an geschützten Plätzen und wuschen uns, so gut es ging, am nächsten Morgen an einem Dorfbrunnen. Georg rasierte sich sogar regelmäßig, er sah ohnehin besser aus als ich, besser gekleidet jedenfalls und musste deshalb beim Arm raus halten immer vorne stehen. Es waren wunderbare Tage, die leicht hügelige begrünte Landschaft, kleine Dörfer mit niedrigen Häusern und Vorgärten, in denen die Leute sich von der Sonne bescheinen ließen. Immer wieder wurden wir angesprochen und eingeladen, einen Tee zu trinken und etwas Gebäck zu essen. Und unser englisch wurde tag-täglich besser.

Es wurde auch an den Krieg erinnert, es sei nicht selbstverständlich, uns Deutsche hier zu sehen, umso schöner, dass wir als junge Männer den Sprung über den Kanal gewagt hätten.

Wir wollten hoch nach Inverness und an den berühmten See. Irgendwo in Mittelengland, vielleicht war es vor Sheffield, wurden wir von einem Mann in den Fünfzigern mitgenommen, er war Versicherungsvertreter und erzählte uns von der Arbeiterklasse, die in veralteten Wohnsiedlungen lebte und kaum über die Runden kam. Die Stahlindustrie sei praktisch vor dem Aus. Hohe Arbeitslosigkeit komme auf Sheffield zu, und da versuche er als Versicherungsmann für die Leute rauszuholen, was geht.

Von Sheffield wussten wir nur, dass die dortige Messerindustrie weltweit berühmt war. Es fing an, dunkel zu werden, und er meinte spontan, Jungs, ihr könnt für diese Nacht zu uns kommen, mein Sohn wird sich freuen, er ist in eurem Alter, mit Mama komme ich schon klar, wir haben ein kleines Gästezimmer und zu essen gibt es bestimmt genug für zwei zusätzliche hungrige Gäste. Wir beide schauten uns erstaunt an, wussten auf Anhieb nicht, wie wir reagieren sollten. Ihr braucht euch keine Sorgen zu machen, Jungs, wir werden euch schon nicht auffressen lachte er, es fängt übrigens auch an zu regnen, also würde ich an eurer Stelle nicht lange zögern. Georg meinte mutig als erster, dass wir so dankbar sind über die Einladung, dass es uns die Sprache verschlagen hätte. Na dann ist ja alles klar, schloss unser Gastgeber, wir haben vielleicht noch eine Viertelstunde zu fahren. Sein Sohn wird sich schon deshalb freuen, weil er im Sommer auch durch Frankreich trampen will, wir könnten da bestimmt gute Ratschläge geben.

Es war wirklich bewegend, der Empfang durch die Frau des Vertreters herzlich und unkompliziert, sie umarmte ihren Mann und zwinkerte uns mit den Augen zu, wie um zu vermitteln, dass ihr Mann gelegentlich zu solchen spontanen Einfällen neigte.

Zum Glück habe ich für heute einen Erbseneintopf mit Fleisch und Würstchen vorbereitet, das reicht für alle, und als Dessert eine französische mousse au chocolat, aber ihr wollt euch bestimmt vorher noch etwas frisch machen, Johnny, zeigst du ihnen das Bad und die Handtücher. Es war schon toll, dass diese Familie uns bei sich aufnahm, zwei wildfremde Jugendliche, zudem noch Deutsche, wo Sheffield doch im Krieg wegen seiner Stahlindustrie von Hitlers Bombern stark zerstört worden war.

Wir waren durch die Jugendherbergen nicht allzu sehr heruntergekommen, genossen es aber, unter der Dusche zu stehen mit duftendem Badeschaum. Danach zeigte Johnny uns das Zimmer, winzig, aber mit zwei Betten, alles bestens. Johnny war ein schweigsamer Junge, ganz anders als der Vater. Als ich fragte, wann er denn nach Frankreich wolle und wohin, schien er überrascht, so als sei ihm neu, dass er dorthin wollte. Der Eintopf große Klasse, und wir diskutierten noch eine Weile über Europa, das sich seit ein paar Jahren zusammentat, und übers hitchhiking, wobei wir von unseren bisherigen Erfahrungen schwärmten und die englische Gastfreundschaft in den Himmel lobten. Beim Gespräch wurde klar, dass der Vater den Sohn gerne mit einem Kameraden aus der Nachbarschaft losschicken wollte, der aber so begeistert nicht schien, ein Mamasöhnchen halt.

Am nächsten Tag schlenderten wir stundenlang durch die Stadt, auch durch die schmalen Straßen mit den Arbeitersiedlungen, die wirklich von ärmlichen Lebensbedingungen zeugten, wie wir sie aus Köln nicht kannten, bevor wir uns an die Straße nach Norden stellten und auch schnell mitgenommen wurden, manchmal auf Autobahnen, aber wir versuchten immer, wo es nur ging, kleinere Straßen zu wählen, wo man durch Dörfer fuhr und begrünte Landschaften. Bis Edinburgh brauchten wir drei oder vier Tage. Wieder ein grandioses Erlebnis, wir kamen uns vor, als besuchten wir eine mittelalterliche Stadt, überall große Bürgerhäuser mit Türmchen und Kirchen und schlossartige Bauten, nur der Autoverkehr brachte in Erinnerung, in welcher Zeit wir lebten. Und heute denke ich darüber nach, wie diese wunderschöne Stadt wohl in tausend oder zweitausend Jahren aussehen könnte. So wie heute die Reste römischer oder griechischer Städte, oder es bleibt nichts übrig. Alles vom Wind der Geschichte weggeweht. Wir bestaunten die Stadt einen Nachmittag lang und suchten dann eine Jugendherberge. Auch hier nur wenige Gäste, wir konnten uns die besten Schlafplätze aussuchen.

Wir wollten ja hoch nach Inverness, was per Anhalter nicht mehr ganz so leicht war, weniger Verkehr und kaum noch Ortschaften, karge, bergige Landschaft, also auch Probleme bei der Suche nach Unterkünften. Wir besorgten uns das Nötigste für ein Abendessen, wir machten ein kleines Feuer und genossen die Nächte in unseren Schlafsäcken. Mann, was waren wir happy.

Ja und dann kamen wir an den berühmt berüchtigten See Loch Ness. Hier wollten wir solange ausharren, bis wir das Ungeheuer zu sehen bekämen. Es würde uns gelingen, als ersten, da waren wir ganz sicher. Wir suchten uns einen schönen Platz am Ufer, machten ein kleines Feuer, wir aßen, ich weiß es noch genau, Lammsteaks gegrillt über dem Lagerfeuer, wir hatten uns sogar zwei Dosen Guinness gegönnt, danach saßen wir und schauten aufs Wasser, bis es dunkel wurde, wir sprachen ganz leise miteinander, um das Ungeheuer nicht zu vertreiben und lachten uns schief über die

Vorsichtsmaßnahme. Da nichts geschah, nahm Georg seine Gitarre und spielte, leise auch, vielleicht würde das Ungetüm ja doch noch auftauchen. Manchmal plantschte dann auch etwas, und wir blieben erstarrt, warteten, aber natürlich geschah nichts. Das Spiel wiederholte sich ein paarmal, bis unser kleines Feuer ausging und wir einschliefen. Morgen wollten wir es an einer anderen Stelle noch einmal versuchen. Auch am nächsten Tag hatten wir keinen Erfolg, aber wir hatten Glück mit dem Wetter und wanderten am Ufer entlang, vorbei an alten schlossartigen Ruinen und einsamen Gehöften. Es war ein richtiger Wanderweg, den nicht nur wir benutzten, wir begegneten vielen Touristen und Einheimischen, und jeder fragte jeden, habt ihr es gesehen, und dann gab es ein Gelächter.

Am dritten Tag fanden wir, wir sollten das Abenteuer beenden und weiterreisen. Wir mussten auch langsam zurück, die Zeit war wundersam verflogen.

Wir gelangten nach Glasgow und waren besonders beeindruckt vom großen Friedhof über der Stadt, von den pompösen Grabbauten und den kleinen Kapellen, es war wie eine eigene Stadt, einfach märchenhaft, und man konnte sich auf eine Bank setzen zwischen den Gräbern und auf die dampfende Stadt Glasgow hinunterschauen.

Die Kataphilen von Paris 1983

Seit ich da unten durch die unterirdischen Katakomben gegangen bin, gehe ich nicht mehr durch die Straßen von Paris wie zuvor. Ich sehe die in bestimmten Vierteln völlig ausgehöhlte Erde unter mir, dazwischen rollt auch noch die Metro und fließt die städtische Kanalisation, und ich wundere mich, dass da nicht ab und zu mal was durch kracht. Es geschieht wohl auch ab und zu, wenn eine neue Unterkellerung gebaut oder an der Metro gefummelt wird, aber das erfahren die Pariser in der Regel nicht. Es gibt einen offiziellen, den Touristen zugänglichen Teil der Katakomben, der Teil, in dem Abertausende menschliche Skelette akribisch ordentlich aufgereiht sind, und es gibt den verbotenen Teil, der jene Leute anzieht, die in Paris die Kataphilen heißen. Für Touristen zugänglich sind weniger als ein Prozent. Der Rest, etwa 300 Kilometer unterirdische Tunnel und Steinbrüche, darf aus Sicherheitsgründen nicht betreten werden. Natürlich ist Paris nicht völlig unterhöhlt, die dreihundert Kilometer entstanden, als die Steinmetze des Mittelalters aus der Tiefe das Gestein für den Bau der Häuser herausschlugen. Man geht also durch die schmalen und zum Teil sehr niedrigen Gänge von einem Steinbruch zum nächsten. Diese Steinbrüche sind nicht groß, ein zwei Räume vielleicht, damit das Gestein und die Erde drüber nicht einbrechen. Ich versuchte, mich in die Zeit zurückzuversetzen, als die Stadt Paris entstand. Damals geschützt durch eine hohe Stadtmauer, denn Räuberbanden zogen durchs Land und überfielen alles, was leicht einzunehmen und auszurauben war. Also musste man in die Tiefe graben. Aber es gab noch einen anderen Grund. Im näheren Umkreis von Paris waren nicht genügend Steinbrüche oder felsige Landschaften, aus denen man Bausteine hätte herausschlagen können.

In den letzten Jahren haben sich gelegentlich, so wird erzählt, Menschen dort unten verirrt und nicht mehr rausgefunden, sie sind elendiglich verhungert und verdurstet. Wer weiß, ob das stimmt. Aber da unten nach Hilfe zu rufen ist völlig zwecklos, der Hall der Rufe verirrt sich an den verschiedenen Wegkreuzungen. Dennoch sind jede Nacht Dutzende Kataphile in den unterirdischen Höhlen und Gängen unterwegs, in Gruppen oder allein. Wir sind da unten zufällig einem jungen Mann begegnet, der mit großen Kopfhörern auf den Ohren psychedelische Musik lauschte und uns nicht hat kommen hören. Es war dem Mann sehr peinlich, denn ein Kataphile bewegt sich und versteckt sich so, dass man ihn nicht finden kann. Der junge Mann erzählte uns, dass er fast jede Nacht für ein zwei Stunden hierherkommt, um nachzudenken und Ruhe aufzutanken. Angst sich allein zu verirren hat er nicht, er kennt sich hier unten aus wie in seiner Westentasche, behauptet er. Es kann aber auch vorkommen, dass man schon aus weiter Ferne Tanzmusik und Gejohle hört. Wenn Freunde eine Geburtstagsparty feiern. Allerdings haben sie dann an den Ausgängen Wachposten aufgestellt, die verhindern sollen, dass die Polizei plötzlich auftaucht. Hier unter erwischt zu werden, kann sehr teuer werden. Damals mehrere Hundert Francs Strafe. Die Aufpasser versuchen deshalb, die Polizeistreifen abzulenken und in falsche Gänge und Richtungen zu locken. Und da sie sich viel besser auskennen als die Ordnungshüter, gelingt dies in der Regel. Die Polizei verfügt über einen Plan der Katakomben, aber der soll so genau nicht sein, behaupten die Kataphilen. Ich bin mit den beiden Freunden, mit denen ich zweimal in die Katakomben hinabgestiegen war, auf eine solche Geburtstagsfeier gestoßen, es war etwa unter der Kirche Saint Sulpice, dreißig junge Leute drängten sich in dem Raum, dessen Wände mit bunten Graffiti bemalt waren.

Es dröhnte gewaltig, alle hüpften im Rhythmus der Musik. Geraucht wurde auch noch und nicht nur Zigaretten. Die Luft kaum zu atmen. Die Leute aber happy, so schien es. Mit ihnen zu reden, war bei dem Krach unmöglich. Die Stereoanlage hatte die Bässe besonders stark eingestellt, der Boden bebte leicht, über zwanzig Meter in der Tiefe unter einem Wohnhaus vielleicht oder der Straße, und kein Ton drang nach oben durch. Wir schauten eine Weile etwas ratlos zu und hatten den Eindruck, dass uns die Partygäste überhaupt nicht wahrnahmen. Untereinander schienen sie auch kaum zu kommunizieren, nirgendwo wurde geknutscht, jeder tanzte für sich allein.

Innerhalb der Kirche Saint Sulpice gibt es eine Rundtreppe, die bis zu den Katakomben hinabführt. Sie ist aus der Zeit, als das unterirdische Gestein in der Tiefe für den Bau der Kirche herausgeschlagen wurde. Der Eingang ist aber versperrt, man kann nur mit Genehmigung der Stadt oder der Kirche an dieser Stelle hinunter.

In dieser Nacht hatten wir ein heikles Erlebnis. Unser Führer, den wir für zwei unterirdische Wanderungen gut entlohnt hatten, wollte uns zeigen, dass die Gänge, manchmal über lange Strecken nur rund einen Meter hoch, an ein Ende führen können, und man, wenn man die Kreuzungen nicht genau kennt oder markiert hat, nicht mehr herausfindet. Wir kamen dabei eine Stelle, an der wir gut vier Meter durch einen schmalen Spalt kriechen sollten, um einen anderen bequemeren Weg zu erreichen. Der Spalt war kaum höher als ein durchschnittlicher Oberkörper und vielleicht zwei Meter breit. Unser Führer kroch als erster durch, er kam voran, ganz langsam, indem er mit den Schuhspitzen drückte, mit den Händen Rillen im Boden suchte und den Körper nach vorne zu ziehen versuchte. Schon beim Zusehen wurde es einem mulmig. Der zweite war ich, etwas

schlanker dafür einen Kopf größer als unser Führer, Um
meine Ängste zu überwinden, schloss ich die Augen,
denn die Enge war wirklich nichts für Klaustrophobe.
Ich kam wirklich durch und zitterte am ganzen Körper.
Dann leuchteten wir durch den Schlund, um die
Kameraden aufzumuntern, und jetzt erst wurde mir
klar, was ich da eben getan hatte. Jedenfalls waren sich
meine beiden Kumpel darin einig, dass keine Gewalt der
Welt sie dazu bringen könnte, dadurch zu kriechen und
dabei durchzudrehen. Wir verhandelten eine Weile,
vergebens. Also mussten wir zurück durch den Schlund.
Ich bestand darauf, dass ich als erster kriechen durfte,
allein wollte ich da keine Sekunde in der beängstigenden
Nacht ausharren. Aber ich bestand auf zehn Minuten
Pause, um meine Ängste zu beherrschen. Ich hatte ja
immer wieder im Fernsehen gesehen, wie Höhlen-
forscher durch kilometerlange Löcher kriechen, doch
halfen mir derlei Gedanken jetzt wenig. Eben erfüllt
meine Erinnerung voll und ganz die Vorstellung, dass es
in den Katakomben ja schwarz wie die Nacht ist, ach
was, viel dunkler. Wir hatten Stirnlampen, ähnlich
denen der Bergarbeiter, das gab Licht nach vorne, klar,
aber hinter dir war es schwarz. Unser Kataphile hatte
zusätzlich eine große Lampe dabei, deren Batterie wohl
besonders lange durchhielt. In den zehn Minuten Pause
spürten wir auch die Stille da unten, wahrscheinlich
habe ich keinen anderen Ort erlebt, an dem es so still
war. Ich kroch mühselig zurück, bat am anderen Ende
die Freunde um Hilfe, um mich an den Armen heraus-
zuziehen.
Wir mussten einen Teil des Wegs zurückgehen bei etwas
gedrückter Stimmung. Es gab keinerlei Vorwürfe, es
schien sich aber was verändert zu haben mit unserem
Entdeckergeist. Bald war es dann trotzdem doch vergessen, und wir kamen zu einer Reihe von Räumen, in
denen sich die Nazis während der Besetzung von Paris

eingerichtet hatten, am Eingang zu diesen Räumen sahen wir das einzig dicke und wahrscheinlich schusssichere Eisentor der ganzen Katakomben. Die Deutschen waren hier unten immer wieder von Widerstandskämpfern aufgespürt und genarrt worden, denn gefährlich werden konnten sie den Soldaten nicht. Die Wände heute auch hier wie fast überall in den Katakomben mit grellen Graffiti bemalt. Ausdrucksstarke, wenn auch unerlaubte Kunst, doch wer sollte schon einen Kataphilen beim Sprayen erwischen?

Nach gut vier Stunden waren wir völlig ausgelaugt, man konnte sich auch nirgendwo hinsetzen und ausruhen in den kilometerlangen Galerien, die manchmal für meine über Eins fünfundsiebzig zu niedrig waren, wir gingen immer wieder über längere Strecken gebückt. Es war dann noch gut ein Kilometer zurückzulegen, bis wir an den Ausgangspunkt zurückfanden, an dem wir auch hinabgestiegen waren.

Wir kamen am Ende eines Gangs an einen Ort, an dem wir plötzlich ganz leise Wasser plätschern hörten. Man konnte sich am Rand des Beckens auf eine Steinbank setzen und lauschen, na endlich. Das Ganze war kaum drei Meter lang, dann verschwand das Wasser unter dem Gestein. Ich bat die anderen darum, hier etwas zu bleiben und die Ruhe zu genießen. Wir saßen eng nebeneinander und schwiegen, nichts zu hören, auch unseren eigenen Atem nicht, außer dem leise dahingleitenden Wasser. Ich hatte den Eindruck, dass sich die Ohren zu riesigen Höhlen ausdehnten. Und plötzlich füllte die Vorstellung das ganze Denken, dass wir knapp dreißig Meter tief in der Erde saßen. Über uns eine brodelnde Stadt, von der nichts zu hören war. Eine Vorstellung, die beunruhigte und zugleich jeden von uns auf sich selbst zurückwies. Ich glaubte jetzt, die Kataphilen zu verstehen, die hierher flüchten, weil die Welt über uns keinen inneren Frieden zuließ. Obwohl wir zu mehreren nebeneinander saßen, war jeder allein für sich. Den anderen schien es so zu gehen wie mir. Die Zeit war weg. Ich schloss die Augen und bat ich die anderen, ihre starken Lampen für einen Augenblick auszuschalten und spürte, wie alle ein Schauer durchfuhr. Das Herz schlug heftig, der Atem wurde lauter und schneller. Da war tierische Angst, die absolute Finsternis machte Angst, obwohl wir ja wussten, wo wir uns befanden, oder gerade deshalb. Ich denke, ich hatte dieses Gefühl der Angst zuvor noch nie so übermächtig erlebt. Aber die Fantasie verwandelte den engen Schlund der Gänge in der Tiefe zu einem einzigen schmalen Raum, in den wir allein und winzig eingeschlossen waren und vielleicht nie mehr herausfinden würden.

Ein- und Ausstieg befanden sich in dieser Nacht in der Nähe von Montparnasse, die Leiter mit schmalen Eisenstäben schmerzte an den Händen schon nach wenigen Metern Aufstieg, und es waren über zwanzig Meter, die wir hoch krabbeln mussten. Am besten ist es, keine Pause einzulegen, einfach weiter Stufe für Stufe zu nehmen, auch wenn Wadenkrämpfe dazwischenfunken. Ich stieg als erster hoch, der Kataphile hatte mir erklärt, wie ich das scheinbar verschweißte Gitter beiseite-schieben konnte. Der zweite folge erst, als ich oben war, aus Sicherheitsgründen, damit nicht einer auf der Leiter auf den anderen zurückfallen konnte. Es gibt in der Stadt eine ganze Reihe solcher Eingänge in die Katakomben, sie werden regelmäßig von der Stadt verschweißt und genauso regelmäßig von den Kataphilen wieder geöffnet. Die Polizei machte damals gelegentlich Kontrollgänge durch die Katakomben, um die Kataphilen zu erwischen, was so gut wie nie gelang, aber auch um Verirrte aufzugreifen, denn sich zu verirren, war wirklich sehr leicht, es sei denn, man besaß den unterirdischen Stadtplan, der nicht zu kaufen und nur sehr schwer zu bekommen war, oder man hatte ein Orientierungssystem wie die Kataphilen, etwa an jeder Abbiegung oder Kreuzung, kleine Symbole auf die Steinmauern zu malen, ein System, das aber jeweils nur die Eingeweihten entschlüsseln konnten.

Am letzten Tag brauchten wir den freundlichen Kataphilen nicht mehr, wir besuchten unter dem Platz Denfert-Rochereau den einzigen Bereich der Katakomben, der öffentlich zugänglich ist. Das geht dann bequemer als der heimliche Abstieg in die verbotenen Zonen, über mehr als hundertdreißig breite Stufen und unten ist alles erleuchtet in einem gelblich warmen Ton. Mit dem anderen Teil, den wir zuvor durchforscht hatten, haben diese unterirdischen Grabstätten nichts gemein, außer, dass sie halt auch über zwanzig Meter unter der Erde liegen. In diesem Bereich hat die Stadt seit dem Ende des achtzehnten Jahrhunderts die Skelette von etwa sechs Millionen Verstorbenen gestapelt, ordentlich getrennt nach Schädeln und den anderen Gebeinen. Es gab zwei Gründe dafür, zum einen waren die Pariser Friedhöfe damals hoffnungslos überfüllt und zum anderen gab es riesige Probleme mit der Hygiene, denn die Pariser Toten konnten nicht mehr ordnungsgemäß bestattet werden, es gab einfach keinen Platz mehr. Wir standen etwas verwirrt vor den aufgereihten Totenköpfen, denen das changierende Licht noch Leben einzuhauchen schien. Die ordentlich aufgereihten Knochen wirken wie moderne Grafiken, jeweils eingerahmt von den Trennwänden. Zumal nichts überstand, kein halber Schädel oder ein Oberschenkel. Ich stellte mir, und tue es heute noch, den Job der Leute ziemlich makaber vor, die damals die alten Gräber auf den Friedhöfen leerräumen mussten, alle Glieder schön einzeln getrennt und gereinigt, sechs Millionen Skelette! Überall sind Tafeln angebracht mit Angaben zum Friedhof, von dem die Skelette kommen und mit Datum ihrer Umbettung, wenn man es so bezeichnen darf. Das war ein mühsamer Job, der jahrelang gedauert hat. Makaber ja, aber irgendwie auch rührend, denn die Stadt Paris machte sich immerhin die Mühe, die Leichenreste unterirdisch schön aufzubahren, statt sie vor den Toren der Stadt zu verbrennen.

Zwei Tage in verbotenen Gefilden, ein Tag im Touristenrummel. Ich war begeistert und fand, die Katakomben müssten zu einer Art Weltkulturerbe erklärt werden. Besonders der verbotene Bereich ist doch bestimmt spannender als der Besuch des Eiffelturms. Hier unten sind die Ursprünge von Paris zu erkunden, und dazu gibt es eine Menge Abenteuer, etwas Angst auch und Schauer im Rücken in diesem Labyrinth der Nacht.

Der Maus liegt richtig, scheint mir, meine Gedärme brennen, als hätten ich kiloweise schärfsten Peperoni gefressen, jetzt denke ich mit Dankbarkeit an all die tollen Reisen. Dabei ging es im Grunde nur darum, dir davon zu berichten, mein Versprechen einzuhalten? Stundenlang saß ich an deinem Grab, um dir Bericht zu erstatten. Glaubte fest, dass ich erst dann wirklich in den Ländern gewesen war, nachdem ich sie dir beschrieben hatte.

Hab inzwischen einige Kästchen versteckt, Blut und Wasser geschwitzt auf einem riesigen Baugerüst und an einer gotischen Kirche bis unters Dach, Richtung Frankfurt. Etwas abgedreht ist das schon, aber es ist schön, so ein Geheimnis zu haben. Der Zustand zwingt mich zum Alleinsein, kann mich ja schlecht mit Freunden in der Kneipe treffen und ständig die Fresse wegen der Schmerzen verziehen. Alleinsein verführt zu Spinnereien und Selbstgesprächen, ist doch klar, so sehr, dass ich manchmal nicht mehr weiß, ob ich noch alle Tassen im Schrank habe.

Auschwitz 1996

Als mein Sohn Gabriel fünfzehn war, machte ich mit ihm eine Reise nach Auschwitz. Ich selbst war auch noch nicht dort und schon etwas beunruhigt, ob Gabriel damit zurechtkommen würde, ob ich selbst das Schreckliche ertragen könnte. Wir fuhren mit meinem alten Golf gemütlich Richtung Osten mit einer Übernachtung in Chemnitz. Gabriel staunte über die Dörfer und Städtchen, durch die wir fuhren, er fand es urig und ärmlich, aber eben kaum Reklame und alles schön in Ordnung. Im Hotel gab es Doppelzimmer mit getrennten Betten, Gabriel wollte nicht allein schlafen, nicht aus Angst glaube ich, es war seine erste Nacht in einem Hotel überhaupt. Wir verstanden uns gut, lachten viel, die Spannungen, die zuhause herrschten, hatten wir wohl dort gelassen, meine Ehe mit Rose sah nicht mehr gut aus, und mit Gabriel hatte es keine Gelegenheit gegeben, das Problem anzusprechen. Ich war überzeugt, dass Rose mir da nicht in den Rücken fiel, sie war eine wunderbare Frau und Mutter, und in unserer Krise bis zur Scheidung gab es auch keine Schuldzuweisungen. Es war halt so, die Liebe hatte nachgelassen. Wir lagen schon im Dunkeln, als Gabriel fast vor sich hin die Frage stellte, warum die Ehen reihenweise kaputtgehen, viele seiner Freunde machen das durch, und das Schlimme ist, so meinte er, dass die Kinder außen vorgehalten werden. Wenn die Familie am Tisch zusammensitzt, herrscht Friede, Freude, Eierkuchen, und wenn die Eltern später allein im Wohnzimmer sitzen oder im Schlafzimmer sind, dann gibt es Krach, aber meistens so laut, dass die Kinder ohnehin etwas mitbekommen. Warum ist das so? Überall das Gleiche. Ich wusste nicht, wie ich darauf reagieren sollte. Gabriel hatte mich überrascht und aus der Fassung gebracht. Also längeres Schweigen. Hast du mir

überhaupt zugehört, wollte Gabriel leicht verärgert wissen. Oh ja, sagte ich, weiß nur nicht, was ich darauf antworten soll. Weißt du, in der Regel wollen die Eltern ihre Probleme vor den Kindern verstecken, um sie nicht mit hineinzuziehen. Und vielleicht glauben die Eltern ja auch, dass sich alles wieder einrenken lässt, verstehst du, Trennungen gehen ja nicht von heute auf morgen, und häufig geht es nicht um konkrete Vorwürfe, was weiß ich, Untreue oder so was, man lebt sich auseinander, ohne es gleich zu merken, ich denke mir, so geht das, hab selbst ja keine Ahnung. Wieder eine längere Pause, bis Gabriel anfängt, ach Papa, du sagst du hast keine Ahnung, aber zwischen dir und Mama ist doch auch dicke Luft, das merkt doch ein Blinder, und ich hab keine Ahnung warum, nur dass ihr nicht mehr so miteinander umgeht wie früher, ich leide darunter und würde gern wissen, was los ist, verstehst du. Ich stöhne laut und suche nach einer richtigen Antwort. Ach Gabriel, eigentlich dürfte ich jetzt nur weitersprechen, wenn Mama dabei wäre, weißt du, es gibt ja auch Krisen in einer Ehe, für die man keine Erklärung hat und die wieder vorbeigehen. Wir verhalten uns anders, ohne es zu merken, mir jedenfalls war es nicht bewusst. Ich bin dir dankbar dafür, dass du mir das alles sagst und ich verspreche dir, wenn wir zuhause sind, werden wir zusammen darüber reden, mit Mama, und alles wird wieder gut. Schlaf gut mein Lieber. Gabriel schwieg, ich spürte aber, wie es in seinem Hirn rumorte, dabei war ich ihm gegenüber nicht unehrlich gewesen, ich wusste ja selbst wirklich nicht, was zwischen Rose und mir schieflief, wir mochten, wir liebten uns, dachte ich, weiß der Teufel, was uns ganz langsam Abstand nehmen ließ voneinander. Gute Nacht Papa, sagte Gabriel bestimmt fünf Minuten später, ich nehme dich aber beim Wort.
Ich brauchte lange, bis ich einschlafen konnte, fühlte mich schlecht, einmal, weil ich mich von Gabriel ertappt

fühlte, zum anderen, weil uns nicht bewusst geworden war, dass unser Sohn mitbekam, was passierte und darunter litt. Wir waren beide sicher, dass wir unsere Probleme vor ihm geheim gehalten hatten, Pustekuchen. Und dann setzte die Gedankenschleife ein, die mich seit Monaten am Einschlafen hindert: was ist los mit Rose und mir? Wer hat was falsch gemacht? Ist einer mehr schuldig als der andere? Aber schuldig weshalb? Das Hundsgemeine an diesen Beziehungskisten ist doch, dass was nicht mehr rund läuft, ohne dass man es merkt. Gut, man fasst nicht mehr so häufig nach der Hand des anderen, man streicht ihm seltener durchs Haar, aber warum. Ich war in niemanden anderen verliebt, von Rose denke ich das gleiche. Ist das Abnutzung? Ein Scheißwort. Schenkte ich Rose zu wenig Aufmerksamkeit, bewunderte ich sie seltener und sagte ich es seltener? Die Fragen folgten aufeinander wie immer, bis ich erschöpft doch einschlief. Ich habe diese Nacht im Hotel in Chemnitz genau in Erinnerung, weil mir klar wurde, dass ich auch keine Argumente dafür fand, dass wir unbedingt zusammenbleiben müssten, dass unsere Ehe doch gar nicht kaputt sei und wir uns das alles nur einredeten. Und im Übergang in den Schlaf wollte ich sie berühren, aber auch mit ausgestrecktem Arm erreichte ich sie nicht, obwohl sie ganz nahe neben mir lag.

Am nächsten Morgen waren wir früh unterwegs, wir wollten bis Krakau gelangen, um dann den ganzen folgenden Tag Zeit für Auschwitz und Birkenau zu haben. Wir hatten ein kleines Hotel am Platz der Marienkirche, wenn ich mich nicht irre. Das Restaurant am Abend war fast nur mit Kerzenlicht schwach erhellt. Wir aßen typisch polnische Gerichte, Gabriel war begeistert, in so einer Stadt würde er gerne mal studieren oder arbeiten, meinte er, und ich konnte ihn gut verstehen.

Am nächsten Morgen fuhren wir nach Auschwitz, der Parkplatz vor dem Eingang war noch nicht überfüllt, und die Schlange für die Eintrittskarten vielleicht dreißig Meter lang. Gleich am Eintritt sahen wir das berühmte Eisengittertor 'Arbeit macht frei', Gabriel kannte es von einer Aufnahme aus dem Geschichtsbuch. Wir mussten warten, bis eine Gruppe für die Führung zusammengestellt war. Man sah eine Reihe von roten Backsteinhäusern, durch die wir gehen würden. Wer wollte, bekam ein kleines Gerät mit Kopfhörern in seiner Landessprache, wir waren mit Amerikanern, Franzosen und Israelis zusammen. Draußen auf der Straße zu den Blockhäusern erzählte Gabriel noch, was er in der Schule alles über Auschwitz gehört hatte, doch sobald wir drinnen waren, blieb er die ganze Zeit still. Manchmal trafen sich unsere Blicke, fremd fast und abwesend. Ich konnte nicht erraten, was in ihm vorging. Wir sahen die lange Reihe der Fotos von den Ermordeten, den nackten, ausgemergelten Frauen, die Nazis schienen alles schön ordentlich gewollt zu haben, alles wurde aufgelistet, jedes Opfer registriert, die bürokratisierte Tötungsmaschinerie. Lange blieb Gabriel vor den großen Schaufenstern stehen, hinter denen Tausende von Schuhen, von Prothesen, von Rasierpinseln und Bürsten aufgestapelt waren. Ich musste zurückgehen, um ihn wieder zu der Gruppe zu holen, als er vor einem Schaufenster mit Koffern stand, regelrecht erstarrt, er sah mich, sagte nichts, zeigte nur auf einen kleinen Koffer, auf dem stand geb. 1939.
Wir kamen zu einem Block mit den Gaskammern und den Verbrennungsöfen, so absurd, dass es sich jeder Vorstellung widersetzte. Den Todgeweihten wurde eingeredet, sie würden einen großen Duschraum betreten, und dann strömte das Gas. Draußen wurden wir zu der Todesmauer geführt, an der Tausende Gefangene erschossen wurden. Bei all den Toten versagte langsam

die Vorstellungskraft, dass Menschen dies Menschen angetan haben. Vier Millionen Opfer, Massenvernichtung industriell umgesetzt. Am Ende blieben wir weiter still, Gabriel gab nicht zu erkennen, was in ihm vorging, und ich drängte ihn nicht. Ich fragte ihn nur, ob ich einige Postkarten zur Erinnerung kaufen sollte. Er schüttelte nur den Kopf.

Wir saßen im Auto, schauten den anderen Besuchern zu, jenen die aus dem Museum kamen und jenen, die noch hineinwollten, so als würde uns das beim Verständnis dessen helfen können, was wir erlebt hatten. Ich holte an einem Kiosk eine Bratwurst mit Fritten. Zuerst hatten wir beide einen gewissen Widerwillen zu essen, doch es schmeckte gut, und der Senf war angenehm mild.

Wir fuhren die wenigen Kilometer nach Birkenau mit dem Touristenbus. Der Himmel zog sich zu, nebelig, es regnete aber nicht. Wir wurden als erste zu den Gleisen geführt, auf denen die Viehwaggons mit den Opfern hergebracht wurden, durch das Eingangstor, das so bekannt ist wie das 'Arbeit macht frei', auch Gabriel erinnerte sich daran aus einem Geschichtsbuch. Eine junge Frau erzählte unserer Gruppe, dass die Gefangenen direkt in die Gaskammern getrieben wurden, wie eine Herde, und dass sie anschließend direkt verbrannt wurden. Die Gebäude sind von den Nazis vor ihrer Flucht abgerissen worden, man erkennt nur noch die Fundamente. Die Asche der Toten wurde in einen Teich am Rande des Lagers entsorgt, das Wasser ist noch immer dunkelgrau schmutzig. An manchen Tagen, so die junge Frau, wurden bis zu sechzigtausend Menschen vergast und anschließend verbrannt. Das übersteigt jede Vorstellungskraft. Wir gingen dann zu den Backsteingebäuden, von denen auch die meisten von Nazis noch abgerissen worden waren. Warum wird deutlich, wenn man die Häuser betritt. Es hat uns beide,

Gabriel wie mich am stärksten mitgenommen, die Schlafräume zu sehen mit nackten Holzpritschen, so wie damals, Dutzende aneinandergereiht, über drei Etagen, wenn ich mich richtig erinnere. Hier lagen die Opfer in den Kleidern, die sie anhatten, ohne Decken, auch wenn draußen hohe Minusgrade herrschten, sechs und mehr nebeneinander. Welche Erniedrigung, welche Verachtung. Aber es kam ja noch viel schlimmer. In einer der Baracken waren noch die Latrinen erhalten, mit drei oder sogar vier Reihen, Mäuerchen, in die Klolöcher eingelassen waren, eins neben dem anderen, keine zwanzig Zentimeter voneinander entfernt, und es sind wahrscheinlich fünfzig oder mehr. Die junge Frau erzählte beschämt, dass die Gefangenen nur eine sehr begrenzte Zeit für ihr Geschäft hatten, und wenn die vorbei war, mussten sie den Ort verlassen, ob sie nun fertig waren oder nicht, mit Gewehrkolben und Stöcken getrieben. Ein Klo für hundert Menschen auf allerengstem Raum, bar jeder Vorstellung. Als wir Birkenau verließen, waren wir beide völlig fertig, Der Holocaust, den die Geschichtsbücher beschreiben, gibt ja nicht im Entferntesten wieder, was wirklich geschehen ist. Die Aneinanderreihung von Gräueltaten und von Opferzahlen bleibt in den Büchern, ist so weit weg vom Leser. Hier standen wir mitten am Tatort, ich konnte im Geist die zum Skelett abgemagerten Gefangenen auf den Holzpritschen liegen sehen oder auf dem Massenklo. Es ist mir peinlich, es zu erwähnen, aber was ich sah, tat mit körperlich weh, und ich machte mir wirklich Sorgen um Gabriel. Er war wieder die ganze Zeit verbissen still, er wich meinem Blick aus, das war ganz offensichtlich. Ich hätte ihn auf keinen Fall hierher mitnehmen dürfen, warf ich mir vor, er ist zu jung für diese schreckliche Begegnung mit unserer Geschichte. Es waren Deutsche, die das angestellt haben, Menschen, die unsere Sprache sprachen. Wieder saßen wir danach wie betäubt im

Auto. Ich wusste nicht, was tun, schaute zu Gabriel rüber, der nicht reagierte, obwohl er es natürlich mitbekam. Ich fühlte mich immer schlechter, weil ich ihm diesen Besuch angetan hatte. Da sagte Gabriel, während er weiter durch die Frontscheibe starrte, mach dir keine Sorgen Papa, es geht mir beschissen aber gut. Mein Gott, war ich erleichtert, hielt mich aber zurück. Wir blieben bestimmt noch zehn Minuten sitzen, ohne etwas zu sagen, dann fuhr ich los, eigentlich ohne zu wissen wohin. Hatte es einen Sinn, ins Hotel zurückzufahren und den Touristen zu spielen? In die Kneipe zu gehen und zu essen, ein Glas Wein zu trinken und über Gott was weiß ich zu reden? Ich nahm, wie von fremder Hand geführt, den Weg zurück über Auschwitz Richtung Krakau. Gabriel schaute rechts aus seinem Seitenfenster, als er sagte, hast du den Koffer bemerkt, da bei den riesigen Schaufenstern, auf dem stand geboren 1939? ich weiß nicht, das fand ich fast am schlimmsten, ein fünfjähriges Kind zu vergasen und zu verbrennen, nur weil es jüdische Eltern hatte. Das geht einem nicht ins Hirn. Ich möchte kein Deutscher mehr sein.

BEGEGNUNG

Mensch, Lenchen, eben fällt mir wieder die
Begegnung mit deiner Mutter ein, ist viele Jahre
her, und bestimmt habe ich dir damals davon
erzählt. Es war in einem Café zwischen Nord-
Süd-fahrt und Hohe Straße. Ich sitze draußen
mit Blick nach innen ins Café. Durch das Glas
zeichnet sich langsam das Gesicht einer Frau ab,
das mir bekannt vorkommt. Ich sehe das Gesicht
mehr im Profil, nur wenn es nach draußen
schaut, verstärkt sich mein Eindruck. Da merke
ich, dass es der Frau ähnlich zu gehen scheint,
auch sie blickt konzentrierter zu mir, wird aber
dann von dem Mann neben ihr am Tisch ins
Gespräch zurückgeholt. Und als ich den Mann
genauer anschaue, weiß ich, wer dasitzt. Im
selben Augenblick bin ich schweißgebadet und
fange an zu zittern. Es sind deine Eltern.
Zwanzig Jahre älter, aber doch eindeutig
wiederzuerkennen. Ich bin nicht imstande,
irgendetwas zu tun, ich versuche wegzuschauen,
aber mein Blick wird magisch angezogen. Da
steht deine Mutter auf und kommt aus dem Café
auf mich zu. Ich zögere, ob ich sitzen bleiben
oder aufstehen soll, entscheide mich fürs Stehen.
Sie ist gut einen Kopf kleiner als ich, sie lächelt
verhalten und sagt, „wir kennen uns, nicht
wahr? Ich bin Lenchens Mutter und du,
entschuldigen Sie, Sie sind der Junge von
damals, Jakob, den Namen habe ich nicht
vergessen. Vielleicht sollten wir uns mal
unterhalten, wenn Ihnen auch danach ist. Mein
Mann geht in einigen Minuten wieder zur
Arbeit. Wollen Sie dann zu mir reinkommen?"

Ich nicke übertrieben, kann aber nicht sprechen. Sie lächelt und geht zurück.

Nach zehn Minuten sehe ich deinen Vater das Café verlassen, er ist korpulenter geworden, der grimmige Blick von damals. Zum Glück sieht er nicht rüber zu mir. Ich warte noch eine gute Minute, gehe dann rein.

Deine Mutter schiebt den Stuhl zurück, wir stehen uns gegenüber, mir kommt es eine Ewigkeit vor, doch dann nimmt sie mich in die Arme und sagt, „ich bin froh, dich getroffen zu haben, Jakob, ich glaube, ich muss bei dem Du bleiben, einverstanden?"

„Aber klar doch", würge ich heraus und drücke sie mit beiden Armen.

Wir sitzen, und zum Glück kommt im selben Augenblick die Kellnerin, die mich als Stammgast ganz gut kennt.

„Es sind etwas über 17 Jahre her, weißt du, und für mich geschieht es jeden Tag aufs Neue. Ich bin nicht drüber weggekommen. Als Mutter glaubt man ja, für alles verantwortlich zu sein, was den Kindern geschieht, verstehst du."

Sie kann nicht weitersprechen, schaut an mir vorbei nach draußen. Weiß nicht so recht, was ich sagen soll. Im Gegensatz zur Mutter habe ich ja den Schmerz und den Verlust in ein Lebensgefühl verwandelt, das mich trägt und nicht mehr unglücklich macht. Aber wie soll ich das jemandem verständlich machen.

„Du bist immer wieder bei Lenchen auf dem Friedhof gewesen, stimmt's? Wir haben dich manchmal aus der Entfernung gesehen und uns dann zurückgezogen. Das hat mich jedes Mal sehr bewegt. Ansonsten haben wir uns völlig aus

136

den Augen verloren, na ja, mein Mann hat sich dir gegenüber auch recht komisch verhalten."

„Ich besuche Lenchen immer noch regelmäßig. Ich erzähle ihr, was in mir vorgeht, was ich erlebt habe. Es ist manchmal ganz lustig. Ich will an ihrem Grab nicht traurig sein, wissen Sie, wir sind uns bis heute sehr nahe. Sie ist mein Leben."

„Hör auf Jakob, ich fange sonst gleich an, fürchterlich zu weinen, und das will ich nicht, verstehst du."

„Entschuldigen Sie, ich dachte, ich würde Sie eher aufheitern können. Tut mir leid. Lassen Sie mich trotzdem etwas erklären, fuhr ich fort, ich bin verheiratet, glücklich verheiratet, ja, habe einen Sohn, sieben Jahre alt. Beruflich bin ich noch auf der Suche, obwohl ich jetzt eine Ausbildung als Toningenieur abgeschlossen habe, aber um was zu tun? Sie werden lachen, ich hatte Lenchen schon damals erzählt, dass ich um die Welt reisen will, um sie ihr beschreiben zu können. Deshalb bewerbe ich mich jetzt beim Fernsehen und werde jeden Job in einem der Auslandsstudios annehmen. Ich bin nach Lenchens Tod durch die Hölle gegangen, war vorher der Beste in der Klasse und bin sitzen geblieben, hatte monatelang, jahrelang Lust auf nichts, rein gar nichts. Aber irgendwann habe ich die Kurve gekriegt. Und wirklich hauptsächlich dank der Friedhofs besuche. Das klingt bekloppt, ist aber so. Ich habe mit Lenchen geredet, sie ist mein Leben, wissen Sie, bis heute, aber eben mein Leben, nicht mehr mein Untergang."

Jetzt bin ich erschöpft, studiere die leere Espressotasse und weiß nicht, wohin schauen. Der

Blick deiner Mutter haftet auf mir, ernst und entschlossen. Ich habe Angst, sie könnte mich zusammenscheißen, aber nein.

„Ich weiß nicht, was ich darauf sagen soll, Jakob, es klingt zu wunderbar, als dass ich es glauben könnte, ehrlich. Aber du hast Recht, die Trauer hat uns alle zerstört, meine Ehe, meine Wünsche, meine Lebensfreude.

Und nach einer erneuten Pause, sagt sie,

„ich will dir wirklich nicht zu nahetreten, aber ich bin stolz auf dich."

Wir bestellen noch einmal, diesmal ein Gläschen Cognac.

„Auf die wunderbare Tochter. Es war so ungerecht, sie uns zu nehmen, sie wollte nicht sterben, bis zur letzten Minute, sie wollte leben, weißt du. Und sie hat immer wieder wiederholt, dass sie auch deinetwillen leben wollte, dich nicht verlieren wollte, mein Gott."

Wir sitzen uns minutenlang stumm gegenüber, fummeln mit den leer getrunkenen Gläsern. Dann steht deine Mutter abrupt auf und meint, sie müsse jetzt gehen.

„Das war sehr lehrreich für mich. Ich muss dir von ganzem Herzen danken. Und wer weiß, vielleicht sehen wir uns ja eines Tages am Grab wieder, wer weiß, Jakob."

„Vielleicht sage ich, vielleicht", obwohl ich an deinem Grab wirklich mit dir allein sein will, auch in Zukunft.

Warum nur habe ich das jetzt aufgeschrieben? Nur für dich, Lenchen. Du weißt besser als ich, warum ich das alles hier tue.

Französisch Guayana 1986

Ich hatte als junger Mann den Papillon gelesen und konnte nicht glauben, dass unser Vorbild für Demokratie und Menschenrechte bis in die fünfziger Jahre Straflager in Französisch Guayana unterhielt, in denen Gefangene wie Tiere misshandelt wurden und nur selten die Haft überlebten.

Wir sitzen auf einem langen Boot, das mit der Axt aus einem Baumstamm geformt worden war, den Maroni entlang, flussaufwärts, sehr schnell, das Boot wird von einem starken Außenbordmotor angetrieben. Wir sind zu viert, der Reiseführer und zwei andere Touristen aus Frankreich, mit denen ich mich bei der Bootsmiete zusammengetan habe. Der Reiseführer sitzt ganz hinten am Motor, an seinem linken Bein klammert sich ein kleines Äffchen fest. Auch schon als wir über die Strecke und den Preis verhandelten, hing das niedliche Tier an derselben Stelle. Ein reißender Fluss, an den meisten Stellen nicht sehr tief, wie es uns schien und immer wieder mit kleinen Stromschnellen, über die das Boot mit großer Geschwindigkeit raste, ohne aufzuprallen. Ein riesiger breiter Fluss, mir kam er kilometerbreit vor. Zweimal sahen wir jeweils auf der rechten Seite in Ufernähe Landestege mit einer Überdachung und ankernden Schiffen. Dort wird nach Gold geschürft und das giftige Abwasser in den Fluss geschüttet, erklärt uns der Reiseführer in kaum verständlichem Französisch, man dürfe denen nicht zu nahekommen, die schießen gern und verschwinden im Suriname Dschungel. Ohne Führer sollte man sich ohnehin nicht in diese Region wagen, lacht er, gefährliche wilde Tiere, giftige Insekten, Piranhas, die Indianer und die Buschneger leben hier. Buschneger, so heißen die Nachfahren der nach Amerika verschleppten Sklaven. Sie bilden mit über dreißigtausend Einwohnern die größte Bevölkerungsgruppe in Französisch Guyana. Viele leben im Dschungel und wollen nicht von Fremden aufgestöbert werden. Aber mit ihm hier hoch zu kommen, sei völlig ungefährlich, er kenne fast jeden in der Wildnis, lacht erneut und gibt dem Außenbordmotor Gas.

Dann biegt er ab auf einen Seitenfluss, sehr viel enger, dicht bewachsen bis ins Wasser hinein, das hier sehr tief scheint. Wir fahren langsamer und hören wildes Geschrei in den Bäumen. Das sind Affen, meint der Reiseführer, sie machen gelegentlich ein Mordsspektakel. Und da, nach einer leichten Linksbiegung sehen wir Kinder im Wasser spielen. Hier sind doch Piranhas, oder, fragt die Frau entsetzt. Ja schon, lacht der Mann am Motor, aber die sind gar nicht so gefährlich, wie behauptet wird. Sie fangen nur an zu spinnen, wenn sie Blut sehen oder riechen. Sie tun den Kindern nichts. Das Boot gleitet jetzt ganz langsam auf das linke Ufer zu. An der Anlegestelle zwei Baumboote, das eine mit einem Außenbordmotor. Unser Reisebegleiter fordert uns auf, ans Ufer zu gehen. Wir zögern etwas, in zehn Meter Entfernung sehen wir drei Männer mit Äxten einen Baumstamm bearbeiten. Sie beachten uns überhaupt nicht. Dann kommen die Kinder vom Wasser aus ans Boot, sie kennen unseren Reiseführer und kreischen vor Vergnügen. Wir gehen gemeinsam auf die drei Buschneger zu und dürfen einen Augenblick zuschauen, wie sie mit haargenauen Axtschlägen den Baum aushöhlen. Die Männer sind barfuß und tragen bunte Boxer Shorts. Die Boote sind für sie lebenswichtig, erzählt uns der Reiseführer, man könne sich hier im Grunde nur auf den Wasserwegen fortbewegen. Straßen und Wege durch den Dschungel gibt es kaum und sie sind zu gefährlich, nur erfahrene Jäger benutzen sie auf Nahrungssuche.

Wir gehen etwas tiefer in den Wald zum Dorf der drei Buschneger. Es sind vielleicht zehn niedrige Hütten aus

Bambus und Bananenblättern. Auf dem winzigen Dorf-platz eine Feuerstelle. Aber mittendrin eine Gasflasche mit zwei Heizplatten. Und neben der Feuerstelle bunte Plastikflaschen und Kartons, scheinen Waschmittel zu sein. Zwei Frauen breiten bunte Wäsche in den Ästen zum Trocknen aus. Sie tragen nur einen bunten Rock. Der nackte Oberkörper glänzt, als sei er eingeölt. Die beiden Frauen beachten uns überhaupt nicht. Wir sind für sie aus einer völlig anderen Welt, einer anderen Zeit, Es gibt zwischen ihnen und uns keine Verbindung. Wir sind eben nur die Störenfriede, die plötzlich auftauchen wie Aliens. Sie scheinen zu wissen, dass sie selbst noch zum Paradies gehören, das die Aliens sonst überall zerstört haben, sonst müssten sie ja nicht hier in die Wildnis kommen, um uns zu begaffen. Die Szene wirkt befremdlich auf mich. Unser Reiseführer erzählt, die Frauen gehen jeden Tag in Gruppen weit in den Busch hinein zu ihren Gemüsegärten. Er scheint Touristen hierher zu führen und die Einheimischen zur Schau zu stellen. Er geht auf die Frauen zu und spricht mit ihnen in ihrer Sprache, ich meine, sie heißt Taki Taki, und die rufen, so scheint es uns, daraufhin ihre Kinder, die dann aus den Hütten herauskommen und sich die Augen reiben. Ein abartiges Schauspiel, finde ich, die prä-historische Idylle mitten im Dschungel und drei Touristen, die das bestaunen. Der Reiseführer kommt auf uns zu und erzählt, dass es unzählige ähnliche kleine Dörfer in den Wäldern am Rande des Maroni Flusses gibt, die Menschen leben wie vor tausend Jahren, nur halt mit modernen Hilfsmitteln wie Gas und Benzin für die Boote. Und gelegentlich kommen Ärzte den Fluss hoch und untersuchen die Indios und die Nachfahren der afrikanischen Sklaven. Seine Eltern stammen auch aus so einem kleinen Dorf, lacht er. Er sei im Grunde mit jedem hier irgendwie verwandt, aber er sei heilfroh, jetzt in Saint - Laurent zu leben.

Wir gehen zurück zum Boot und fahren noch eine gute halbe Stunde den Fluss hoch bis zu einem größeren Ort. Hier gibt es einen richtigen Anlegeplatz für das Boot, und wir sehen gleich Häuser aus Stein, eines mit der französischen Flagge. Ein Mann in Polizeiuniform kommt zum Steg und begrüßt unseren Reiseführer, immer mit dem kleinen Äffchen am Schienenbein. Er überreicht ihm mehrere Pakete und Plastiksäcke, Unser Reiseführer ist also wohl auch eine Art Bote zwischen der großen Stadt Saint – Laurent und dem Dschungel. Wir folgen dem Polizisten in das Haus mit der Flagge. Es ist ein offizieller Außenposten der französischen Regierung. Sie erzählen uns, dass die Polizisten die Gemeinde verwalten und mögliche Streitigkeiten schlichten. Es sei aber sehr friedlich hier, nur eben auch einsam und öde. Neben den zwei Steinhäusern, die wir vom Boot aus sehen konnten, gibt es im Dorf noch fünf oder sechs vergleichbare Gebäude, den Rest bilden Hütten aus Holz mit Bananenblättern. Unser Mann führt uns in eines der Häuser, das eine Kneipe zu sein scheint. Wir könnten hier etwas essen, wenn wir wollten, aber alle drei haben wir Angst vor nicht gereinigtem Gemüse oder Fleisch und wir bestellen jeder eine Cola, die eiskalt aus dem Kühlschrank kommt.

Die Rückreise auf dem Maroni ist aufregender als die Reise flussaufwärts, der Mann fährt mit einem Wahnsinnstempo, und die Stromschnellen wirken gefährlicher.

Ich bin heilfroh, unversehrt zurück in Saint – Laurent zu sein. Hatte ja keine Ahnung, dass hier Nachfahren der afrikanischen Sklaven leben und das in so großer Zahl. Jetzt erst sehe ich auch den Unterschied zwischen ihnen und den Kreolen, den Ureinwohnern. Französisch Guyana war also schon geprägt von Menschenhandel und Sklaverei, bevor Paris hier Mitte des 19. Jahrhunderts das große Straflager einrichtete, aus dem kaum einer lebend wieder herauskam. Ein schreckliches Erbe für diese ehemalige Kolonie. Die Welt kennt das Land doch nur als das legendäre Straflager, „le bagne" heißt es im Französischen, in dem die Gefangenen schlechter behandelt wurden als Tiere. Malaria, Cholera, Gelbfieber und keinerlei medizinische Versorgung. Man war ja schließlich hierhin deportiert worden, um zu verrecken.

Am nächsten Tag gehe ich zum zentralen Gefangenenlager der ehemaligen Strafkolonie. Transportationslager steht über dem Eingangstor. Ein Dutzend Gebäude mit Gruppenzellen. Fast hundert Jahre lang bis 1953, wurden hier aus Frankreich kommende Gefangene festgehalten, bevor man sie in die verschiedenen Lager im Dschungel schickte. Die Gefangenen wurden an ihren Nachtlagern, das waren nackte Holzbohlen, angekettet. Fliehen war hier wie auch in den Straflagern im Dschungel draußen unmöglich, wer es dennoch versuchte, wurde vom Wachpersonal gejagt und in der Regel erschossen, wenn er nicht schon vorher das Opfer wilder Tiere geworden war.

In den Lagern im Dschungel mussten die Sträflinge die gewaltigen Bäume des Urwalds fällen und anschließend die Stämme selbst wie Zugtiere aus dem Wald ziehen. Sie wurden dabei regelmäßig ausgepeitscht, wenn es nach Meinung der Schergen nicht schnell genug voranging. Nicht jeder überlebte die Tortur.

Alles, was ich hier festhalte, stand in meinem Reiseführer und auf den Broschüren, die an Besucher verteilt wurden. Meine Stimmung wurde immer bedrückter. Was hat mich nur veranlasst, diese Reise zu machen? Ich wollte das Unfassbare vor Ort selbst bestätigt bekommen, ja, aber was mache ich jetzt mit der Erfahrung?

Einen Trip wollte ich noch unternehmen. Schließlich kann man le bagne, die Hölle, das Straflager nicht beurteilen, ohne auch auf die berüchtigten Iles du Salut, die Heilsinseln etwa 15 Kilometer vor der Küste mit dem Schiff anzusteuern. Einmal täglich bringt eine Fähre etwa zwanzig Touristen dorthin, das heißt, damals, als ich vor fünfzehn Jahren dort war. An diesem Tag sind ziemlich hohe Wellen, zu hoch für die kleine Fähre. Das ganze Schiff wird regelmäßig unter Wasser gesetzt. Die Leute schreien vor Entsetzen und Vergnügen. Wenn die Fähre auf eine neue Welle zusteuert, sehen wir nur noch die meterhohe Wasserfront und nichts mehr vom Himmel.

Auf den Inseln ist von Wind und bewegtem Meer nichts mehr zu spüren. Die reinste Idylle. Häuser im Kolonial- stil, alles für die Touristen picobello hergerichtet. Üppige Natur, die Teile der ehemaligen Sträflingslager über- wuchert hat. Auf den Inseln, die zwar Heilsinseln hießen, waren die gefährlichsten Straftäter und politische Gefangene eingesperrt. Zu ihnen gehörte auch der berühmte Hauptmann Dreyfus. Die Politischen saßen auf der kleinen Teufelsinsel fest, sie liegt keine Hundert Meter entfernt, zum Greifen nah, und dennoch erlauben es die starken Strömungen nicht, von einer Insel zur anderen zu schwimmen. Manch ein Gefangener hat es versucht, den Gerüchten nach sind ein oder zwei durchgekommen, aber es sind eben nur Gerüchte. Sehr gut kann ich mich an die Zellen der Sträflinge erinnern, von Lianen überwachsene Gebäude für jeweils vielleicht zwanzig oder dreißig Personen. Ein Mittelgang, in den Zellentüren kleine Luken für die Mahlzeiten. Manche Häftlinge haben ihre Zelle jahrelang nicht verlassen. Über manchen Zellen waren Eisengitter angebracht, auf denen die Wächter entlanggingen und die Häftlinge überwachen konnten. Heute liegen da riesige Leguane, völlig unbeweglich, nur die Augen verfolgen die Touristen, und manchmal schießt die lange Zunge heraus und schnappt sich eine Heuschrecke oder eine Fliege.

Diese Lager hat sich ein Land ausgedacht, das 1789 mit liberté, égalité und fraternité die Monarchie abgeschafft und sich die bürgerlichen Freiheiten erkämpft hat.

Mein Urlaub dauerte noch eine gute Woche, aber ich wollte von den Schrecken der Vergangenheit nichts mehr wissen und sehen. Und natürlich bin ich nicht so dumm zu übersehen, dass es ähnliche Unmenschlichkeiten überall auf der Welt gibt, noch heute. Nur von Frankreich hatte ich das nicht erwartet. Aber was wusste ich denn schon von unserem Nachbarn, abgesehen von den touristischen Klischees, den 'Leben wie Gott in Frankreich' Sprüchen. Dennoch, in den fünfziger Jahren war doch die Europäische Wirtschafts-gemeinschaft bereits aktiv, und man schaute schon etwas nach den demokratischen und rechtsstaatlichen Prinzipien der anderen Mitglieder. Aber bestimmt hat in Brüssel nie jemand die Franzosen nach den Straflagern in Guyana gefragt, bestimmt nicht.

Ich war im Mai dort, einem besonderen Monat. Mein Reiseführer nannte das Erlebnis ein Muss. Im Norden des Landes kommen Tausende zentnerschwere Schild-kröten an den Strand, um ihre Eier tief im Sand zu vergraben. Es war in der Tat ein ziemliches Spektakel, nicht nur der mühsame Marsch der Schildkröten durch den weichen Sand, sondern mehr noch das Gehabe der Touristen, die mit stark blendenden Taschenlampen zusahen, wie die behäbigen Tiere mit ihrem Schwanz fast einen halben Meter tiefe Löcher in den Sand bohrten, um anschließend ihre Eier hineinplumpsen zu lassen. Mehrere gingen dabei kaputt. Es lief zu schnell ab, um die Eier zu zählen, im Reiseführer aber stand, dass es zwischen 60 bis 90 Stück sind. Sie waren etwas kleiner als Hühnereier. Dann wurde das Loch zugeschüttet, und zum Abschluss schoben sich die schweren Tiere mehrfach über das Loch, sie zogen weite Kreise, um Spuren zu verwischen. Ich war begeistert von der Intelligenz dieser Viecher, die alle Bewegungen im Sand mit so viel Anstrengung absolvieren mussten. Und sie achteten überhaupt nicht auf die unzähligen Schaulustigen. Als wären wir alle gar nicht da, wir blöden Touristen.

Französisch Guyana. Ein riesiger Dschungel, bewohnt seit Jahrhunderten von den Ureinwohnern, den Indios und später von den Nachfahren der aus Afrika geholten Sklaven, die sich im Dickicht vor den Franzosen versteckten. Ein Flecken mehr oder weniger unberührter Natur, fand ich damals. Und doch haftet an dem Bild auch heute noch die unvorstellbare Grausamkeit der Straflager.

Kaliningrad 1991

Wir sitzen auf unbequemen Holzhockern in ange-
messener Entfernung zum General, er dagegen auf
einem fetten Sofa, das aber so heruntergekommen wirkt
mit Flecken und aufgerissenen Stellen, dass wir ganz
gerne so verkrampft dahocken. Der General im Unter-
hemd, die Hosenträger abgestreift, ungekämmt, in
Pantoffeln, vielleicht nicht mehr ganz nüchtern, aber
dennoch uns sehr wachsam beobachtend. Er möchte
uns aushorchen, bevor er seine Zustimmung zu einem
Interview geben will. Das Treffen findet Ende 1991 statt,
zwei Jahre nach der deutschen Wiedervereinigung. Es
ist etwa elf Uhr nachts, auf dem Couchtisch stehen
mehrere Flaschen Wodka, einige bereits leer und Teller
mit Gemüse, mit Gurken und Paprika. Wir sind zu fünft,
unser Korrespondent hat auf dieser Reise seine Frau
oder Freundin mitgenommen, sie spricht gut russisch,
meint er, dem Dolmetscher könne er nicht so recht
trauen. Als erstes werden die Wodkagläser gefüllt, bis
zum Überlaufen, und der General zeigt uns, wie wir zu
trinken hätten, das Glas hoch zu den Lippen, der Kopf
nickt kurz nach hinten und wieder zurück, und das Glas
ist leer. Die Freundin des Reporters lächelt verlegen,
nippt nur, wir anderen folgen mutig dem Beispiel des
Generals, an ein paar Gläschen Wodka darf das
Interview nicht scheitern. Es soll dabei um die
Unterbringung der russischen Soldaten nach der Wende
und um die finanzielle Unterstützung durch die
deutsche Regierung gehen. Die russischen Divisionen,
die auf dem Boden der DDR stationiert waren, mussten
ja zurück in die Heimat. Während des Gesprächs und
der Übersetzung durch den Dolmetscher war gelegentlich ein leichtes Kopfschütteln der Freundin zu
erkennen, das heißt, der Junge übersetzte die Fragen

ebenso wie die Antworten leicht abgemildert. Nach dem dritten oder vielleicht sogar dem vierten Glas stand der General mit viel Mühen auf und erklärte das Gespräch für beendet. Morgen sollten wir mit der Kameraausrüstung wiederkommen. Er war kleiner als ich angenommen hatte.

Der Reporter und seine Begleiterin sollten in der Villa des Generals übernachten. Wir fuhren zu einem nahegelegenen Hotel und mussten feststellen, dass die Zimmertüren keine Schlösser hatten, sie waren nicht herausgebrochen, sondern ordentlich abgeschraubt worden, Bad und Toiletten am Ende des langen Gangs. Unter diesen Bedingungen hatte keiner von uns den dringenden Wunsch, noch zu duschen, vielleicht morgen früh. Mir brummte der Schädel, obwohl betrunken war ich nicht, nur die Knie knickten ab und zu durch, ich schlief unruhig ein wegen des fehlenden Schlosses, wachte aber erst wieder auf, als der Reisewecker gehässig dazu aufrief.
Unser Reporter hatte am nächsten Morgen einiges zu erzählen. Vor dem Zimmer hatte die ganze Nacht über ein Soldat Wache gehalten, und auf dem Weg zur Toilette war immer ein zweiter Soldat mit gegangen und er hatte vor der Tür gewartet, die sich auch nicht abschließen ließ.
Nach dem Interview am nächsten Tag, keine Ahnung mehr worum es da konkret ging, fuhren wir durch Kaliningrad, eine einst wohl prunkvolle Stadt, jetzt aber ziemlich heruntergekommen. An den Wohnhäusern aus dem späten 19ten Jahrhundert waren die Fassaden völlig vergammelt, Stahlstützen ragten aus den Mauern in Erinnerung an frühere Balkone, die wohl auf die Straße gestürzt waren, alles grau in grau, vielleicht lag es auch am winterlichen Klima, dass die Stadt so traurig wirkte.

Wir wurden von einem Untergebenen des Generals zu einer großen Sport- oder Markthalle geführt, in der die russischen Offiziere aus der Ex-DDR mit ihren Familien wohnten, unter wirklich kläglichen Bedingungen. Die Halle war mit einer Drahtbespannung und Stoffvorhängen in einzelne Parzellen aufgeteilt, in denen jeweils eine Familie hauste, keinerlei Privat- oder Intimsphäre, jedes Wort des Nachbarn war mitzuhören, es war bei helllichtem Tag düster und künstliches Licht erforderlich. Kinder spielten auf den Gängen zwischen den Parzellen, es war feuchtkalt. Am meisten beeindruckten uns die Toiletten, auch sie aneinandergereiht und ohne Türen, wer immer da sein Geschäft erledigen musste, sah die Mitbewohner unbekümmert vor sich Revue passieren. Da war auch ein kleiner Lebensmittelladen, in dem es aber keine Lebensmittel zu kaufen gab, rein gar nichts, außer ein paar vergammelten Kartoffeln und Zwiebeln. Dafür lagen eine Reihe von militärischen Abzeichen und Orden in der Auslage, sowie die Mützen hoher Offiziere, ich kaufte mir eine solche Generalsmütze und trug sie später im Kölner Karneval. Sie war mir etwas zu eng, was mir erst zu Hause auffiel und bereitete mir bei längerem Tragen Kopfschmerzen. Die Offiziere und ihre Familien mussten hier ausharren, bis die Kasernen für sie fertiggestellt sein würden, bis wann, das konnte niemand so recht sagen. Einige der Offiziere schimpften offen über die menschenunwürdigen Lebensbedingungen, sie waren völlig fertig mit den Nerven, weil ihnen nicht einleuchtete, dass die Bauarbeiten kein Ende nehmen wollten. Woran das lag, da konnte man auch nur spekulieren, die deutsche Regierung hatte wohl genügend Geld überwiesen, ob es aber wirklich da angekommen war, wohin es sollte, konnten wir natürlich nicht ermitteln.

Wir sahen nur beim nächsten Drehort reihenweise Neubauten, drei- bis vierstöckig, nach wie vor im Rohbau ohne Fenster und Türen. Es wurde auch nicht gearbeitet. Anscheinend fehlte es an allem, an Zement und Sand, vielleicht gab es auch keinen Strom. Vor einem der Rohbauten lagerten Dutzende alte Fenster, die Rahmen in verschiedenen Farben, und dann stießen wir auch auf ein Haus, in dem einige dieser Fenster schon installiert waren, das sah ganz witzig aus, nicht nur die Rahmen waren in unterschiedlichen Farben, auch die Fenstergrößen stimmten nicht überein. Wir fragten uns natürlich, ob das mit bundesdeutschen Geldern angeschafft, oder ob da an anderen Stellen alt gegen neu ausgetauscht worden war, Doppelverglasung gegen Fenster mit uraltem dünnem Glas.

So also kehrten die Sieger des Zweiten Weltkriegs 45 Jahre später in ihre Heimat zurück, nicht sehr glorreich, fand ich.

Noch eine Reise durch dieses grandiose Land, etwa im Jahr 1992. Ich hatte im Studio Moskau ein paar Tage frei und fuhr als Tourist mit einem Überlandreisebus nach Südosten Richtung Kazan. Ich saß rechts direkt hinter dem Chauffeur in der ersten Reihe, wir fuhren stundenlang durch hügeliges Land, durch Birkenwälder, Tundra und wildes Gestrüpp, kein Mensch, kein Tier, der Himmel tief hängend mit grauen Wolken verschlossen, die Straße kilometerlang immer schnurgerade und in erstaunlich gutem Zustand, obwohl wir seit bestimmt fünfzig oder sogar mehr Kilometern keine Stadt und kein Dorf mehr durchquert hatten. Ich hatte niemandem zum Reden, war wohl der einzige Ausländer in dem ansonsten voll besetzten Bus. Ich schaute gerade nach rechts in den Birkenwald, als es plötzlich ungeheuerlich knallte und Glassplitter in den Bus flogen, ich wurde im Gesicht getroffen, aber ganz leicht, der Chauffeur dagegen war blutüberströmt, aber auch bei ihm anscheinend keine gefährlichen Schnittwunden. Er schaffte es jedenfalls, den Bus anzuhalten, das Gekreische der Passagiere ließ langsam nach, es wurde plötzlich ganz still, niemand wagte zu sprechen. Was war geschehen? Uns hatte kein Auto überholt, das einen schweren Stein hätte hochschleudern können, es hatte auch kein Tier vor uns die Straße überquert, nach dem, was ich aus den Gesprächen zwischen dem Chauffeur und einige Passagieren mitbekam, war wohl die Scheibe geplatzt, sie hatte einen langen Riss, das hatte ich bemerkt. Jedenfalls war es das Ende der Fahrt mit diesem Vehikel, denn weiterzufahren bei etwas über zehn Grad ohne Windschutzscheibe, das war nicht zu machen. Und natürlich gab es damals noch keine modernen Handys, nur diese Telefone mit einem kiloschweren Akku, der nach wenigen Minuten leer war. Nach längerem Hin und Her beschloss der Fahrer allein zur nächsten Stadt zurückzufahren und mit einem anderen Bus wiederzukommen, die meisten Passagiere waren mit dieser Lösung einverstanden, nur einige schimpften, weil jetzt eine Wartezeit von mehreren Stunden bevorstand. Und es war recht kalt. Als der Bus weg war, standen wir auf der Straße, vielleicht waren wir vierzig Personen, etwas ratlos, wir holten warme Klamotten aus dem Gepäck, ich wartete ab, bis sich ein Wortführer herausgefiltert hatte und vorschlug, die Straße einfach weiter entlangzugehen, was wir dann auch taten, Es wurde schon wieder gelacht, ich ging etwas abseits, fühlte mich aber nicht ausgeschlossen, immer wieder kam jemand zu mir und sagte einige Worte in Englisch, um mich etwas mit einzubeziehen. Nach wenigen Kilometern Fußmarsch hörten wir nicht weit entfernt Stimmen, Hundegebell und auch Motoren-geräusche. Ein schmaler Weg führte rechts ab, leicht abschüssig, anfangs noch durch den Wald, aber dann öffnete sich der Blick auf eine große Lichtung und ein Dorf mit etwa dreißig Holzhäusern. Aus manchen Kaminen stieg Rauch auf, die Häuser standen entlang des Weges, jeweils mit einem kleinen Vorgarten mit Blumen und Gemüse. Überall waren Frauen in den Gärten beschäftigt, sie gruben die Erde um, jäteten Unkraut, sie hackten Holz, und anfangs beachteten sie uns gar nicht. Doch nachdem unsere Reisegruppe die Frauen begrüßt und einige Fragen gestellt hatte, lockerte sich die Atmosphäre schnell auf. Die Frauen kamen mit ihren Harken und Spaten an den Zaun, stützten sich drauf und gaben bereitwillig Auskunft, es wurde viel gelacht. Hier sei seit vielen Jahren kein Fremder mehr vorbeigekommen, übersetzte mir ein Mitreisender. Übrigens waren nur Frauen zu sehen, alle sahen mit den bunten Kopftüchern und Hauskleidern gleich aus, selbst die jungen Frauen sahen bereits alt aus. Auch keine Kinder, nur solche im Vorschulalter. Die Männer waren zur Arbeit in den Wäldern und die Kinder in der Schule waren. Vor jedem Haus bildete sich eine kleine Gruppe, um sich auszutauschen, einige Frauen aus dem Dorf verschwanden für eine kurze Zeit in den Häusern und kamen mit Tee und Obstgläsern heraus, man setzte sich auf die kleine Bank vor dem Haus und tauschte Erfahrungen aus, das nehme ich jedenfalls an, denn beide Seiten hatten viel zu erzählen. Manche der Bewohnerinnen hätten das Dorf in ihrem ganzen Leben noch nicht verlassen und deshalb keine Ahnung, wie es da draußen aussieht, es gab kein Fernsehen, bestimmt auch kein Telefon. Ich bat einen der Mitreisenden, der etwas englisch sprach, mit mir einmal den Dorfweg entlang zu gehen, ich wollte wissen, wovon die Leute leben, in erster Linie natürlich vom Gehalt der Männer, die im Wald schufteten, aber das war bestimmt lächerlich wenig, wenn es überhaupt ausgezahlt wurde. Deshalb hatte ja auch jedes Haus seinen Gemüsegarten,

Hühner, Hasen und Schweine, ich sah sogar einige Kühe hinter den Häusern grasen. Sie leben praktisch autark, meinte mein Begleiter, sie brauchen nichts von draußen aus den Städten, sie nähen ihre Kleidung selbst, sie haben genug Holz, an der untersten Stelle im Dorf stand ein Brunnen, alles war da, was man zum Leben braucht. Das stimmt, aber wir leben am Ende des zwanzigsten Jahrhunderts, die Russen waren um den Mond geflogen, ihre Armee gehört zu den modernsten und gefährlichsten und dann hier das Mittelalter. Im Grunde ein wunderschöner Fleck, wenn man nichts anderes im Leben gesehen hat. Es gibt hier in der riesigen Weite der Tundra viele solcher einsamen Dörfer, die von der Außenwelt abgeschnitten sind, ließ sich mein Begleiter erzählen, und wenn die Männer auf Brautsuche gehen, dann in der Regel in eines dieser Dörfer. Ob sie denn mitbekommen hätten, dass die Sowjetunion auseinandergefallen sei, sollte mein Begleiter fragen, klar, sagt eine Frau, damals war es viel besser, Väterchen Stalin hat immer für uns gesorgt, aber genauer konnte sie es nicht erklären.

Irgendwann wurden wir von einem der Buspassagiere zusammengerufen, der Bus könnte so langsam anrollen. Am Ende drehte ich mich um und beobachtete von außerhalb des Dorfs, wie die Frauen noch eine Weile zusammenstanden und diskutierten, dann aber an ihre Arbeit zurückkehrten. Irgendwo wurde Holz gehackt.

Buenos Aires 1987

Es fing an als Liebesgeschichte. In meiner bevorzugten Buchhandlung, in der ich gerne Stunden verbrachte beim Durchblättern von Reiseführern, traf ich Mía, eine junge argentinische Studentin, die gelegentlich in dem Laden arbeitete, um etwas Geld zu verdienen. Sie hatte wohl beobachtet, dass ich immer zu den Reiseführern ging und da lange beschäftigt war. Jedenfalls stand sie eines Tages lächelnd neben mir und fragte, ob ich denn schon mal in Argentinien gewesen sei. Und als ich verneinte, meinte sie, das sei sehr schade, denn ihr Heimatland sei wunderbar und eine Reise nach Buenos Aires geradezu zwingend. Diese erste Begegnung endete mit einem Espresso in einem kleinen Café gegenüber dem Buchladen.

Mía war an die Uni Köln gekommen, um internationales Recht zu studieren, zwei Semester, die praktisch schon vorbei waren, in zwei Monaten musste zurück nach Buenos Aires. Dort brauche man dringend gute Anwälte, um die Rechte der Frauen zu stärken. Vergewaltigungen und Ermordungen waren an der Tagesordnung, Argentinien gehöre auf diesem Gebiet zu den weltweit schlimmsten Ländern. Schon an diesem kleinen Tisch im Café war ich in Mía verliebt, ohne es noch zu wissen. Sie hatte ihr kräftiges tiefschwarzes Haar zu einem dicken Zopf geflochten, eine hohe Stirn und blaue Augen, mein Gott, ich wollte sofort drin versinken.

Wir trafen uns zwei drei Tage später wieder im Buchladen, ich lud sie zum Abendessen in ein Restaurant ihrer Wahl ein. Ich hätte fast ihr Vater sein können, nein nicht ganz, aber das hinderte uns nicht, uns schon an diesem Abend näher zu kommen. Ich fand, Mía war viel zu schön für mich mit ihrem umwerfenden Lachen, ihren schneeweißen Zähnen, den eher schmalen, aber sinnlichen Lippen.

Als sie zurück nach Buenos Aires flog, brachte ich sie zum Flughafen. Wir trennten uns wie zwei Verliebte. Sie nahm mir das Versprechen ab, nach Argentinien zu kommen, um sie zu besuchen. Ich versprach es hoch und heilig, noch in diesem Sommer würde ich kommen, damit sie keine Zeit hatte, mich zu vergessen.

Ja, und dann nahm ich im Frühherbst den Flieger und besuchte die schöne Mía. Ich konnte bei ihr wohnen, einem geräumigen Appartement mit überdachter Terrasse, die den Blick auf einen großen Innengarten freimachte. Romantisch und ruhig, dabei mitten im Zentrum, nachts leuchteten die Sterne durch die verglaste Terrasse.

Mía musste morgens in die Uni, wir trafen uns am frühen Nachmittag, und sie half mir die Stadt zu erkunden. Eine riesige Stadt mit sehr unterschiedlichen Vierteln. Als Erstes führte mich Mía zu der berühmten Plaza de Mayo vor dem Regierungspalast, auf dem seit vielen Jahren fast täglich Frauen demonstrierten, sie standen an diesem Tag still nebeneinander und hielten Plakate mit den Fotos von ihren verschwundenen Ehemännern, Söhnen oder Enkeln. Diese waren während der Militärdiktatur Videlas zu Abertausenden verschleppt worden. Nach dem Ende der Diktatur 1983, glaube ich, kam heraus, dass viele der Verschleppten aus Flugzeugen ins Meer geworfen wurden, nachdem man sie kurz betäubt hatte. Hier wollte ich nicht zu lange bleiben, wieder ein Land, in dem Gewalt und Unterdrückung geherrscht hatten. Gab es denn überhaupt ein Land ohne eine vergleichbare dunkle Seite in seiner Geschichte? Mía nahm mich am Arm und führte mich weg. Wir verließen die Innenstadt mit einem Bus. Mía legte ihren Kopf auf meine Schulter, ich hielt ihre Hand und drückte manchmal leicht, es kam wie von selbst aus mir heraus. Der Bus brachte uns zu einem alten bunten Stadtviertel, das wirklich wirkte wie ein

Freilichtmuseum, ein- bis zweistöckige Häuser, zum Teil mit Wellblech verkleidet und in allen nur denkbaren Farben bemalt, die Fensterläden rot, die Fassaden blau oder gelb, beim nächsten Haus mehr grün oder ein helleres Blau. Kaum Verkehr, Kinder spielten ungefährdet auf der Straße Fußball oder Radrennen.

Hier wollte ich eine Weile bleiben, Mía schlug vor, in einer der Kneipen mit Blick auf den Platz etwas zu essen. Rancho Banchero hieß das Restaurant, ich weiß es bis heute, weil ich dem netten Kellner einen Teller abgekauft habe und ihn immer noch täglich benutze. Leicht war das nicht, denn anfangs weigerte sich der Kellner, das sei nicht erlaubt, er würde Ärger bekommen, wenn jemand es erfährt. Als ich zehn Dollar bot, lächelte er und nickte dann. Wir aßen etwas Einfaches, ein zartes Steak mit Fritten und Salat. Ich sehe Mía beim Essen zu. Ich bin verliebt in sie wie am ersten Tag. Für den späten Abend hatte sie sich eine Überraschung ausgedacht. Wir fuhren mit einem Taxi eine längere Strecke zu einem Restaurant, es bestand aus einem großen Raum, in dem Tische und Stühle nur an den Wänden standen und in der Mitte eine Tanzfläche frei ließen. Wir waren die einzigen Gäste. Mía meinte, das sei normal, die Leute kämen erst nach Mitternacht und noch später hierher. Es war eine der berühmtesten Tangobars von Buenos Aires. Wir hatten viel Zeit für uns beide, ich wollte wissen, wie ihr Studium vorankommt und wann sie damit fertig zu sein hoffte. Sie sprach dann von den Frauen auf dem Platz, die zwar für Öffentlichkeit sorgten, aber kein Geld hatten, die Suche nach ihren Männern juristisch einzufordern. Auch um dieser Frauen Willen hatte sie das Jurastudium gewählt. Und irgendwann würde sie ihnen helfen können. Sie hält ihr Glas Wein mit beiden Händen, wie um es aufzuwärmen. Einen Augenblick wirkt sie abwesend und gibt mir die Zeit, sie zu bewundern, gerne hätte ich ihr Gesicht in meine Hände genommen, aber ich traue mich nicht. Wir sind hier zusammen, um langsam Abschied zu nehmen, wir wissen es beide. Ich werde in wenigen Tagen nach Köln zurückfliegen – und dann? Vielleicht gibt diese Gewissheit unserer Liebe eine ganz besondere Intensität. Liebe ist immer Verlust, so habe ich es jedenfalls immer erlebt. Man glaubt, man sei für immer vereint und beginnt doch schon im selben Moment, sich langsam voneinander zu entfernen. Ohne es zu wissen natürlich, sonst müsste man am Leben, an der Liebe verzweifeln.

Langsam füllte sich das Restaurant, zuerst aber noch mit Gästen, die zum Essen und späteren Zuschauen gekommen sind. Es gab köstliches Grillfleisch, Filetstückchen und Bratwürste. Nach Mitternacht kamen die Musiker, sie richteten sich ganz langsam ein, tranken noch ein Gläschen an der Bar. Zeit gab es hier genug. Und dann verwandelte sich die Tanzfläche zu einem Märchenland. Mitten in der Nacht betraten Paare in elegantester Kleidung den Raum, die Frauen mit roten und dunkelblauen, schulterfreien Abendkleidern, hohe Pumps. Die Männer im schwarzen Anzug oder gar Smoking. Glänzende Lackschuhe, eleganter geht es nicht. Und natürlich frisch rasiert und aus der Dusche um zwei Uhr nachts. Es waren Paare im Alter zwischen dreißig und sechzig, und dann schwebten sie über die Tanzfläche. Mit einer Eleganz und Präzision, als wären sie professionelle Tänzer. Eigentlich symbolisiert der Tango Argentino den ständigen Machtkampf zwischen Frau und Mann. Der Mann versucht, die Frau zu beherrschen, sie muss nach seinen Regeln tanzen, sich von ihm führen lassen, sich drehen und mit dem Kopf fast den Boden berühren, um vom Mann wieder hochgehoben, sozusagen gerettet zu werden. Während mir Mía diese traditionelle Rollenverteilung leise erklärte und mit ihrem Atem ganz nah an mein Ohr kam, kam ich etwas durcheinander, ich legte meinen Arm um sie

und sagte, ich hätte die schönste Reiseführerin der Welt.
Nach längerer Beobachtung fand ich allerdings, dass die
Frauen nicht den Eindruck machten, sich von den
Männern beherrschen oder bevormunden zu lassen. Sie
boten ihnen die Stirn, sie waren es, die manchmal mit
ihren Füßen den Schritt der Männer zu führen schienen.
Sie dominierten, nicht umgekehrt. Als ich das Mía
zuflüsterte, lachte sie anerkennend und meinte, du hast
das ganze Spiel durchschaut, mein Lieber.

Wir bewunderten das Schauspiel bestimmt drei Stunden
und verließen die Tango Bar gegen fünf Uhr morgens.
Ich wollte die ersten Kilometer zu Fuß gehen, auf dem
Bürgersteig den Tango weiterführen, genauso elegant
wie Herren im Lokal, ich war von der Musik noch so
erfüllt, dass ich kein Orchester brauchte. Doch Mía
schüttelte mit dem Kopf, zu gefährlich in diesem Stadtteil, wir müssten ein Taxi nehmen.

Ich fragte, wie es denn möglich sei, mich zu lieben, wo
ich doch kein super Tangotänzer sei. Vielleicht gerade
deshalb, lachte sie. Wir hielten uns fest umschlungen,
bis das Taxi kam. Am nächsten Morgen schmiedeten wir
Pläne, mir blieben noch vier Tage in Buenos Aires. Nach
der Uni wollte Mía mich zu einem Treffpunkt der
Gauchos führen, den berühmten Viehzüchtern Argen-
tiniens. Es war außerhalb des Stadtkerns, wie auf einem
Dorf, ein Markt mit Kleidern und Stiefeln, dazwischen
ritten die Gauchos auf und ab, ihre Pferde kleiner als
jene, die ich zuhause gesehen hatte, aber feurig und
immer auf dem Sprung. Die Gauchos mit Pumphosen in
allen Farben. Ich wollte auch so eine Hose kaufen und
probierte sie gleich an, Mía fand, das wäre genau das
Richtige für Köln und strahlte. Neben dem Marktplatz
ein großes Feld, auf dem die Gauchos in Gruppen ihre
Runden drehten. Sie schienen mit den Pferden
verwachsen, eine Einheit, ihre bunten schweren
Umhänge bedeckten die Pferde bis zum Schwanz. Und

immer wieder stoppte ein Reiter und zog so fest an den Zügeln, dass sich das Tier aufbäumte und fast kerzengerade auf den Hinterhufen stand. Die Zuschauer klatschten begeistert.

Wir schlenderten durch den Markt, hielten uns immer an der Hand, um keine Sekunde der Nähe zu verlieren. Wir tranken an einem Stand einen schwarzen Kaffee, mit der Beste, den ich je getrunken hatte. Mía zeigt mir an einem anderen Stand Holzstäbe, die, wenn man sie bewegte, ein angenehmes Geräusch machten, wie entferntes Meeresrauschen. Es seien getrocknete kleine Getreidekörner, die in dem innen hohlen Stab entlanggleiten. Ich kaufte gleich zwei davon, einen habe ich später meinem Sohn geschenkt, den zweiten habe ich immer noch, ich nehme ihn, wenn ich nervös bin, das Rauschen der Körner beruhigt mich.

Am späteren Nachmittag spazierten wir durch die Stadt und kamen mehrmals an Plätzen vorbei, auf denen sich eine Gruppe Passanten gebildet hatte, die einem Tango tanzenden Paar zuschauten. Auch diese Paare waren festlich gekleidet und tanzten ebenso gut wie jene in der Tango Bar nachts. Ein herrliches Schauspiel inmitten der belebten Stadt. Was für ein wunderbares Volk, sagte ich Mía, man kann sich gar nicht vorstellen, dass es sich jahrelang von einer Militärdiktatur in Geiselhaft hat nehmen lassen. Dieser Tango Argentino und die Tanzpaare, die ihn mit größter Leichtigkeit und Eleganz beherrschten, konnten sich doch nicht wehrlos vor den kriminellen Militärs ducken. Klingt schön, was du sagst, aber es war so, leider, meinte Mía leise.

Am vorletzten Tag trafen wir uns in einem Restaurant am Hafen, der Laden war neu und ein Geheimtipp. Wir aßen mehrere Fischspezialitäten und tranken einen herben weißen Wein. Danach gingen wir durch einen kleinen Park ins Stadtinnere zurück, als mich plötzlich von hinten ein junger Mann und eine ältere Frau festhielten und behaupteten, meine Jacke sei am Rücken mit Vogelmist bekleckert worden. Sie wischten mit Tempotüchern den angeblichen Vogeldreck weg und waren schon wieder über alle Berge. Mía kam gar nicht dazu, die Beiden schreiend zu verscheuchen, das sind Diebe, rief sie, haut ab, das ist auch kein Vogelmist, es ist Senf, mit dem sie dich bespritzt haben. Als sie weg waren tastete Mía mich ab, die Brieftasche war weg, mit ihr all meinen Papieren, Kreditkarten, das Bargeld. Den Pass und das Flugticket hatte ich zum Glück Mía anvertraut. Ich hatte am Morgen tausend Dollar abgehoben, um sie Mía zu schenken. Alles weg. Wir sahen nicht weit entfernt zwei Polizeibeamte herumstehen und rannten zu ihnen. Doch da gab es nur ein müdes Lächeln, das passiere doch alle paar Minuten, und die Diebe würden nie geschnappt. Also gingen wir zum nächsten Telefonbüro, gaben eine deutsche Nummer an und mussten bestimmt zwei Stunden warten, bis die Verbindung klappte. Jedenfalls gelang es mir, verhältnismäßig schnell, die zwei Kreditkarten zu sperren. Mehr konnten wir nicht tun. Inzwischen hatten wir uns genug aufgeregt und konnten über das Abenteuer herzlich lachen, das Geld war weg, aber wir liebten uns schließlich, Scheiß drauf.

Zwei drei Wochen später bekam ich die Kreditkartenabrechnungen, die belegten, dass die Diebe es noch geschafft hatten, zwei Paar Tennisschuhe zu kaufen, bevor die Karten gesperrt wurden. Das fand ich okay und freute mich für die Ganoven.

Wir hatten ausgemacht, dass Mía mich nicht zum Flughafen begleitet, wir hatten Angst vor dem Trennungsschmerz. Als ich aber in der langen Schlange der Passkontrolle stand, näherte sie sich ganz leise von hinten und lehnte sich an mich. Wir rührten uns nicht. Ich werde immer für dich da sein, flüsterte sie, ich wollte, dass du das weißt. Ich weiß es, weil ich genauso empfinde, antwortete ich. Mía schubste mich leicht, ach, das sagst du so und lachte. Würden wir uns je wiedersehen? Wir wussten beide, dass unsere Geschichte hier wohl zu Ende gehen würde. Aber wir können uns doch gelegentlich mal anrufen, meinte Mía, und vielleicht besuchst du mich irgendwann noch einmal in Buenos Aires. Ich klammere mich an den Gedanken, sagte ich. Wir umarmten uns lange, die Leute in der Schlange fingen an zu murren, wenn auch freundlich. Beide hatten wir Tränen in den Augen. Ich küsste ihre Tränen weg. Wer weiß, vielleicht, sagte ich nur und schwankte dann wie in Trance bis in den Flieger. Sollte es so sein, dass ich die Liebe nie zu Ende leben darf? Ist es aber vielleicht auch die wahre Liebe, die mit Verzicht verbunden ist? Wir waren ein Paar auf Zeit. Wir wussten es beide. Vielleicht hat uns dieses Wissen so viel Glück geschenkt.

Saint-Pierre et Miquelon 1996

Um nach Saint-Pierre-et Miquelon zu gelangen, muss man in St. John's auf Neufundland zwischenlanden mit einem halben Tag Wartezeit. Das erlaubt einem, in die Innenstadt zu fahren und am Quai die Kreuzfahrtschiffe zu bestaunen, die dort wohl regelmäßig Zwischenstation machen. Als ich dort war, hatte gerade eines dieser schwimmenden Hochhäuser angelegt, und die Passagiere strömten zu Hunderten oder sogar Tausenden vom Schiff in die Stadt. Beeindruckend diese riesigen Monster, eine ganze selbständige Stadt mit bestimmt unheimlich viel Personal, mit Kinos und Tanzsälen und einem Dutzend Restaurants, dachte ich, und ich dachte, dass ich nie mit so einem Ding würde Urlaub machen wollen. Ich ging am Quai entlang und sah auf einmal große Eisberge nahe der Küste langsam vorbeigleiten. Haushohe Eisbrocken, um die Möwen kreisten. Noch nie hatte ich Eisberge gesehen, und ich versuchte mir vorzustellen, wie tief sie ins Wasser reichen mussten. Da war auch eine lange Fußgängerzone mit vielen Terrassenkaffees und Restaurants, gut besucht, obwohl die Temperatur achtzehn Grad nicht überschritten haben dürfte. Ich setzte mich an einen der wenigen freien Tische und trank einen doppelten Espresso, total müde nach fünf oder sechs Stunden Flug.

Am Nachmittag brachte mich eine kleine Propellermaschine nach Saint-Pierre, der kleineren, aber stärker besiedelten der beiden Inseln. Bei der Landung fürchtete ich, das Flugzeug würde auf den Häusern landen, so weit reicht die Landebahn in das Wohngebiet. Man geht dann problemlos zu Fuß zum Hotel. Ich war wohl der einzige Tourist, der an diesem Tag landete und war dann auch im Hotel Robert der einzige Gast. Der Hotelier ein sehr netter Mann, wenig älter als ich. In der Buchung war das Frühstück inbegriffen. Er schlug mir vor, abends in einem der vielen Restaurants um die Ecke essen zu gehen, beste französische Küche, und er würde dann morgen früh ein echtes französisches Frühstück auftischen mit frischer Baguette, aber auch mit einem Spiegelei, schließlich lägen Kanada und die USA vor der Tür. Ich hatte ein Zimmer im ersten Stocke mit Blick auf die Uferstraße und das offene Meer. Ich legte mich aufs Bett und schlief sofort ein. Doch nach einer gewissen Zeit hörte ich starken Verkehr auf der Straße unten und stand wieder auf. Es war auch Zeit fürs Abendessen. Unten fragte ich den Hotelier, was das mit dem starken Verkehr auf sich hätte, da könne man ja nicht schlafen, Er lachte und meinte, diese Frage würden alle Gäste stellen, die auf die Insel kommen. Wissen Sie, fing er an, in Saint-Pierre gibt es für die Einheimischen keine Unterhaltungsangebote, so treffen sich abends am Samstag und Sonntag ein Dutzend junger Leute mit ihren Autos am Flughafen und fahren dann die Uferstraße rauf und runter. Komm, wir fahren den Tank leer, heißt der Spaß. Na ja, was sollen die Jungs sonst tun? Ich brauchte einen Augenblick, um mitlachen zu können. Wir haben hier sechstausend Einwohner und viertausend Autos, mit denen man nirgendwo hinfahren kann. Befahrbare Straßen gibt es praktisch nur in der Stadt. Dahinter die Pampa und Wanderwege. So war das jedenfalls im Jahr 1996, als ich die Insel besuchte.

Das Essen in einem Restaurant um die Ecke war wirklich lecker, Austern, Crevetten und als Hauptgericht ein großes Stück Fisch, auf beiden Seiten knusprig angebraten. Die Kneipe war gut besucht, französisch und englisch durcheinander, die Gäste sahen so aus, als hätten sie eine lange Wandertour hinter sich. Ich hatte trotz des Fischs eine Flasche Rotwein bestellt, was Französisches natürlich, aber nicht einmal die Hälfte ausgetrunken, als ich mit dem Essen fertig war, weiß auch nicht, warum mir das jetzt wieder einfällt.

Am nächsten Morgen war ich im Frühstücksraum dann doch nicht allein, ein kanadisches Ehepaar und zwei Franzosen in Anzügen, also geschäftlich auf der Insel. Ich war als Letzter fertig, der Hotelier setzte sich zu mir, und wir tranken noch einen Espresso. Er klagte darüber, dass Saint-Pierre langsam zugrunde gehe, es gebe keine Arbeit, die Fischerei sei am Ende. Der französische Staat beschäftige über vierzig Prozent der Bewohner in kommunalen und staatlichen Behörden. Das sei doch krank, meint der Hotelier. Eigentlich sollte der Tourismus die Kassen füllen, doch das sei nur zum Teil gelungen, die Inseln haben keine Badestrände, und das Meer ist das ganze Jahr über viel zu kalt zum Baden. Man könne halt wandern und Bootsfahrten um die Inseln herum machen, um die Roben aus nächster Nähe zu bewundern. Hotels und Restaurants gebe es in der Stadt zuhauf. Was könnte ich denn konkret unternehmen, um die Insel kennenzulernen, wollte ich wissen. Er gab mir den Rat, ins Touristenbüro zugehen und mir die Angebote zeigen zu lassen. Das sei eine sehr nette junge Frau, die in kurzer Zeit was aus dem Büro gemacht hätte mit besten Kontakten zu den internationalen Reiseunternehmen. Sie bringe bestimmt jährlich einige hundert Touristen auf die Insel, meinte er stolz. Die Stadt war in Nebel getaucht, ich wollte sie erst einmal ergründen, bevor ich den Rat der netten jungen Frau einholen würde. Die Straßennamen sind das erste was auffällt, rue des Basques, rue des Normands, rue Colbert, rue de la Résistance, rue du Maréchal Foch, und natürlich ein General de Gaulle Platz, überall Anspielungen auf das französische Festland, mit dem sich die Inselbewohner trotz der fünftausend Kilometer Entfernung eng verbunden fühlen. Ohne diese Straßennamen wirkt das Städtchen ganz kanadisch mit den bunt bemalten Fassaden und Fensterläden. Auf der Straße selten ein Passant, aber Autos fahren die zum Teil steil abfallenden oder aufsteigenden Straßen entlang, klein San Francisco. Viele handwerkliche Kleinbetriebe. Man kann eintreten und schauen, was sie herstellen, wird freundlich empfangen, besonders wohl, wenn man aus Europa kommt und gleich französisch zu sprechen versucht, ich wählte einen Lederverarbeitungsbetrieb, zwei Frauen, die sich spezialisiert hatten auf Fischhaut, sehr schöne Taschen und Geldbeutel, weich und edel glänzend, ich wählte ein Damenportemonnaie, hellblau und mit einem Druckknopf, drinnen das Zettelchen mit dem Preis. Den hab ich nicht vergessen, weil ich das Teil gekauft habe, um es meiner Frau Elke mitzubringen. Vierhundert französische Francs, für mich eine Stange Geld, aber ich hab den Kauf nicht bereut, Elke benutzte den Geldbeutel noch bis vor kurzem.

Ich kam bis an den Rand der Stadt und dahinter schließt sich eine karge bergige Landschaft an mit wunderbaren Ausblicken auf das Meer. Mir wurde erst jetzt bewusst, wie winzig die Insel in diesem riesigen Meer ist. Und wie klein und verlassen das Städtchen unter mir wirkte. Ein kalter Wind war aufgekommen und gab die Sicht aufs Meer frei, vor diesem Wind hatte mich der Hotelier gewarnt, ich hätte eine Winterjacke anziehen sollen, blieb aber dennoch eine Weile auf einem Stein sitzen, und schnell wurde mir wieder bewusst, warum ich diese Insel kennenlernen wollte, wegen der grenzenlosen Einsamkeit. Ich wusste, dass ich diesen Trip nie bereuen würde. Vor mir die sechstausend Einwohnerstadt und hinter mir bis zur steinigen und steilen Küste auf der anderen Seite nichts. Auf dem Papier war ich sozusagen in Europa, heute gilt dort sogar die Eurowährung.

Ich war damals in einer Phase, in der ich herausfinden wollte, woraus ich geschnitzt bin, was mich antreibt, worauf ich Lust habe, eben was das Leben bedeutet. Ich hatte vor der Reise auch etwas über andere Länder und Gegenden gelesen, in Asien und Südamerika, aber das war nichts, was sich mir kulturell und sprachlich so leicht erschließen ließ, französisch verstehe ich ganz gut, und die Inselbewohner kommen größtenteils aus dem Mutterland. Spannend auch zu erfahren, was die Franzosen hierhergetrieben hatte, das doppelte Gehalt bei der Post oder in der Stadtverwaltung wohl kaum. Obwohl mir langsam richtig kalt wurde, stieg ich den Hügel noch etwas hinauf, merkte aber bald, dass ich es nicht so weit schaffen würde, um die andere Seite des Meeres zu sehen. Die Sonne senkte sich und tauchte das Meer und den südlichen Teil der Insel in ein rotbraunes Licht. Es würde jetzt sehr schnell dunkel werden, und ich beeilte mich, um in mein warmes Hotelzimmer zu kommen. Der Hotelier saß im Frühstücksraum, allein und lud mich zu einem Glas Wein ein. Hier war es auch schön warm, und ich freute mich darauf, ihn ausfragen zu können. Er sah aus wie der typische Pariser Kneipenbesitzer, Schnauzbart, seit drei Tagen nicht rasiert, mindestens, die Brille so tief unten auf der Nase, dass ich Sorge hatte, sie könnte jeden Augenblick runterfallen, blau weiß gestreiftes Hemd, hochgekrempelt, drüber eine schwarze Weste, schon etwas schmuddelig, und natürlich die Baskenmütze. Wahrscheinlich schläft er damit. Dazu eine olivfarbene Cordhose, die auch schon etwas mitgenommen wirkte. Früher hätte die Insel ausschließlich vom Fischfang gelebt und zwar gut, fing er gleich an, wenn auch gefährlich, das Meer sei hier immer gefährlich, weil fast überall nur felsige Küste, das sehe zwar toll aus, ist aber besonders für kleine Fischerboote brandgefährlich. Heute fährt noch eine Handvoll Fischer raus und jeder kommt, wenn er Glück hat, mit einem Kabeljau zurück. Die industrielle Hochseefischerei der Kanadier, der Japaner, aber auch der Deutschen habe alles leergeräumt, da sei nix mehr zu holen. Eine Fischverarbeitungsfabrik ist allerdings noch in Betrieb mit immerhin um die hundert Leute, aber die werden nur gelegentlich eingesetzt, wenn ein Trawler ankert, dies aber mit Fängen aus dem offenen Meer, hier gibt es wirklich nichts mehr. Und wovon leben denn die Menschen heute, wollte ich wissen. Viele sind im öffentlichen Dienst beschäftigt, wie Sie ja schon wissen, und dann läuft das Handwerk ganz gut, Artikel für die Touristen, der Tourismus überhaupt. Wir kommen schon über die Runden. Vielleicht bietet das Leben hier auch den Vorteil, dass man keine Gelegenheit hat, groß Geld auszugeben. Wir sind alle Patrioten, müssen Sie wissen. Wir haben in beiden Weltkriegen mitgekämpft. Wir lieben unser Mutterland.

Ja, was heißt denn Mutterland, so weit weg von Europa, frage ich. Wir haben ein eigenes Fernsehprogramm, das uns täglich die neuesten Nachrichten aus Frankreich serviert, wir spüren die Entfernung nicht. Franzosen eben.

Der Hotelier erzählt mir, dass die Inseln im Jahr 1500 oder so von einem portugiesischen Seefahrer entdeckt wurden, und das am Tag der Heiligen Ursula, der Schutzgöttin der elftausend Jungfrauen, nach denen er sie deshalb auch benannte. Aber wahrscheinlich seien die Wikinger und die Normannen schon vor dem Portugiesen hier gewesen. Erst als die Franzosen die Insel im siebzehnten Jahrhundert besiedelten, gaben sie ihr den heutigen Namen.

Insel der elftausend Jungfrauen würde mir aber auch heute noch als Name besser gefallen, meine ich.

Das würde ihnen so gefallen, lachte mein Gegenüber und prostete mir zu. Übrigens haben wir eine regelrechte Piratenvergangenheit, früher haben die Leute mit falschen Leuchttürmen Schiffe zu nahe an die Küste gelockt, so dass sie sich an den Felsen aufrissen. Die Ladung gehörte dann den Inselbewohnern. Eine Geschichte ist mir in Erinnerung geblieben, sogar aus neuer Zeit, ich war damals noch ein Lausbub. Das war allerdings keine Piraterie. Der Kapitän wollte unbedingt zwischen zwei Riffen durch, da war aber nicht genug Tiefgang. Die Geschichte ist deshalb allen hier in Erinnerung, weil das Schiff, das aus Deutschland kam, eine Ladung Musikboxen, dummerweise nur mit deutschen Schlagern an Bord hatte, aber auch noch dreihundertfünfzig Rasenmäher. Jedermann in der Stadt holte sich so ein Ding und fuhr damit durch die Straßen, den Lärm können Sie sich nicht vorstellen. Es gab ja keine Rasen zum Mähen auf dieser steinigen Insel. Das war, glaube ich, Anfang der siebziger Jahre. Das Wrack ragt übrigens noch aus dem Wasser am Ende der Insel Richtung Langlade, dem südlichen Teil von Miquelon. Ja, da denkt man, auf dieser verlassenen Insel am Arsch der Welt passiert doch nichts, aber sehen Sie. Er richtete sich stolz auf, die Karaffe war leergetrunken. Ich hätte ihm noch stundenlang zuhören können, weil es nicht nur geschichtliche Fakten waren, die er preisgab, sondern auch Anekdoten, die das Leben ausmachen.

Ich ging wieder kurz raus, diesmal nur für einen Schnellimbiss zwei drei Straßen weiter und war erneut erstaunt, wie viele Menschen am Abend unterwegs sind. Die Leute hocken nicht zuhause vor der Glotze, sie wollen raus und Freunde treffen, Franzosen eben.

Die kalte frische Luft hatte mich müde gemacht, dabei hatte ich doch kaum etwas unternommen. Morgen würde ich die Insel ergründen und mir im Tourismusbüro ein paar Tipps holen. Ich schlief so fest, wie schon seit langem nicht mehr.

Ich hatte Glück, im Tourismusbüro war kein Andrang, ich konnte der jungen Frau gleich erzählen, was ich gerne unternehmen würde. Wandern, Alleinsein. Sie lächelte, als sie das hörte, die meisten Menschen suchen doch eher Gesellschaft, meinte sie. Wenn ich wirklich von niemandem gestört werden wollte, müsste ich auf die andere Insel, das gibt es einen winzigen Hafen für die Fähre, ein kleines Dorf mit einem Hotel, einige Bauernhöfe und sonst eben die Einsamkeit. Ich kaufte gleich ein Ticket für die Fähre und ging nochmals ins Hotel, um mich mit dem Nötigsten auszustatten, vielleicht würde ich da ja eine Nacht bleiben wollen. Die Fähre ankerte praktisch direkt im Hafen vor dem Hotel und startete auch bald. Das Ding war nun wirklich nicht klein, aber es wurde von den Wellen wie eine kleine Nussschale hin und her gewirbelt, sobald wir aufs offene Meer kamen. Eine Frau, die neben mir an der Reling stand und sich ebenso festhalten musste wie ich, lachte mich an und meinte, das Meer sei heute doch ganz ruhig. Das Schiff müsse weit rausfahren, um nicht an die steinige Küste getrieben zu werden. Was meinen Sie, wie das ist, wenn die See stürmisch wird, da ist das halbe Schiff bei jeder Welle unter Wasser, aber keine Sorge, es ist noch nie etwas passiert. Kommen Sie aus Paris, wollte sie wissen, nein aus Köln in Deutschland. Ja was führt denn einen Deutschen hierher? Der Wunsch nach Einsamkeit, verstehen Sie. Ich dachte, jetzt würde die Frau verständnislos den Kopf schütteln, aber sie nickte anerkennend und sagte, da sind Sie hier richtig, junger Mann. Die Überfahrt dauerte etwas über eine Stunde. Ich war heilfroh, sie überstanden zu haben und wünschte der Frau einen schönen Tag. Um an Land zu kommen mussten wir in ein Schlauchboot umsteigen, die Insel hat keinen eigenen Hafen. Wie die Frau im Tourismusbüro erzählt hatte, standen da einige Holzhäuser, um die sechshundert Seelen sollen hier leben, von denen war wenig zu sehen. An der Küste entlang auch einige Holzhäuser, wie es schien un- bewohnt, mir wurde erklärt, das seien Ferienhäuser für die Leute aus Saint-Pierre und dem benachbarten Kanada, keine fünfzehn Seemeilen entfernt und per Boot in weniger als anderthalb Stunden zu erreichen. Ich erkundigte mich, ob man hier gefahrlos zu Fuß losgehen könne, kein Problem, war die Antwort, nur halt gute Wanderschuhe, die hatte ich an. Ich stieg eine begrünte hügelige Landschaft hoch und hatte in gut einer halben Stunde den Blick frei auf die andere Seite der Insel und das Meer. Alles war in ein helles Grün getaucht, das Gras wuchs hier wegen der Kälte wohl nicht hoch. Ich schaute in alle Richtungen und war allein, ich ging noch einige hundert Meter weiter, diesmal bergab zum westlichen Ufer bis ich einen schönen großen Stein fand, auf dem ich es mir gemütlich machte. Anfangs absolute Stille und Ruhe, bis dann ganz schwach das Rauschen des Meeres durchdrang, das bestimmt noch einen Kilometer entfernt war. Der Himmel nicht richtig blau, aber die Sonne kam doch etwas durch. Kein Wind, dabei mir war gesagt worden, hier pfeife immer ein kalter Wind. Ja, hier wollte ich am liebsten sitzen bleiben für eine lange Zeit, für ein ganzes Leben. Ich lebe gern, bin gern mit Freunden und anderen Menschen zusammen, aber am besten geht es mir, wenn ich allein bin und in mich hineinhorchen kann. In Köln geht das ja nicht so einfach, es ist immer ein Geräusch, das dazwischen-funkt, immer eine Stimme aus der Nachbarwohnung, aus irgendeiner Glotze. Hier war ich allein und auf mich allein gestellt. Allerdings sah ich plötzlich rechts direkt am Ufer einige Häuser und erinnerte mich, dass mir die Frau auf der Fähre erzählt hatte, Kanadier hätten hier Ferienhäuser errichtet. Jetzt waren sie unbewohnt. Ich ging einige Meter weiter nach links, bis der Küsten-streifen hinter einem Hügel verborgen war, musste allerdings einen neuen Stein suchen, das dauerte nicht lange, ich setzte mich erneut und genoss es, ganz allein zu sein. Ich verbrachte so bestimmt eine Stunde, ohne viel zu denken, das heißt, anfangs kreisten meine Gedanken schon um Köln, Elke, den Job, die Freunde, die Träume. Aber es wurde immer weniger, alles fiel von mir ab. Das ist es vielleicht, das stille Glück, an nichts denken zu müssen, keine Zukunftsängste, keine Alltagssorgen, nichts eben. Ich hatte mal gelesen, dass Leute die Joga machen, diesen Zustand anstreben, wahrscheinlich viel perfekter, mir aber reichte das, was in mir vorging. Ich arbeite, renne hin und her, bin immer in Zeitnot, immer gestresst und lebe dabei wahrscheinlich gar nicht mein Leben, dachte ich. Es ist doch so, dass man stets vor irgendetwas Angst hat, dass man sich unnötig aufregt. Manchmal dachte ich damals und ich tue es heute noch, dass mein Gehirn und vielleicht das aller Menschen nicht zu uns passt, dass es in der Evolution für ein perfekteres Wesen geplant war. Und um dieses Hirn in den Griff zu bekommen, damit es mir nicht mehr ungeheuer erscheint, dafür die muss die Einsamkeit her. Wenn ich es gleichsam in die Knie gezwungen habe und es still ist, dann bin ich Ichselbst. Ich erinnere mich jetzt, über zwanzig Jahre danach, sehr lebendig an die Stunde da oben auf dem Hügel, obwohl eigentlich ja nichts passiert ist, aber vielleicht gerade deshalb. Könnte ich hier leben? Ja! Die Antwort gab ich mir sofort. Ein Häuschen an der Stelle, an der ich im Augenblick sitze, sofort ja. Irgendwann nach jahrelangem Ausharren würde ich vielleicht herausbekommen, wer ich wirklich war. Und was das Leben auf diesem Planeten soll. Kann allerdings ja auch sein, dass ich nach all den Jahren genauso schlau sein würde wie jetzt, also keinen Schritt weitergekommen. Wahrscheinlich ist das Spannende an diesem Leben, es nicht herauszubekommen, warum wir es leben. Sonst hätten es andere Menschen vor mir erkannt und ihre Weisheit gewinnbringend verbreitet. Na ja, vielleicht haben das ja irgendwelche Philosophen, von denen ich nichts weiß, ungebildet wie ich bin. Es ist wirklich so, als säße ich jetzt auf dem Stein, so nah ist mir die Situation. Sie wird ja auch durch nichts abgelenkt. Die Landschaft und ich. Als ich aufstand, ich musste langsam zurück zur Fähre, entdeckte ich in einiger Entfernung etwa ein Dutzend Pferde, braun bis hellbraun mit tollen Mähnen. Man hatte mir erzählt, dass auf Miquelon und mehr noch auf Langlade, dem zweiten südlichen Teil der Insel Wildpferde leben. Einige Jungtiere waren darunter, die wie Kinder herum hüpften und ihre Eltern umkreisten. Ich musste mich losreißen, um rechtzeitig zur Fähre zurückzukehren. Das Meer war jetzt aufgewühlt, ich bekam richtig Schiss, weiß der Teufel, warum ich mich auf dem Wasser nicht zuhause fühle, ich bin auch nie weit raus geschwommen, wenn wir früher mal Urlaub am Meer gemacht haben. Und es wurde wirklich ganz schön aufregend, bei jeder Welle wurde das Schiff überspült, wir mussten ins Innere fliehen, um nicht klatschnass zu werden. Drinnen aber fühlte ich mich noch schlechter, sodass ich wieder hinausging und mich hinter der Kabine versteckte. Dort war ich nicht der Einzige.

Wir kamen aber nach anderthalb Stunden wohlbehalten in Saint-Pierre an, ich torkelte von der Fähre und schwankte noch, als ich im Hotel ankam. Ich winkte dem Hotelier zu und ging hinauf in meine Zimmer, fiel mit allen Klamotten aufs Bett und wollte herausfinden, ob ich etwas vom Glück der Einsamkeit hab mitnehmen können.

Am nächsten Tag stieg ich früh morgens mit anderen Touristen in ein Boot, das mit irrer Geschwindigkeit die Wellen zerschnitt und uns zu einer Bucht brachte, in der es von Robben nur so wimmelte, sie lagen auf den den Felsen, glitten ins Wasser, als wir kamen, man könnte annehmen, um uns zu begrüßen, denn sie kamen ganz nah an unser Boot, das praktisch auf Wasserhöhe lag, sodass wir sie fast berühren konnten. Es ging ans Herz, anders kann ich es nicht beschreiben. Störend an dem

Erlebnis war allerdings, dass die anderen Touristen unentwegt mit ihren Kameras herumfuchtelten, eine Frau wäre glatt ins Wassergefallen, beim Versuch, so nahe wie möglich an eine Robbe heranzukommen.

Direkt nach Mittag saß ich wieder in der Fähre nach Miquelon. Diesmal blieben mir gute zwei Stunden, um auf den Hügeln herumzulaufen und wieder meinen Thron für die Einsamkeit zu finden.

Ich ging weiter nach links, das heißt in südliche Richtung, blieb aber oben auf der Höhe des Berges und stieß dabei mehrmals auf unterirdische Lager, in denen die Bauern früher ihre Ernte vor dem extremen Frost schützten. Und dann war da auch bald eine Bank, ja eine richtige Bank aus Felsgestein, auf die ich mich setzte, ich hatte diesmal zwei Stuhlkissen aus dem Hotel im Gepäck, um mich gegen den kalten Stein zu schützen. Ich sah wieder die wilden Pferde, diesmal friedlich grasend, wunderschöne Tiere, sie kamen mir kleiner vor als die Pferde bei uns. Ich blickte aufs Meer und das grasbedeckte riesige Feld, das zur Küste hinab führte, und langsam waren wieder alle ablenkenden Gedanken weg, nur schauen und atmen und schauen. In diesem Moment ist nichts wichtig, nur die Stille und diese Stille zu hören. Das lässt sich alles nicht beschreiben, nur andeuten, besonders wenn man, wie ich, kein großer Poet ist. Nur andeuten und dann wieder der Stille zuhören.

Als ich wieder auf die Uhr schaute, war mehr als eine Stunde vergangen, es war mir vorgekommen, als hätte ich nur wenige Minuten hier gesessen.

Ich blieb noch vier oder fünf Tage auf den Inseln, habe aber das meiste, was sonst geschah, vergessen. Nur an einen herrlichen Abend kann ich mich erinnern. Ich hatte dem Hotelier erzählt, dass an einem Stand im Hafen frische und große Hummer angeboten werden und er meinte, wenn ich einen kaufte, könnten wir ihn zusammen zubereiten und verspeisen, Das haben wir dann auch gemacht, allerdings war das Krustentier so groß, dass wir die anderen Hotelgäste, die vorbeikamen, eingeladen haben, sich am Schmaus beteiligen. Wir waren dann fünf oder sechs am Tisch und am Ende von oben bis unten verschmiert.

Als ich wieder zurück in Köln durch die stark besuchten Fußgängerzonen ging, fühlte ich mich allein und glücklich. Hoffentlich, so dachte ich, hält das noch einige Zeit an.

Neukaledonien 1994

Zwischenlandung in Singapur. Eine Stadt, über die ich nichts wusste. Irgendwas Exotisches, aber Hochmodernes wie New York oder Frankfurt. Wir hatten mehrere Stunden Aufenthalt, konnten aber den Flughafen nicht verlassen. Ein Flughafen, der im Grunde ein riesiger Supermarkt war. Erstmals sah ich, dass die akribisch sauberen Toiletten nach einem festen Stundenplan gereinigt wurden, jeweils bestätigt durch handschriftliche Gegenzeichnung. Heute ja fast gang und gebe. Wir waren zu dritt, Team für eine Fernsehreportage. Die Teamkollegen kauften Kameras, sie waren um gut ein Drittel billiger als in Köln.

Nach über fünfundzwanzig Stunden Landung in Noumea. Es war so heiß, dass wir Atemprobleme bekamen. Stundenlang dauerte es, bis wir den Leihwagen beladen durften.

Für den kommenden Vormittag war gleich ein Flug mit dem Hubschrauber auf die Insel Lifou eingeplant für einen Dreh in einem traditionellen Dorf. Die Insel ist etwa siebzig Kilometer von Noumea entfernt. Der Reiseführer, der auch unseren Mietwagen chauffierte, brachte uns zu einem kleinen Dorf. Die Häuser waren rund und aus Holz, die Dächer mit Schilf gedeckt. Davor saßen bunt gekleidete Frauen und Kinder auf dem Boden. Der Korrespondent fühlte sich anfangs etwas unbehaglich, weil alles so idyllisch wirkte, und er doch angereist war für eine Reportage über den Unabhängigkeitskampf der Neukaledonier. Sie nennen sich Kanaken, was übersetzt Mensch heißt und mich sofort für sie einnahm. Ich kannte das Wort bisher nur als rassistische Beschimpfung.

Vor den geplanten Gesprächen vor der Kamera sollte aber erst einmal gemütlich gegessen werden. Einige Frauen führten uns zu einer Feuerstelle, auf der Steine auf Holzkohle erhitzt wurden. Daneben lagen auf großen Bananenblättern die Zutaten für das Gericht, ein großes Huhn und viel frisches, bereits gewaschenes Gemüse. Wir setzten uns um die Feuerstelle und schauten zu, wie eine Frau das Mahl vorbereitete. Der Kameramann durfte alles drehen.

Die Frau breitete mehrere Lagen Bananenblätter auf dem Gras aus, legte zuerst das ganze Gemüse in der Mitte darauf, mir kam alles unbekannt vor, nur die Süßkartoffelscheiben und große Zwiebeln konnte ich identifizieren. Auch Kokosmilch gab die Frau dazu. Und am Schluss legte sie das Huhn obendrauf und verpackte alles mit den Bananenblättern, eine zweite Frau half ihr dabei, die Blätter oben mit Lianen dicht zu verschließen. Der grüne Naturtopf war gut zwanzig Zentimeter hoch. Den legte die Frau dann auf die glühend heißen Steine und bedeckte ihn zusätzlich mit den heißen Steinen. Das Ganze wurde mit Erde zugeschüttet. Sie erklärte uns, wir sollten in gut zwei Stunden wiederkommen, dann sei das Huhn fertig, und wir seien herzlich zum Mahl eingeladen.

Sie zeigte uns ihr Haus. Die Eingangstür war nicht höher als anderthalb Meter, drinnen war es dunkel und es roch stark nach kaltem Rauch. In der Mitte des Raums eine Feuerstelle, die Dachkonstruktion war mit Schilf abgedichtet und kohlrabenschwarz. Ich kann mich an keine Möbel erinnern, nur Matratzen auf dem Boden. Die ganze Familie lebt in einem Raum. Das ist wohl seit Jahrhunderten so. Im Winter, wenn man die kalte Jahreszeit hier überhaupt Winter nennen darf, wird der Raum durch die Feuerstelle geheizt. Der Rauch steigt nach oben und lässt am Boden etwa anderthalb Meter frei, damit die Bewohner einigermaßen atmen können. Ich fand es skurril und dachte, das müsse doch unheimlich ungesund sein. Mittelalter im hoch-industrialisierten Frankreich, schließlich waren wir in

Frankreich, wenn auch über zwanzigtausend Kilometer entfernt. Aber die Frauen wirkten zufrieden mit ihrem einfachen, naturverbundenen Leben. Die Zeit ist eine ganz andere als bei uns in Europa, und ich dachte, dass ich liebend gerne dortgeblieben wäre, trotz verrußtem Wohnschlafzimmer und Katzentür. Die Sonne und das Tageslicht bestimmen den Lebensrhythmus, natürlich auch das Wetter. Alles andere, dem wir hinterherlaufen, Konsum, Medien, Kneipen, Kino und was sonst noch alles, von dessen Existenz wissen die hier kaum etwas. Das Dorf bestand aus vielleicht einem Dutzend Hütten unter dem Schutz großer Palmen. Es gab keine ausgewiesenen Wege, man ging durch das niedrige Gras von Haus zu Haus, barfuß oder mit Sandalen.

Unser Reiseleiter wollte die zwei Stunden bis zum Mittagsmahl nutzen und uns dem Grand Chef von Lifou vorstellen, das ist der Stammeshäuptling, gleichsam der König der Insel, der noch heute sehr verehrt wird, und dessen Rat grundsätzlich zu befolgen ist. Heute steht die Inselgruppe unter französischer Verwaltung, doch den Franzosen ist es nie gelungen, Lifou zu kolonialisieren. Deshalb leben auch nur wenige Franzosen auf der Insel. Oberhaupt Lifous ist somit nach wie vor der Grand Chef. Er wird nach der alten Tradition fast wie ein Gott verehrt. Es gibt auf der Insel keinen Privatbesitz, alles gehört dem Grand Chef, und er gibt das Land und die Häuser sozusagen als Lehen. Ein Dorfbewohner erklärte uns, der Grand Chef schaut uns zu, und wenn wir ihm höflich begegnen und ihm manchmal kleine Geschenke bringen, dann wird alles immer so bleiben, wie es ist. Habgier, Gewinnsucht und Neid haben in diesem Weltbild keinen Platz. Leben wie im Paradies. Ich fand das damals wunderbar und finde es heute noch.

Der Grand Chef lebt in einem europäischen Haus am Strand, der ihm offiziell allerdings nicht gehört. Die Franzosen haben im gesamten Inselbereich den

Küstenstreifen zum Staatseigentum erklärt. Der Grand Chef will den Strand und den freien Zugang zum Meer für seine Untertanen aber wieder zurückhaben, die Franzosen reagieren bisher überhaupt nicht. Machtpolitik heißt das, glaube ich.

Der Grand Chef trug keinerlei Insignien seiner hohen Würde, ein fünfzigjähriger stämmiger Mann, freundlich und ohne irgendwelche Allüren. Er erzählte uns als erstes, dass Gastfreundschaft zu den heiligsten Pflichten bei den Kanaken zählt. So sei es auch selbstverständlich, dass wir von den Frauen im Dorf zu einem Festmahl eingeladen wurden.

Die Kanaken haben keine Schrift, sie kennen nur das gesprochene Wort, das von einer Generation auf die nächste übergeben wird. Und, so erzählte uns der Grand Chef, es gebe auch keine Religion, erst die Kolonisatoren, so nannte er die Franzosen, hätten den Kanaken ihre Religion aufzwingen wollen, aber das sei gründlich misslungen.

Wie glücklich müssen sie, so dachte ich, gelebt haben, bevor die Franzosen auftraten und alles nach europäischen Vorstellungen ummodeln wollten.

„Bei uns haben immer noch die alten Gebräuche Vorrang, und wer will, kann sich dann zusätzlich taufen lassen."

Damit hatte der Grand Chef uns zu verstehen gegeben, was er von den Franzosen hält. Unser Reporter drängte ihn, etwas über den Unabhängigkeitskampf der Kanaken zu erzählen und selbst Position zu beziehen. Aber mehr wollte sich der König nicht aus dem Fenster hängen.

Wir fuhren zurück ins Dorf zum Gastmahl. Der Bananeneintopf, Bunja hieß er, jetzt fällt es mir wieder ein, wurde vor unseren Augen
aus der Feuerstelle geholt. Wir saßen alle auf einer bunten Decke um die Bunja herum, drei, vier Frauen,

Kinder und das Fernsehteam. Alle bedienten sich direkt aus dem Naturtopf, es gab keine Teller, wir hatten Gabeln, die Gastgeberinnen aßen mit den Händen, was wirklich sehr appetitlich anzuschauen war. Es war herrlich, das Hühnerfleisch ganz zart, sie Süßkartoffeln, na ja, für mich einer dieser wenigen Augenblicke im Leben, in denen man sicher ist, man werde vom Glück umarmt. Und wer noch einen Nachtisch wünschte, musste nur wenige Meter weit gehen, Bananen und Papayas wachsen in Greifhöhe.

Unsere Reise durch die von der modernen Zivilisation unberührte Insel musste jedoch weitergehen, an der Küste entlang, wo gelegentlich Gehöfte direkt am Strand stehen. Das Meer ist das ganze Jahr über friedlich. Das liegt, so erzählt uns der Reisebegleiter, an den vorgelagerten Lagunen, die stürmische Wellen vor der Küste abschwächen. Die Bewohner in den Gehöften begrüßen uns freundlich. Eine alte Frau lacht und meint, alle Reisenden, die vorbeikommen, sagten, es sei wohl das Paradies auf Erden hier. Sie lebten von der Hand in den Mund, die Männer fahren raus zum Fischen, die Frauen bauen Gemüse an und Süßkartoffeln, und auch hier überall Bananen und Papayas zum Greifen nah. Mehr brauchen sie nicht zum Glücklichsein. Das ganze Jahr über sommerliche Temperaturen. Man braucht also auch nur ein Minimum an Klamotten. Hier gab es weder Fernsehen noch Telefon, wozu auch.

Ich kann es nicht fassen, dass es auf unserer von Technik und Industrie verwüsteten Erde noch solche Orte gibt. Mit Menschen, die in Frieden miteinander leben, ohne Besitzneid, ohne Kriege, ohne Waffen, ohne Armee selbstverständlich. Mir war natürlich damals klar, dass sich das Lifou-Modell nicht auf ganz Neukaledonien und erst recht nicht auf uns übertragen lässt. Doch mir genügte schon die Erfahrung, dass es das gibt.

Am nächsten Tag, wir waren wieder auf der Grande Terre, so heißt die Hauptinsel, unterwegs auf einer einsamen schmalen Straße, wie durch einen grünen Tunnel, die Äste der Bäume bilden einen runden Bogen. Große LKWS kämen hier bestimmt nicht durch. An einer Biegung sprangen mehrere junge Männer auf die Straße und zwangen uns anzuhalten. Sie schauten ernst, zwei von ihnen fuchtelten bedrohlich mit Jagdgewehren herum. Unser Reiseleiter riet uns, nichts zu sagen, er werde mit den Männern sprechen. Ich verstand nichts oder eben doch so viel, dass sie den Wagen durchsuchen wollten. Wir mussten aussteigen, der Kameramann öffnete den Kofferraum. Es wurde sehr laut, als sie die Kameraausrüstung erkannten, doch irgendwie gelang es unserem Reiseleiter, der ja schließlich ein Einheimischer war, die Leute zu beruhigen. Dass wir aus Deutschland kamen, wollten sie kaum glauben. Aber jedenfalls waren wir keine Franzosen, ihre verhassten Kolonisatoren. Dann wurde sogar gelacht, und wir durften weiterfahren, nachdem der Reiseleiter einem der jungen Männer unauffällig einen Geldschein zugesteckt hatte.

Auf der Weiterfahrt erklärte uns der Reiseleiter, was sich abgespielt hatte. Die jungen Kanaken wollen für die Unabhängigkeit kämpfen und ihre Inseln von den Franzosen befreien, sie haben aber auch etwas gegen zu viele Touristen. Erst wenn die Unabhängigkeit errungen sei, werde man Fremde wieder gerne willkommen heißen. Sehr bedrohlich hatten die Jungs nicht gewirkt, aber wenn mit Knarren herumgefuchtelt wird, ist man doch eingeschüchtert. Die unerwartete Begegnung hatte dem Reporter trotz des Gefahrenmoments gut gefallen. Jetzt sei er besser eingestellt auf die Unterhaltung mit den Vertretern der kanakischen Unabhängigkeitsbewegung. Sie wirkten alle sehr ernst und waren schweigsam. Irgendwie schienen sie selbst nicht so recht an die Unabhängigkeit zu glauben, über die irgendwann in einem Referendum zu entscheiden war. Die Kanaken stellen lange nicht mehr die Bevölkerungsmehrheit. Und die caldoches, so heißen die französischen Bewohner werden bestimmt bei Frankreich bleiben wollen. Es geht dabei in erster Linie um die reichen Nickelvorkommen bei Noumea. Die wollen die Franzosen behalten.

Ich hatte für die politische Dimension der Drehreise weniger Interesse als für die wunderbaren Lebensbedingungen an diesem so unendlich weit entfernten Ort. In vielen Hundert Jahren, wenn die Erde völlig ausgeblutet sein wird durch den Menschen, dürften diese Erinnerungen an das irdische Paradies ziemlich kurios wirken. Aber sie erzählen die Wahrheit. Ein Leben in Frieden, ohne Kriege und religiöse Grabenkämpfe, ein Leben im Einklang mit der Natur, die alles bereitstellt, was man braucht, um sich zu ernähren. Ja, diese Welt hat es einmal gegeben. Die Menschheit hat nur nicht verstanden, sie zu erhalten,

Ich war so sicher, dass ich mit meinem Plan richtig lag. Das ist keinen Monat her. Und jetzt denke ich, es wäre am besten, alle Blätter zu verbrennen. Erinnerung, ja ich dachte, ich denke eigentlich immer noch, dass sie sich nicht einfach in nichts auflösen dürfen, wenn das Hirn aussetzt. Die Erinnerungen sind doch losgelöst von der Schwere des Körpers, sie haben ihr eigenes Leben, das nach dem Tod weiterbestehen sollte. Aber ich bin jetzt so unsicher, ob meine kläglichen Erinnerungen interessant sind, ich kann doch gar nicht schreiben, ich merke, wie fremd mir meine eigene Schreibe ist, manchmal geschwollen, wie in einem Zeitungsartikel und ganz unein- heitlich. Aber besser kann ich es nicht, verdammt. Und dann denke ich manchmal, dass gar nicht ich es bin, der dies alles aufgeschrieben hat. Dass irgendeine innere Stimme in mir spricht und mir die Sätze diktiert, die eigentlich zu gut formuliert sind für mich. Was ist das nur?

Und wie wäre es, wenn du es wärst, Lenchen, die in mir weiterlebt und mir hilft, mich besser auszudrücken, als ich das im Grunde kann? Ja, diese Vorstellung gefällt mir.

Trotzdem beunruhigt mich, dass ich uns verraten habe, es sollte das große Geheimnis meines Lebens sein, und nun habe ich die Schachtel mit dem Text schon in das Beton- fundament geworfen, der Verrat ist nicht rückgängig zu machen. Ach Lenchen, ich wollte dich doch damit in den Himmel heben und unsere Liebe verewigen. Aber am Ende habe ich ausgeplaudert. Vielleicht ist es ja auch ein Akt der Lebensrettung, und das von einem Mann der krepieren wird. Ich habe das Schönste, was mir in meinem Leben geschenkt wurde, hinübergerettet. So muss ich es sehen, ja!

Ich hatte ja keine Ahnung, dass es solche Schmerzen überhaupt gibt. Man kann sie nicht beschreiben, ich jedenfalls nicht. Und dann gehen sie wieder weg. Ich sitze da und warte darauf, dass sie mich wieder überfallen. Mein Kopf ist leer. Wo sind die Erinnerungen hin? Jetzt hocke ich hier und bin am Ende. Hatte mir das ganz anders vorgestellt, ohne zu wissen wie. Ich muss hier einfach ausharren gegen den Schmerz, bis die Erinnerungen ihn besiegt haben.

Habe Elke angelogen, dass ich einen alten Kumpel in Frankfurt besuchen wolle. Hab ein paar interessante Orte gefunden, auch einen gigantischen Brückenbau mit tiefen Fundamenten und tonnenweise Beton. Aber auch alte Bauten eignen sich. Hab mich gefragt, ob die Verstecke die nächsten zwei- oder dreitausend Jahre durchhalten. Sechs Kästchen weniger. Die Suche nach den richtigen Verstecken hat mir Spaß gemacht, hab für ein paar Tage den ganzen Mist vergessen. Irgendwann muss ich nochmal los, wenn ich es denn packe, noch bin ich nicht fertig. Und an deinem Grab war ich auch schon seit Tagen nicht mehr.

Baltikum 1991

Ich war auf Umwegen beim Fernsehen gelandet. Kabelträger, dann mal die U-Matic tragen, irgendwann den ersten Ton aufnehmen. Damals in den frühen Achtzigern ging das noch. Heute sollte man als Ton Ing. wahrscheinlich besser eine Uni-Professur vorlegen können. Mein Chef fragte mich, ob ich für drei Wochen Tonvertretung in Riga machen wollte. Seit einigen Wochen war dort ein Fernsehkorrespondent aktiv. Nach dem Zusammenbruch des Sowjetregimes sah man gespannt auf die befreiten baltischen Länder. Wohnen im Hotel, allerdings Luxusklasse und viele Reisen in den drei Ländern. Ich war begeistert. Schon der Flug über Kopenhagen nach Riga war ein Abenteuer. Oktober 91, ein eiskalter Winter, die Landebahnen verschneit und vereist. Die Maschine kreiste längere Zeit ganz niedrig über dem Gelände, sodass ich beobachten konnte, wie gewaltige Flugzeug-Düsentriebwerke über die Lande-piste gezogen wurden und feuerspeiend Schnee und Eis wegfegten.

Ich wohnte mit dem Team im Hotel, wohl die Absteige der früheren Parteibonzen. Ein ausländischer Investor hatte eine Etage für westliche Ansprüche herrichten lassen. Die Zimmer kosteten dann auch ein Mehrfaches der anderen im Hotel.

Wir waren gleich am nächsten Tag für einen Dreh unterwegs. Der Korrespondent sollte zwei Männer aufsuchen, die nach der Tschernobyl-Katastrophe zur Unglücksstelle abkommandiert worden waren, um den ersten verstrahlten Schutt abzutragen. Soweit ich das damals mitbekommen hatte, musste jede Republik innerhalb des Sowjetimperiums, oder wie das damals hieß, eine bestimmte Zahl von Leuten nach Tschernobyl schicken, Soldaten, Reservisten, es gab sogar Zwangs-verpflichtete.

Bei unserem Dreh war die damalige Aktion so um die fünf Jahre her. Die erste Begegnung fand vor einem winzigen Häuschen statt, mit einem zwei Meter breitem Vorgarten, Blumen und sogar etwas Gemüse. Die beiden Fenster zur Straße mit Blumentöpfen geschmückt. Zuerst begrüßte uns eine Frau undefinierbaren Alters. Wir sollten uns doch auf dem Stapel frisch gesägter Bretter einrichten, außerhalb des Gartenzauns, innen sei es viel zu klein für vier Personen. Sie war freundlich, wirkte abwesend, von etwas viel Wichtigerem abgelenkt. Während der Korrespondent uns in Aufstellung brachte, sah ich einen Mann aus dem Häuschen kommen, er ging an einem langen Stock, wie ihn die Hirten benutzen, er ging langsam, aber ohne zu zögern, schaute dabei vor sich hin als sei er blind. Die Frau folgte ihm in zwei Meter Entfernung, den Blick nur auf ihn gerichtet. Beide setzten sich nebeneinander auf einen der Bretterstapel. Natürlich habe ich den Inhalt des Interviews größtenteils vergessen. Aber das Gesicht des Mannes sehe ich jetzt so, als säße er mir gegenüber. Auch bei ihm nicht zu erkennen, wie alt er sein könnte. Und plötzlich schoss mir durch den Kopf, dass der Mann eigentlich tot war, obwohl er noch lebte. Er hatte den verstrahlten Schutt wegräumen müssen, ohne ernsthafte Schutzvor- kehrungen. Er sprach von verheerenden Kopf- schmerzen, einem Riesentumor, kaputter Leber, komischen Hautflecken und dem Ende. Aber er klagte nicht, soweit ich das spüren konnte, er hatte seine Pflicht getan, war stolz darauf, der großen Sowjetmacht gedient zu haben. Sie lebten hier von der Hand in den Mund, aber sie schienen zufrieden mit diesem kleinen Leben. Für mich schwer verständlich diese Aufopferung für die Sowjetmacht, die diesen Mann doch in den Tod geschickt, ihn geopfert hat. Der Glaube an Väterchen Stalin, der all die Jahre nach seinem Tod immer noch bei vielen Denken und Handeln bestimmt. Eine

Gesellschaft, in der alle gleich sein sollten. Obwohl sie wussten, dass es eine Lüge war, glaubten sie daran und sie mussten daran festhalten, es war das Gerüst ihrer Existenz.

Einige Male gelang es mir, seinen Blick aufzufangen, und ich war tief berührt. Anfang dreißig dürfte er gewesen sein, doch seine Augen waren die eines alten Mannes, der alles erlebt hatte. Und dann begriff ich, dass er durch mich hindurchsah, in irgendeine Untiefe. Ich hätte ihn gerne umarmt.

Die Frau wollte anfangs nicht reden, doch dann gestand sie, dass ihr Mann nicht richtig medizinisch versorgt werde. Niemand kenne sich hier im Lande mit solchen Symptomen aus.

Wahrscheinlich war auch ihrem Mann völlig unverständlich, was mit ihm geschehen sein könnte. Ein kurzer Einsatz auf dem havarierten Dach des AKWs und er wurde jetzt von innen aufgefressen. Und bald würden die Geschwüre wahrscheinlich durch die Haut aufplatzen.

Nach dem Dreh saßen wir uns stumm gegenüber, der Dolmetscher hatte auf Bitten des Reporters nachzuhaken versucht, jetzt wo die Kamera nicht mehr lief. Aber am Schluss siegte die Stille. Die Frau ging ins Haus und kam mit einem Holzbrett zurück, auf dem Teebecher standen, auch Zucker und Honig. Der Mann trank nichts, ich dachte, er könnte vielleicht den Becher nicht halten.

Wir fuhren dann nur wenige Kilometer zum zweiten Bioroboter, so nannte der Reporter die Männer, die in Tschernobyl eingesetzt waren. Er erzählte während der Fahrt, um die fünfzigtausend von ihnen sollen bereits an der Verstrahlung gestorben sein. Der Mann von eben sei ein Russe. Die Letten sind inzwischen offen antisowjetisch, meinte er, der Dolmetscher, der auch den Wagen fuhr, nickte.

Wir kamen zu einem kleinen Bauernhof, Hühner, Schafe, zwei Rinder bewegten sich im Zeitlupentempo: Wir konnten nur mit Mühen aussteigen, ohne tief im erdigen Schneematsch zu stecken. Es dauerte mehrere Minuten, bis ein Mann aus dem Haus trat. Er musste sich bücken, so niedrig war die Tür. Er wirkte auf mich unwillig. Dürfte kein leichtes Interview werden.

Der Mann schien etwas weniger von den Folgen des Einsatzes in Tschernobyl gezeichnet, aber auch er hatte alte Augen, dabei bestimmt unter dreißig. Wie ich heraushören konnte, war er gar nicht so richtig informiert worden über unser Kommen. Das Interview wurde dann auch direkt draußen vor der viel zu niedrigen Tür aufgenommen. Der Mann schaute dabei nie den Reporter an, sein verschleierter Blick wanderte unruhig hin und her. Und seine Diagnose war nicht besser als bei dem Mann vorhin, Leber kaputt, Lymphdrüsen wie Krebsgeschwüre. Kein Jahr werde er es noch durchhalten, übersetzte der Dolmetscher. Und wofür das alles, sein Leben geopfert für ein beschissenes sowjetisches Atomkraftwerk in der heutigen Ukraine. Und jetzt ist niemand zuständig. Die lettische Regierung habe auch noch nichts von sich hören lassen. Er braucht dringend starke Schmerzmittel, auch weil ihm der Schädel platzt. Er sei am Ende. Dann war er still und wollte nicht mehr.

Beide Begegnungen hatten mich tief betroffen gemacht. Zwei Männer wie Tausende andere in den sicheren Tod geschickt und dann vergessen. Der Kommunismus, der eigentlich alle Menschen gleichstellen wollte,

Während der Rückfahrt wurde es sehr schnell dunkel. Die alles umfassende Nacht in diesen nördlichen Ländern. Keine Straßenbeleuchtung in den Dörfern, die Nacht, die alle Menschen, im Tiefschlaf oder wach liegend, wegzieht von den dreckigen Ufern des täglichen Lebens in die Mitte des Sees, wo das Wasser wärmer scheint, und man ausatmen möchte und untergehen, der Tod, die Erlösung, aber nichts dergleichen, beim ersten morgendlichen Lichtstrahl stehen die Menschen wieder durchgefroren vor dem schlecht ziehenden Herd in der Küche, der keine Wärme mehr hergeben will.

In den drei baltischen Republiken herrschte Aufbruchstimmung, auch wenn die Angst da war, die Russen könnten sich wenigstens Teile des baltischen Gebiets wieder zurückholen, und es lebten ja noch ganz viele Russen hier. Sie wurden offen angefeindet, machten jedoch keinerlei Anstrengungen, in die russische Föderation umzusiedeln.

Bei vielen Einsätzen von Riga aus und später auch von Moskau hat mich immer wieder fasziniert, wie die Menschen leben und dieses Leben akzeptieren. Und es hatte nichts zu tun mit den archaischen Kulturen, die ich Jahre später in Südamerika oder Neukaledonien bestaunen durfte. Es waren kläglichste Lebensbedingungen im modernen Zeitalter. Die Menschen haben kaum ihr Auskommen und sind dennoch überzeugt davon, dass Väterchen Staat sich um sie kümmert, dass er ihr Bestes will und man nur Geduld haben muss, bis sich die Tür ins Schlaraffenland öffnet, denn das würde sie gewiss. Ich denke an einen Dreh bei einer jungen Familie in der russischen Pampa nördlich von Ekaterinburg. Eiskalter Winter, ein Meter hoch Schnee. Das Haus der Familie ein alter kleiner Bauernhof mit zwei Räumen, der Küche und einem Schlafzimmer. Zum Haus gehörte ein kleiner Stall mit einer Kuh, zwei jungen Schweinen und Hühnern. Einfachste anstrengende Lebensbedingungen, Wasser musste aus dem Eistrog herausgeschlagen und aufgetaut werden, dafür musste der Küchenofen rund um die Uhr beheizt bleiben. Wir waren am Nachmittag angekommen und würden dort übernachten müssen. Es gab in der Nähe keine andere Unterbringungs-möglichkeit.

Obwohl die Familie nichts hatte, wurden wir zum Abendessen eingeladen. Wir hatten selbst Schinken und Käse mitgebracht. Kartoffeln gab es, selbstgemachte Butter, und es war ein schöner Abend, das junge Paar aufopfernd gastfreundlich, die Kinder mucksmäuschen-still, uns genau beobachtend. Der junge Mann war Lehrer in einer gut zehn Kilometer entfernten Dorfschule, zu der er jeden Morgen seine beiden Kinder mitnahm, zu Fuß. Und er wartete seit über einem halben Jahr auf sein Gehalt. Das Geld sei da, meinte er, die Administration sei halt so schludrig. Wie er warteten Tausende Lehrer und Verwaltungsangestellte auf ihr Gehalt. Das sei ärgerlich, aber was sollten sie tun? Das ganze Chaos sei halt durch die Perestroika entstanden, einige wenige scheffelten jetzt Millionen und die anderen schauten staunend zu, wollten aber dem Sozialismus treu bleiben. Man hat uns verraten, meinte er, aber wir lassen uns den Traum vom Kommunismus nicht zerstören. Wir dürften bitte nicht glauben, dass er all die Verbrechen Stalins unter den Tisch kehren wolle. Abermillionen Verfolgte und Ermordete, ein System, dass auf Denunziation und Rechtslosigkeit basierte. Aber es waren Menschen, die die Inhalte und Ziele der Revolution verraten hätten, der Kommunismus als Gesellschaftsmodel sei daran nicht schuld. Der Hass der Arbeiter und kleinen Bauern auf den Adel, auf die Gebildeten und Bessergestellten, war riesig und hatte sich seit Jahrhunderten angestaut. Es war dann halt nicht nur um eine neue sozialistische Gesellschaft gegangen, sondern vor allem um blutige Rache. Unser Übersetzer hatte Mühe, dem jungen Lehrer zu folgen, vielleicht auch, weil er die Dinge anders sah. Wir tranken noch ein zweites Gläschen Wodka und schliefen dann auf mitgebrachten Luftmatratzen in der Küche. Es gab

natürlich keine Gästezimmer und ohnehin kaum Platz
für die vierköpfige Familie. Es war noch stockfinster, als
wir aufstehen mussten, um dem Lehrer und seinen
beiden Kindern auf dem langen Weg zur Schule zu
folgen. Draußen minus zwölf Grad, der Schnee knirschte
unter den dicken Stiefeln. Wir waren gezwungen, mit
dem Wagen einen Umweg zu nehmen, denn der Fußweg
der Familie bestand aus einer aus dem Schnee frei
geschaufelten Schneise von einem halben Meter. Wir
filmten die Drei beim Losgehen und warteten dann vor
der Schule. Es war bereits hell, als wir sie auf uns
zukommen sahen. Erkennen konnten wir nur den Vater,
die Kinder wurden durch die hohen Schneewehen
verdeckt. Alle Drei strahlten und hatten rote erhitzte
Backen, sie schienen sich bei dem mühsamen
Fußmarsch gut amüsiert zu haben. Der einzige
Klassenraum der Schule war geheizt, fast zu sehr. Eine
alte Frau kam mit einem Stapel Holz herein und fütterte
den Kachelofen. Der Lehrer begrüßte sie, aber sie
reagierte nicht. Er erzählte uns, dass von den Eltern der
Schülerinnen und Schüler viele ebenfalls seit Monaten
auf ihr Gehalt warteten. Zum Glück konnte man im
Dorfladen anschreiben lassen, hier kennt ja jeder jeden,
und irgendwann muss die Regionalverwaltung doch
wohl zahlen, lachte er und hob die Schultern. Ich mochte
den Mann, dachte aber, er müsste doch etwas gegen die
staatliche Schlamperei unternehmen, sich mit anderen
zusammentun, demonstrieren, für Ärger sorgen. Wir
blieben nur die erste halbe Stunde, um Aufnahmen zu
machen.
Leute, die dachten wie der Lehrer, sind mir auf den
Reisen durch Russland überall begegnet. Besonders bei
den Älteren, die weiterhin vom Sozialismus schwärmten,
auch wenn sie zugaben, dass selbst in der eigenen
Familie Angehörige denunziert und in sibirische
Arbeitslager verschleppt worden waren. Das Ein-

parteiensystem, die Abschaffung des Privatbesitzes, das totale Aufgehen in der Gemeinschaft ist ihnen seit Kindesbeinen so eingeprägt worden, dass sie da anscheinend nicht mehr rauskommen. Und das Leben außerhalb der großen Industriezentren hat sich ja bis Anfang der 90er auch nicht sehr verändert. Auf den riesigen Kolchosen waren die Arbeiter wie eh und je ab dem Nachmittag, zum Teil jedenfalls, ohnmächtig betrunken. Sie schliefen in den Scheunen, und niemand regte sich auf. Die Hälfte der Traktoren war kaputt.

Jahre später blättere ich in meiner Buchhandlung einem dicken Schinken, ich glaube mit dem Titel Schwarzbuch des Kommunismus, und ich erfuhr, dass die meisten Gulags dafür eingerichtet worden waren, um die Infrastruktur der Sowjetunion aufzubauen, Straßen, Zugverbindungen, Kanäle, Bergwerke, Raffinerien, Produktionsstätten. Das heißt, die heutige Industrienation Russland wurde von Gefangenen, von Sklaven geschaffen. Mit Millionen Toten. Unvorstellbar.

Reisen durch das riesige Land waren für mich dennoch große Erlebnisse, bei Zwischenlandungen nachts irgendwo in der Provinz waren die Abflughallen gerammelt voll mit Fluggästen, viele hatten Eimer neben sich stehen mit Gemüse, Obst und Pilzen. Es waren Reisende auf dem Weg nach Moskau, wo ihre Ware so viel mehr einbrachte als zuhause, dass sich der Flug bezahlt machte. Das sah dann in den Maschinen bunt und lustig aus, jeder dritte Fluggast, es waren im Übrigen meistens Frauen, hielt einen Eimer Erdbeeren oder Pilze oder Blaubeeren auf dem Schoß. Manche Eimer standen sogar auf dem Gang, aber es störte niemanden. Angeflogen wurde dabei nicht nur Moskau, alle großen Städte standen auf dem Programm, und man konnte die Frauen dann auf den Märkten mit ihren Eimern hocken sehen. Ihre Ware war schnell weg und finanzierte den Flug plus einen kleinen Gewinn für den

Haushalt daheim. Ein riesiges modernes Land, das über Atomwaffen verfügt und Raketen zur Weltraumstation fliegen lässt, das unerschöpfliche Gasreserven besitzt, scheint nicht imstande, die Infrastruktur dafür zu schaffen, dass die Bauern und Kleingärtner ihre Waren gewinnbringend vor Ort vermarkten können, absurd irgendwie, obwohl ich das Bild der mit Plastikeimern zugestellten Flugzeuge so bunt und witzig fand.

Auf der einen Seite Frauen mit Obsteimern im Flugzeug, auf der anderen modernste Weltraumtechnik auf der Raketenabschussbasis bei Baikonur in Kasachstan. Auch dort sind wir einmal von Moskau aus hingeflogen, wo ich einige Male, von Riga aus anreisen und aushelfen musste. Der Flieger, ein kleines Modell, landet auf dem Flughafen von Leninsk, das später, glaube ich, in Baikonur umgetauft wurde. Wir waren mit mehreren Fernsehteams angeflogen, weil eine Sojus Rakete mit einem deutschen Astronauten an Bord zur Weltraumstation starten sollte. Die Entladung der Maschine auf dem Flugplatz dauerte eine Ewigkeit, nicht aber, weil die Fernsehteams so viel Material mitgenommen hatten, sondern weil die Entladung dutzender Kartons mit Champagner, Wein und Wodka den Vorrang hatte. Die Luftraumbehörde hatte wohl vor, nach dem Start ein großes Saufgelage zu veranstalten. Wir Teams wurden anschließend in das Topphotel der Stadt gebracht, in dem die Zimmertüren keine Schlösser hatten und zum Teil deutliche Einbruchspuren aufwiesen. Wir stemmten unsere Betten so eng gegen die Tür, dass da kein Reinkommen mehr war. Wir hatten den Nachmittag frei und schlenderten durch die Stadt. Es war wie auf einem anderen Planeten. Da Leninsk wohl wegen der Abschussbasis entstanden ist, war wenig Wert auf ein lebenswertes Umfeld gelegt worden. Die Bürgersteige entlang verliefen dicke Rohre für die Heißwasser- und Gasversorgung, manchmal sogar quer über den

Bürgersteig, sodass man mühselig drübersteigen musste, dann wieder führten die Rohre in etwa vier Meter Höhe über die Straßen und an den Fensterfronten vorbei. Es waren viele Menschen unterwegs, und niemand schien sich an dem verrückten Stadtbild zu stören.

Die Stadt war rundum gut drei Meter hoch eingezäunt, wir gingen auf einer nicht geteerten Straße etwas aus der Stadt hinaus und kamen nach vielleicht dreihundert Metern an eine Art Zollstation. Man konnte nur mit einer speziellen Erlaubnis passieren. Leninsk war eine geheime verschlossene Festung. Wir beobachteten, wie gerade zwei Frauen von außerhalb zu den Wachposten kamen, um Informationen über ihre beiden Söhne einzuholen, so erklärte es uns der Übersetzer, die in der Stadt im Gefängnis saßen. Sie fingen dann an, etwas zu klagen, weil sie nichts herausbekommen konnten. Anscheinend gab es nur gegen Bestechungsgeld Informationen aus der Stadt, so vermuteten wir. Jedenfalls durften die beiden Frauen nicht durch die Sperre in die Stadt hinein.

Die Reporterteams fuhren am nächsten Morgen mit mehreren Bussen an diesem Posten vorbei zur Abschussrampe, zwanzig oder dreißig Kilometer entfernt. Eine Fahrt durch wildes unbewohntes Gelände. Ankunft in einem kleinen Ort, wir hielten vor einem stattlichen Haus das Gagarins Namen trug. Sonst nur einige Häuser und in erster Linie Fabrikhallen. Wir durften eine riesige Werkshalle betreten, in der die Rakete wohl gerade erst auf eine Lore gehievt worden war, um anschließend in Schneckentempo zur Abschussrampe zu rollen. Die Werkshalle fand ich wunderbar, überall liefen Männer in ölverschmierten Overalls herum. Es sah aus wie in einer Autowerkstatt der dreißiger Jahre und nicht wie in einer hochmodernen Konstruktionshalle für Raketen. Die

Bilder, die ich zuvor im Fernsehen von Cape Canaveral gesehen hatte, erinnerten stets an Operationssäle in Krankenhäusern. Ja, und dann zeigten uns die russischen Techniker in ihren Overalls, was sie können. Die Rakete wurde in der Abschussbasis aufgerichtet, alles lief wie geschmiert, die Rakete stand nicht auf der Erdoberfläche, sondern in einem Kellerloch, ein Stockwerk tief, zwei vielleicht. Die drei Astronauten, unter ihnen auch der Deutsche, hatten zuvor eine Pressekonferenz gegeben.

Wir wurden zu einem für die Presse und für die Kameras vorbereiteten Beobachtungspunkt gefahren, wo wir uns aufstellten, um das Spektakel fürs Fernsehen festzuhalten. Wir waren recht nahe an der Abschussbasis, drei Kilometer vielleicht. Und dann bebte die Erde, die Rakete hob sich leicht aus dem Kellergeschoss, sie verharrte etwas, bis sie wie ein Neujahrsknaller in den Himmel schoss. Es war fantastisch, aber für die Kameramänner war dabei ein Haken, denn die leicht erhöhte Terrasse, auf der wir standen, hatte ein Dach, hinter dem die Rakete schnell verschwand. Lautes Fluchen in allen Sprachen, die Kameramänner sprangen die Terrasse herunter und versuchten verzweifelt, den Feuerball am Himmel wieder einzufangen. Später haben wir uns über die Geschichte köstlich amüsiert und gerätselt, ob es Absicht oder Zufall war.

Von der Rakete waren jedoch alle begeistert, Russlands Raumfahrttechnologie top.

Der Gegensatz zwischen ärmlichsten Lebensbedingungen auf dem Land und hochentwickelter Technologie im Rüstungs- und Weltraumsektor war schon eklatant. Ein Riesenreich, dessen Führung sich anscheinend einen Dreck um die kleinen Leute kümmert, die immer noch an Väterchen Stalin glaubten und an die unantastbare Macht der Staatsführung.

Exitus 1999

Es war einer der Tage, an denen die Autobahn über Hunderte Kilometer verhältnismäßig frei von Staus blieb. Wir fuhren zu viert in einem komfortablen Kasten, ich glaub, es war ein Peugeot. Und es geschah im Jahr 2005. Ich am Steuer, neben mir Anna, auf dem Rücksitz ein Ehepaar, enge Freunde von Anna, die ich nicht kannte. Wir fuhren von Köln nach Zürich. Anna wollte sterben. Sie hatte ALS, keinerlei Heilungschancen. Ich saß eigentlich nur am Steuer, weil Anna nicht wollte, dass einer ihrer früheren Geliebten diesen Scheißjob tun musste. Ex-Geliebte hatte sie schon einige. Meistens waren sie gut zehn Jahre älter, und sie hatten Kohle., erfolgreiche Geschäftsleute eben. Sie waren in der Regel verheiratet und brave Ehegatten Was sie deshalb an Anna neben ihrer Schönheit wohl am meisten schätzten war, dass sie sich nur mit ihnen amüsieren wollte, gepflegt zu Abend essen, in einem teuren Hotel schlafen und dann tschüss bis zum nächsten Mal, vielleicht. Sie wollte keinen heiraten, keine Ehen in Gefahr bringen, keine Treueschwüre. Manchmal erzählte sie die komischsten Geschichten von den Begegnungen mit ihren Lovern. Der eine donnerte Arien im Bad, granatenmäßig schlecht, ein anderer wollte nur mit seiner Luxuslimousine angeben. Anna konnte wirklich herrliche Geschichten erzählen, und das immer ganz ungeniert, selbst darüber konnte sie sich lustig machen, dass mal wieder einer von den Typen miserabel gevögelt hatte. Am Ende wollte Anna keinen mehr von ihnen sehen. Es ging ihr zu schlecht. Sie konnte nicht mehr richtig sprechen, hatte Probleme zu atmen, sie verschwand gelegentlich für eine Viertelstunde im Bad und hustete und keuchte bis zur völligen Erschöpfung. Sie kochte nicht mehr, was sie leidenschaftlich gern für ihre Gäste getan hatte. Freundinnen und Kolleginnen konnte sie auch nicht mehr ertragen, die mitleidvollen Blicke, das besorgte 'kann ich etwas für dich tun?' erfüllten sie fast mit Unbehagen. Anna und Ich, wir waren alte Kumpel, bei mir musste sie sich nicht zusammennehmen. Sie war leitende Angestellte bei einer Bank. Wir lernten uns kennen, ich glaube, ich jobbte damals als Kellner und hatte mein Konto bei ihrer Bank. Ich wurde der Kumpel, der half, die Wohnung neu zu streichen, der den Wagen zur Reparatur fuhr, der die Antenne auf dem Balkon ausrichtete. Als ich dann häufig Reisen ins Ausland machte, sahen wir uns weniger. Wenn ich wieder in Köln war, besuchte ich sie in der Bank, wir umarmten uns wie Geschwister und erzählten uns von unseren Abenteuern und neuen Beziehungen.

Anna bemerkte die Krankheit zuerst am Muskelschwund in den Händen, sie hatte zwischen Daumen und Zeigefinger nur noch Haut und Knochen. Sie konnte nur noch mit großer Anstrengung die Haus- und Wohnungstür aufschließen. Dann schmerzte der Nacken, auch dort zogen sich die Muskeln zurück und es tat richtig weh. Die Diagnose ALS. Eine so seltene Krankheit, dass ärztlicher Rat nur schwer einzuholen war. Anna brauchte einige Zeit, um zu akzeptieren, dass es da keine Heilung gab. Aber sie klagte nicht, sagte nur manchmal, dass sie doch noch so jung sei. Sie war zweiundvierzig Jahre alt, immer noch sehr schön, wie ich fand, jung, strahlend. Ich bin bei meiner Suche nach Behandlungsmethoden auf einen Arzt in Brüssel gestoßen, der angab, ALS mit Bienenstichen heilen zu wollen. Ich schaffte es auch, den Mann ans Telefon zu bekommen, doch er winkte damals ab. Er sei mit seinen Tests noch nicht weit genug, um sich an eine Patientin zu wagen, bei der die Krankheit bereits fortgeschritten war. Anna selbst hatte von einem russischen Wunderheiler gehört, der mit elektromagnetischen

Sonden die betroffenen Stellen abtastete und behauptete, das würde helfen. Der Mann hatte seine Praxis in Rotterdam. Ich chauffierte Anna zwei- oder dreimal hin. Und jedes Mal war sie nach der Behandlung sehr lange still, weil sie ahnte, dass es alles Kokolores war.

Anna ging nicht mehr ans Telefon, die blöden, aber eben verständlichen Nachfragen nach dem, was sie gesagt hatte, kränkten sie. Man konnte sie wirklich kaum noch verstehen. Die Krankheit hatte die Stimmbänder entkräftet. Sie lallte etwas wie eine Angetrunkene. Das letzte Mal vor der endgültigen Reise trafen wir uns, weil Anna mich zum Essen einladen wollte, ein Dankeschön fürs Chauffieren nach Rotterdam. Sie hatte ein renommiertes Restaurant im Bergischen ausgesucht. Sie saß am Steuer, und anfangs lief es auch ganz gut, bis wir außerhalb der Stadt durchs Grüne fuhren. Sie hielt den Wagen zu sehr auf der linken Spur. Ich warnte sie mehrfach, aber sie winkte ab. Und dann passierte es in einer Linkskurve, sie fuhr zur Hälfte auf der Gegenspur und knallte frontal auf einen entgegen- kommenden Wagen, mit geringer Geschwindigkeit, aber dennoch zwei Totalschäden, mir tat der Nacken weh. Anna hatte sich am Steuer abgestützt und den Aufprall etwas abgefedert. Sehr stark konnte der Aufprall nicht gewesen sein, denn die beiden Airbags wurden uns nicht entgegengeschleudert. Der Fahrer des anderen Wagens fing irrsinnig an zu schimpfen, und wir hatten keine Argumente zur Verteidigung. Als die Polizei nach mehr als einer Stunde vorfuhr, wurde Anna als erstes aufgefordert, den Alkoholtest zu machen, sie klang wirklich wie eine Angetrunkene, die Worte hatten kein Profil mehr. Ich hatte die größte Mühe, den Test abzuwenden und Annas Krankheit glaubwürdig zu beschreiben. Wir wurden dann abgeschleppt, nichts mit schickem Abendessen in gepflegtem Rahmen. Wir saßen huckepack auf der Abschlepprampe im Unfallwagen. Nach längerem Schweigen legte Anna den Kopf auf meine Schulter. Das hatte sie noch nie getan. Es ging ihr abgründig schlecht, und wahrscheinlich musste sie auch an das Schrottauto denken und an die Kosten, die auf sie zukamen.

Sie musste den Job aufgeben.

Wir legten nur einen Stopp während der Autobahnfahrt ein, ich brauchte dringend einen starken doppelten Espresso.

Wie sehr mich diese Fahrt belastet hatte, wurde mir erst viel später bewusst. Das Ehepaar war schweigsam, fast die ganze lange Fahrt über. Ein Gespräch mit Anna war ja nicht mehr möglich.

Immer wenn ich zu Anna rüber schaute, sah ich, dass in der echten Hand eine Gartenschere hielt und diese ständig schloss und wieder aufschnappen ließ. Eine Übung, die sie sehr anstrengte, hatte sie doch keinerlei Kraft mehr in den Händen. Ich wusste, dass sie ihre letzte Geste übte und da auf keinen Fall versagen durfte. Sie würde am nächsten entscheidenden Tag den winzigen Verschluss einer Kanüle öffnen müssen, über die zuerst das Betäubungsmittel und dann das tödliche Gift fließen sollten. Und diesen Griff musste sie unbedingt vor Zeugen selbst tun. Anna hatte Angst, im entscheidenden Moment nicht mehr die Kraft dazu zu haben.

Im Hotel in Zürich, es lag etwas außerhalb der Stadt, trafen wir noch etwa fünf oder sechs weitere Freunde von Anna. Ich kannte sie nicht, Anna hatte nur gelegentlich über sie gesprochen. Zum Abendessen wollten wir uns alle zusammensetzen. Es war ein makabres Schauspiel, denn gleich nach den ersten Minuten der Beklemmung wurde erzählt und auch manchmal gelacht. Anna sagte praktisch kein einziges Wort, sie konnte ja nicht mithalten. Sie wirkte auf mich umgeben von ihren engsten Freundinnen und Freunden unendlich allein. Sie aß auch kaum etwas, denn das Schlucken tat ihr weh. Als ich gegen Mitternacht in meinem Hotelbett lag, durchlebte ich nochmals die Absurdität dieses Abends. Wir gaben einer Freundin sozusagen das letzte Geleit und benahmen uns wie bei einem üblichen Abendessen im Freundeskreis. So als gäbe es da gar keine tiefe Bedrohung. War es unsere Unsicherheit, mit dem tragischen Ereignis umzugehen oder hatten wir einfach nichts im Kopf? Vielleicht aber war es auch die für Anna richtige Verhaltensweise. Trüb dasitzen, mit hängendem Kopf und schluchzenden Freundinnen, das hätte Anna bestimmt nicht ertragen. Jedenfalls schlief ich aufgewühlt ein, wenn auch mit der Hoffnung, dass es morgen anders ablaufen würde.

Wie begegnet man einem Menschen, der gleich sterben will und wird? Das ist eine scheußliche Situation. Alle lachten Anna beim gemeinsamen Frühstück zu, alles okay und welch schöner Morgen. Und eine Freundin fragte doch glatt, Anna, hast du gut geschlafen? Alle im Umkreis verstummten. Anna reagierte souverän und sagte, ich werde doch nicht die letzte Nacht meines Lebens verschlafen. Sie sprach undeutlich, da aber hatte sie jeder verstanden. Dann ergänzte sie unter großen Anstrengungen, dass sie doch wohl kurz eingeschlafen und sich im Traum in einen weißen Bären verwandelt hatte, alle hier sollten lieber vorsichtig sein. Und sie lächelte still.

Die Verabredung bei der Gesellschaft für Sterbehilfe war für 14 Uhr vorgesehen.

Wir fuhren dorthin. Anna saß neben mir mit dem Stadtplan und führte mich, so als wären wir unterwegs zu einem besonderen Restaurant. Vor dem Haus faltete sie den Plan, sie nahm ihre Brille ab, legte sie auf die Ablage vor ihr und sagte, die brauche ich jetzt nicht mehr, ganz ruhig, emotionslos, sie war vorbereitet, sie wusste, was sie wollte und tat. Im Haus empfing uns der Leiter der Einrichtung, ein evangelischer Pastor. Er erläuterte Anna, was nun geschehen werde. Das tödliche Gift hatte sie schon vor mehreren Wochen besorgt und nach Zürich gebracht. Nur sie entscheide über ihren Tod, das könne und dürfe ihr niemand abnehmen. Bei der Injektion des Wirkstoffs müssten zwei Zeugen anwesend sein, denn nach ihrem selbstgewählten Tod wird die Polizei informiert, um die Zeugenaussagen aufzunehmen. Eine Ärztin wird bald kommen, um den ordnungsgemäßen medizinischen Ablauf der Selbsttötung zu überwachen. Dann sprach er auf Anna ein, ohne uns weiter zu beachten. Sie werde gleich in ein wunderschönes neues Reich hinübertreten, Gott werde sich ihrer an nehmen nach all dem Leid, das sie erfahren habe. Drüben sei nur Himmelsgesang und Liebe und Frieden in Ewigkeit. Anna sah den Mann so ungläubig und kritisch an, dass er schnell verstummte. Anna sagt noch, sie hätte gerne all ihre Freunde bei ihrem Tode dabei, der Pastor nickte. Dann kam die Ärztin, eine junge freundliche Frau. Sie verschwand mit Anna im Nebenraum, um die Injektion vorzubereiten. Das ging sehr schnell, und wir wurden aufgefordert, uns um Anna zu gruppieren, die auf einem niedrigen Bett lag. Sie trug ein langes Nachthemd, war aber nicht bedeckt. Erneut sprach der Geistliche auf sie ein, das Himmelreich warte auf sie, und sie werde dort glücklich sein. Anna sagte nur, das ist doch alles nicht erwiesen. Es waren die letzten Worte ihres Lebens. Die Ärztin saß am Bettrand und zeigte die Kanüle mit dem kleinen Umschaltgriff, den Anna selbst betätigen musste, um sich zuerst das starke Betäubungsmittel und dann das Gift zu injizieren. Sie schaute in die Runde der Freundinnen und Freunde über ihr, aber sie sah nichts mehr. Ihr geschwächtes rechtes Handgelenk brauchte lange, um den Griff zu drehen, es strengte sie an, erforderte ihre

ganze Aufmerksamkeit. Dann wirkte das Betäubungsmittel, sehr schnell. Anna schloss die Augen.

Wir standen hilflos da, wussten nicht, was jetzt
geschehen würde. Der Pastor sprach leise, wie um Anna
nicht zu wecken. Der Tod würde in zehn Minuten oder
fünfzehn eintreten, Anna werde ins Reich der Seligen
entschweben und dort glücklich sein. Er redete und
beobachtete Anna dabei intensiv, so als könnte noch
etwas schiefgehen. Die Spannung unter uns löste sich
langsam, wir wagten es, uns etwas zu regen. Die Ärztin
meinte dann, der Herzschlag habe ausgesetzt, der Tod
sei somit eingetreten. Und während wir begannen, den
Raum zu verlassen, ein Aufschrei, Todesschreck, Anna
hatte sich aufgebäumt fast bis zur Sitzhaltung mit einem
langgezogenen Röcheln und war dann wieder
zurückgefallen. Einige riefen, sie lebt doch noch, oh
Gott. Der Pastor meinte, er müsse sich bei uns
entschuldigen, denn er habe vergessen, uns darüber
aufzuklären, dass die Lunge im Augenblick des Todes
sich noch einmal ausdehnt. Die Frauen diskutierten mit
dem Pastor, wer von uns auf die Polizei warten solle, um
den Suizid zu bezeugen. Diese sei informiert und müsse
jeden Augenblick auftauchen. Die Wahl fiel auf eine der
Freundinnen und auf mich. Die Anderen verließen
schweigend das Haus, wollten aber in der Nähe auf uns
warten. Die Polizei kam in der Tat sehr schnell, ein
älterer Beamter in Begleitung einer jungen Kollegin. Es
galt, ein Formular auszufüllen und zu unterschreiben,
auch die Ärztin musste bezeugen. So wurde aus der
lebenden Anna ein totes Formular, auf dem festgehalten
war, das die betroffene Person bei klarem Bewusstsein
und im vollen Besitz ihrer geistigen Kräfte, so ähnlich
hieß das, glaube ich, und durch den eigenen Zugriff auf
die tödliche Dosis aus dem Leben geschieden sei. Punkt,
Unterschrift der Zeugen. Draußen vor dem Haus gingen
wir zuerst in die falsche Richtung und mussten

umkehren, um die anderen an einem kleinen Platz wiederzutreffen. Wir wollten uns in eine Kneipe setzen und etwas trinken, ich brauchte einen Schnaps. Wir gingen schweigend in gebührendem Abstand voneinander. Wir waren plötzlich alle irgendwie heimatlos.

Was heißt das überhaupt: sterben? Ich habe doch keine Ahnung. Habe mich nie mit dem Tod, mit Religion und dem ganzen Kram beschäftigt. Schmerzen hatte Dr. Maus gesagt, am Ende starke Schmerzen, ja, die habe ich bereits, und man werde mir dann schon das Notwendige verabreichen, damit es erträglich bleibt. Erträglich! Hätte der Typ nicht früher erkennen müssen, dass ich sterbenskrank bin?

Vielleicht sollte ich jetzt, wo es anscheinend ernst wird, mit Elke reden. Aber wie? Sie würde durchdrehen. Sie glaubt, sie könne ohne mich nicht leben, könnte sie, klar, aber dennoch, ich kann es ihr nicht erzählen, es wäre hundsgemein.

Sie wird das Licht ausmachen, dasitzen und darauf warten, dass ich wiederkomme, bestimmt. Auch wenn sie weiß, dass ich nicht zurückkomme. Wir sind so ein Paar. All das Durcheinander im Hirn, die Erinnerungen, die Gedanken, die Träume, Wünsche, das, was mich ausmacht, mein Leben. Und jetzt, wo ich wochenlang Erinnerungsfetzen aufgeschrieben und an den verrücktesten Orten versteckt habe, bin ich kein bisschen erleichtert. Als ich anfing, dachte ich, ich könnte dann in Frieden abkratzen, aber nichts dergleichen. So beschissen, wie die Schmerzen sind, so beschissen sieht es in meinen Gedanken aus. Ich bin halt am Ende. Wenn ich denn unbedingt sterben muss, bitte.

Hätte noch eine Menge Erinnerungen auf Lager, kann sie aber nicht mehr richtig zu Ende erzählen, mal erinnere ich mich an eine Geschichte, die ich vor vielleicht zwanzig Jahren

erlebt habe und dann wieder an etwas aus der Kindheit.
Das soll das Leben gewesen sein, was meinst du, Lenchen?

Indianersommer 1998

Wir saßen in einem Schnellboot, dreißig Touristen ungefähr, das heißt, niemand saß, alle hielten sich am Außenbordgeländer fest, denn jeden Augenblick konnte das Teil mit rasender Geschwindigkeit losschießen, um sich einem oder mehreren Wahlen zu nähern, deren Wasserfontäne der Kapitän des Schiffs in einiger Entfernung entdeckt hatte. Wer da nicht gut stand und sich festhielt, fiel um. Alle hatten ihre Kameras abschussbereit, dann verlangsamte das Schiff die Fahrt, es wurde ganz still, plötzlich bäumte sich das Wasser auf und in zehn Meter Entfernung tauchte ein Ungetüm auf, mehr als zur Hälfte aus den Wellen, größer als unser Boot, schien uns, und dann plumpste es zurück mit einer meterhohen Fontäne. Es war zum Fürchten und wunderschön. Wir waren zuvor beruhigt worden, die Blauwale, bis zu dreißig Meter lang, seien völlig friedlich. Sie wollten mit uns spielen, doch wenn man das Riesenteil dann aus nächster Nähe neben sich sah, gehörte schon etwas dazu, das zu glauben. Die meisten Touristen hatten natürlich vor Schreck vergessen, den Augenblick auf einem Foto festzuhalten. Aber wir sollten das märchenhafte Spektakel noch ein Dutzendmal erleben. Die gewaltigen Säugetiere müssen nach sieben Minuten wiederauftauchen, um Luft zu holen. Manche Wale kamen in Gruppen, drei, vier von ihnen, die gleichzeitig aus den Wellen schossen, als hätten sie es für uns einstudiert. Jedes Mal ein Aufschrei, Jubel, Klatschen, und wieder hatte manch einer dabei das Fotografieren vergessen und fluchte danach. Die Größe dieser Fische ist wirklich atemberaubend, ein ganzer Mensch würde spielend in deren Maul verschwinden und doch tun sie uns nichts, während wir ihren Lebensraum langsam aber sicher zerstören. Ein, zweimal bekamen wir eine Brause ab, als die Wale mit

Getöse zurück ins Wasser plumpsten, zum Greifen nahe. Was ich da erlebt habe, ist ja nun nichts Außergewöhnliches, es gehört dennoch zu meinen schönsten Erinnerungen, und wer weiß, ob es in Hunderten von Jahren diese größten Meeressäuger überhaupt noch gibt. Schon im dreizehnten Jahrhundert sollen, so stand es auf einer Tafel am Schiff, baskische Fischer regelmäßig über den Atlantik gesegelt sein, um hier Wale zu fangen. Schwer zu glauben, aber es stand da.

Das hatte sich auf dem St. Lorenz Strom in Quebec abgespielt, wo ich seit Jahren hinwollte wegen der unvorstellbaren Weite und dem berühmten Indianersommer, der dann auch all meine Erwartungen übertraf. Es muss Ende September gewesen sein, im Jahr 1998, meine ich, wenn der erste Nachtfrost die Blätter herbstlich verfärbt, es tagsüber aber noch fast sommerlich warm sein kann.

Ich war mit einem Freund hergekommen, meiner Frau Elke waren solche Abenteuerreisen zu stressig. Wir fuhren auf einem Highway von Trois-Pistoles Richtung Percé, wo die Franzosen irgendwann im 16. Jahrhundert auf der Suche nach einer Schiffsverbindung nach China gestrandet waren und die Eroberung des neuen Kontinents eingeleitet hatten. Die Strecke führt durch ein riesiges Waldgebiet, das gerade buchstäblich in Flammen stand. Noch nie sind wir durch einen Wald dieser Größe gefahren, die Orte lagen an die fünfzig Kilometer auseinander und dazwischen nur Wald in leuchtenden Herbstfarben von hell gelb über alle Rottöne bis ins dunkelbraune. Und wenn dann noch die Sonne alles erglühen lässt, schien alles wirklich zu lichterloh zu brennen. Auf der Straße kein Verkehr, alle zwanzig Kilometer kam mal ein Auto entgegen. Welch riesiges und wohl noch intaktes Ökosystem. Wir machten mittags Picknick an einem Waldweg, es war noch warm genug, um draußen zu sitzen. Wir überboten uns in schwärmerischer Beschreibung dieses Herbstwaldes. Man muss es vor Ort gesehen und erlebt haben, denn beschreiben lässt sich das Rauschgefühl nicht. Es ist ja im Grunde etwas ganz einfaches, ein herbstlicher Wald, dessen Blätter von einem leichten Wind bewegt, für tausend Schattierungen sorgen. Am tollsten waren die Momente, wenn die stundenlang schnurgerade verlaufende Straße etwas bergab ging und den Blick auf eine farbenprächtige Ebene freigab, soweit das Auge reichte.

Wir waren drei Tage durch den Wald und satte Wiesen unterwegs, bis wir in Percé ankamen. Am Rande der Straße, dort wo sie ganz nahe am St. Lorenz Strom entlangführt, standen sauber herausgeputzte Gehöfte mit Obst- und Gemüseständen. Auch Fischer leben hier und bieten ihren Tagesfang Leuten an, die vorbeikommen. Das sei für beide Seiten praktischer, erzählt ein Bauer, wir müssen unsere Produkte nicht den Supermärkten anbieten, die uns auch noch ihre Preise diktieren, und die Leute hier in der Gegend müssen nicht für jeden Einkauf in die nächste Stadt fahren. Wir kaufen ein Kilo Äpfel, sie seien gewaschen und nicht gespritzt, lacht der Bauer, Sie können gleich reinbeißen. Was wir auch tun, und die Dinger schmecken wunderbar.

Die ersten Siedler aus Frankreich waren ausschließlich Männer, das Klima war einfach zu ungastlich, und die Indianer haben bestimmt auch immer wieder mal angegriffen. Erst später kamen die Frauen nach, es waren anfangs Lebedamen und Frauen aus den Armenhäusern, die zur Aussiedlung gezwungen worden waren.

Am Ende der Reise kamen wir zum berühmtesten Monument Kanadas an der atlantischen Küste, zum Felsen von Percé, den die Einheimischen die einzige Kathedrale des Landes nennen. Das ist ein imponierender länglicher Felsbrocken, der knapp neunzig Meter hoch aus dem Wasser ragt und bei Ebbe zu Fuß zu erreichen ist. Er sieht eher aus wie ein gestrandetes Schiff als wie eine Kathedrale. Die vom Land sichtbare Seite ist steil und nicht zu besteigen. Wir standen am Fuß des Felsens auf dem schmalen Weg, links und rechts Wasser, und verrenkten uns das Genick beim Hochschauen, die neunzig Meter sind von da unten irre hoch, direkt an der Küste lag ein Restaurant mit Blick auf den Felsbrocken, in dem wir auf der offenen Terrasse Garnelen aßen, bis wir nicht mehr konnten, mit einem kalten französischen Weißwein, das allein war schon die lange Anreise wert.

Ich war zweimal in Kanada, denn den Indianer Sommer und den tiefen Winter kann man nicht mit einer Reise erleben. Deshalb bringe ich vielleicht in meinen Erinnerungen beide Trips etwas durcheinander. Jedenfalls sehe ich mich südlich von Quebec mitten in einem Ahornwald in einem alten Bauernhaus, in dem Ahornsirup hergestellt wird. Es lag noch Schnee, aber tagsüber waren über null Grad, und die weiße Schneedecke schmolz bereits. Es muss im Frühjahr gewesen sein. Das Holzhaus war wie aus einem Märchen, dicker Rauch stieg aus dem Kamin, davor waren große Mengen Brennholz aufgestapelt und ein Schild, das Besucher einlädt, Ahornsirup zu kaufen, sich aber vorher die Herstellung des goldenen Safts anzuschauen. Ich sah gleich, dass ich nicht der einzige Besucher war, auf dem Parkplatz standen mehrere Autos. In der Sucrerie standen dann auch bereits einige um den Heizkessel versammelt, es war eine Bullenhitze und roch herrlich nach Honig. Ein Mann mit weißem Rauschebart erklärte, was da erhitzt wurde, nämlich der Ahornsaft, der frisch von den Bäumen, die um das Haus herumstanden, gezapft worden war. Die Flüssigkeit verdampft, bis nur noch der zähflüssige goldbraune

Sirup übrigbleibt. Doch auch das herausgefilterte kochend heiße Wasser hat etwas vom Honiggeschmack. Der Besitzer goss für jeden Besucher zuerst einen Hauch Whisky in ein Glas und dann das heiße Ahornwasser drauf. Wir mussten etwas warten, um probieren zu können, und dann ertönten Jubelrufe, wie toll es schmeckte. Nur ganz wenig Whisky, lachte der Mann, sonst wird man davon schnell leicht betrunken. Pierre Faucher, hieß der Herr, jetzt fällt es mir wieder ein, er erzählte uns, dass seine Vorfahren schon in der ersten Hälfte des siebzehnten Jahrhunderts aus Frankreich hierhergekommen waren und seither als Bauern und später mit der Herstellung von Ahornsirup überlebt haben. Der Heizkessel ist schon mehrere Generationen alt, heute würde man so gute Qualität nicht mehr herstellen, und er lachte wieder so, dass man mitlachen wollte. Dann forderte er einen Mitarbeiter auf, uns draußen zu zeigen, wie der Saft aus den Bäumen gewonnen wird, aber vorher sollten wir uns in einem Vorraum auf den Temperatursturz umstellen. Draußen hing an jedem Baum ein Eimer, in den Flüssigkeit über einen Hahn tropfte, dessen Rohr in der Baumrinde steckte. Dreitausend solcher Eimer seien um das Haus herum aufgehängt, denn für einen Liter Ahornsirup werden vierzig Liter Saft aus den Bäumen benötigt. Wir stampften durch den Schneematsch zu einem Dutzend Bäume, wobei uns der junge Mann erklärte, die Ahornsirup Ernte beginne im Frühjahr, wenn es nachts noch Frost gibt, aber das hatte ich bereits dem Reiseführer entnommen. Und er erzählte, dass heute an vielen Orten der Sirup industriell hergestellt wird, in großen Mengen, sonst könnte das kostbare Zeug nicht zu einer wichtigen Einnahmequelle Quebecs geworden sein. Der kleine Betrieb seines Vaters sei eine touristische Attraktion und daran halte man fest, seit Generationen. Anderswo fließe der Ahornsaft über lange

Leitungen von Baum zu Baum bis in die Heizkessel. Das sei natürlich viel effizienter. Aber das wollte ich mir gar nicht vorstellen.

Wer einmal mit dem Hundeschlitten durch den knisternden Schnee gerast ist, der weiß, dass es über den spärlichen weißen Wolken oder noch höher oben nicht schöner sein kann. Und das bei fünfzehn Grad minus, aber strahlendem Sonnenschein. Vor dem Start konnten wir die Huskys in ihrem Gehege beobachten. Ich hatte immer Schwierigkeiten mit ihren glitzernden Augen, sie wirken irgendwie falsch auf mich. Diese aber waren sehr verspielt und freundlich. Sie würden nichts lieber tun als den Schlitten stundenlang über die Schneepiste ziehen, erzählte die Hundehalterin, ich meine, sie hieß Lucie. Das sei keine Tierquälerei, was manche vielleicht denken könnten. Und dann setzten wir uns zu zweit in den Schlitten auf ein dickes Bärenfell und glitten durch eine leicht hügelige Landschaft mit weiten Ausblicken auf eine makellos weiße Landschaft, unterbrochen durch mit kleinen Tannen bewaldete Abschnitte. Kitschiger geht es nicht, und es war wunderschön. Die Huskys gaben wirklich keine Müdigkeit zu erkennen, wir hörten sie laut hecheln, und ihr Atem dampfte. Aber sie liefen mühelos weiter, immer im gleichen Tempo, die Hundehalterin, die hinter uns auf einem erhöhten Sitz thronte, musste nur ganz selten die Leinen anspannen, selbst Kurven zogen die Hunde von sich aus durch. Es waren sechs, da wir nur einen kleinen Schlitten brauchten, mit mir ein französischer Tourist, ein Herr um die sechzig, der mich keines Blickes würdigte. Na ja, sein Problem. Ab und zu gab die rechts leicht abfallende Landschaft den Blick frei auf das Tal des St. Lorenz Stroms, der hier riesig wirkte wie ein See und dessen gegenüberliegendes Ufer kaum zu sehen war. Manchmal fuhren wir dicht an den mit Schnee bedeckten Ästen der Tannen vorbei und bekamen eine

Salve Flocken ab. Es war traumhaft schön, anders kann ich es nicht beschreiben.

Wieder zurück erzählte uns Lucie, sie sei vor zehn Jahren aus der Schweiz hierhergekommen und wollte nicht mehr zurück. Die Weite des Landes, dünn besiedelt, die extremen Temperaturen, alles hätte sie fasziniert, und dann natürlich auch die Huskys, und dabei lachte sie und strahlte. Die Hunde hätten es ihr von Anfang an angetan. Kann man denn von dem Job leben, wollte ich wissen. Ja, meinte sie, es reicht, und was brauchen sie und ihr Mann denn hier draußen. Man interessiert sich nur für die wichtigen Dinge im Leben, in der Stadt würde man ja doch nur einen Menge Geld für unnützes Zeug ausgeben, wir leben hier bescheiden und sind glücklich, schloss sie und schaute uns mit einem gewissen Stolz an. Ich könne sie sehr gut verstehen, meinte ich. Der ältere Herr sagte nichts, irgendwas war ihm wohl über die Leber gelaufen, seine miese Laune passte so gar nicht zu der fröhlichen Stimmung. Vorher sprach ich von der Weite des Landes, fuhr Lucie dann noch fort, stellen Sie sich vor, allein die Provinz Quebec ist größer als Frankreich, Spanien und Deutschland zusammengenommen. Und das bei etwas über sechs Millionen Einwohnern. Ist das nicht wunderbar, rief sie aus und strahlte. Das ist es, konnte ich nur bestätigen. Und wie ist es mit der Einsamkeit? Ich fühle mich nicht einsam, habe meine Familie, wir wohnen unten im Tal am St.Lorenz Strom, da gibt es genügend Nachbarn, wenn man Kontakt sucht. Wer in Europa lebt, besonders in den Ballungszentren, der kann sich die Lebensqualität hier gar nicht vorstellen. Gut, wir haben halt kalte Winter und nicht sehr warme Sommer, aber dafür das hier, Schnee soweit das Auge reicht und den gewaltigen St.Lorenz Strom, auf dem man im Sommer die Wale beobachten und fast streicheln kann, so nahe kommen sie an die Boote, wirklich. Und wieder lachte Lucie fröhlich. Der ältere Herr hatte die ganze Zeit regungslos danebengestanden, ohne eine Reaktion zu zeigen, langsam wurde er mir unheimlich. Komisch, dass ich ihn jetzt erwähne, das war doch so unwichtig. Am liebsten hätte ich Lucie zur Verabschiedung umarmt, aber es wäre wohl deplatziert gewesen. Ich fuhr mit dem Mietwagen auf der auch im Winter immer schneefreien Straße zu meinem Hotel nicht weit von Tadoussac. Auf der Rückfahrt zum Hotel Richtung Quebec kam ich an einer schneebedeckten Wiese vorbei, auf der Kühe weideten. Mit den Hufen kratzten sie Schnee und Eis vom Gras und fraßen dann das eiskalte Zeug. Ich hatte angehalten und war ausgestiegen, der Bauer, der gerade Heu ablud, sah mich und winkte mir, näher zu kommen. Ich wollte nicht glauben, dass die Kühe bei dieser Kälte draußen durchhalten. Er meinte, es sei doch gar nicht kalt, minus fünfzehn oder so ähnlich, die Rinder verbringen bei minus vierzig viele Stunden draußen, es macht ihnen nichts aus, und wenn sie keine Lust mehr haben, können sie hier in den Stall. Da ist es schön warm, weil der Eingang mit dicken beweglichen Plastikvorhängen die Kälte abhält.

Die Reise ging dem Ende zu, ich fuhr zurück nach Quebec. Der Name der Stadt kommt von den Indianern und bedeutet enge Passage, weil ab hier der St. Lorenz Strom enger wird. Die Leute sprechen französisch mit einem leichten Akzent, sie sind hundertprozentig frankophon, sagen sie selbst. Ich hatte noch kein Hotel für die letzte Nacht vor dem Rückflug und stand plötzlich vor dem Frontenac Schloss, einem riesigen Hotel, das die Stadt überragt und viel älter aussieht als es ist. Es wurde erst Ende des neunzehnten Jahrhunderts gebaut. Ich dachte, versuch es mal und ging zu Rezeption, ein Zimmer im zehnten Geschoss kostete ein Vermögen, aber ich konnte es mir nicht verkneifen, es zu buchen. Der Blick über die ganze Stadt war fantastisch. Zum

Essen ging ich dann doch raus, so sehr wollte ich mein Geld dann doch nicht aus dem Fenster werfen.

Nachbemerkung des Herausgebers

Jakob Frölichs Sorge war es, dass diese seine Erinnerungen mit dem Tod ausgelöscht würden. Es stimmt, hätte er sich nicht unter Qualen durchgerungen, sie festzuhalten, wären sie in der Tat für immer verschwunden. Dabei sind all seine Reiseberichte so aufschlussreich und einfühlsam, dass man, seinen Spuren folgend, alles selbst noch einmal erleben möchte, ich jedenfalls. Ich muss gestehen, dass ich eigentlich auch viel herumgekommen bin, aber bisher weit weniger Länder besuchen durfte als er. Es geht dabei gewiss nicht um die Anzahl der Reiseziele, sondern um Jakobs sehr persönlichen Blick und sein Interesse für die Menschen, seine Gabe, überall das Wesentliche zu sehen und in den bereisten Ländern das erkennen, was diese so besonders und einmalig macht. Und immer präsent ist Jakobs Bemerkung, dass er auf Reisen in fremden Ländern im Grunde stets auf der Suche nach sich selbst war. Sich durch die Begegnung mit anderen Menschen selbst kennenlernen zu wollen, selbst zu erforschen, das scheint mir eine wunderbare Lebensphilosophie. Und er denkt dabei an seine Jugendliebe, der er alles schildern will, was er erlebt hat. Die etwas verrückte Idee, seine kurzen Reiseberichte in kleinen Kästchen zu verschweißen und an geheimen Orten zu verstecken, gibt allem eine geschichtliche Dimension. Zurecht fragt er sich, wie die Welt in tausend Jahren aussehen wird, falls es sie überhaupt noch geben sollte. So wie heute die oft schwer zu erschließenden vorgeschichtlichen Inschriften und Lebenszeichen bei Ausgrabungen, so glaubte wohl Jakob, könnten auch die Blätter in seinen Kästchen, wenn sie denn jemals gefunden werden, Einblicke in unser heutiges Leben offenbaren. Warum nicht? Die Sorge um den Zustand unseres Planeten und um die uns bedrohende Erderwärmung hat Jakob gewiss nicht während seiner Reisen beschäftigt. Erst dem erwachsenen Mann, der dem Tod ins Auge sieht, wird bewusst, wie bedroht diese Erde heute erscheint. Es will unbedingt festhalten, wie schön so Vieles auf dieser Erde ist und wie sehr er es liebt. Auf mich ist der Funke jedenfalls übergesprungen. Spannend finde ich auch, dass Jakob gern allein ist bei seinen Begegnungen mit der Natur, den Landschaften, den Menschen. Dies eben auch auf der Suche nach sich selbst. Dabei scheut er keineswegs den Kontakt zu den Menschen. Viele leben vor, wie es ist, in einem Teil des Paradieses zu sein. Vielleicht sollten wir uns bald auf den Weg machen, um davon noch etwas mitzubekommen, bevor die heraufbeschworene Umweltkatastrophe alles verschluckt.

Ich wollte auf diese Zeilen auch deshalb nicht verzichten, um nochmals zu begründen, warum mir die Veröffentlichung gerechtfertigt erscheint. Jakob Frölich möge mir verzeihen.